suhrkamp taschenbuch 226

Stanisław Lem, geboren am 12.9.1921 in Lwów, lebt heute in Kraków. Lem, der während des Krieges der Widerstandsbewegung angehörte, arbeitete bis zur Befreiung Polens als Autoschlosser. Nach dem Krieg studierte er Medizin in Kraków. Nach dem Staatsexamen war er als Assistent für Probleme der angewandten Psychologie am *Konserwatorium Naukoznawcze* tätig. Privat beschäftigte er sich mit Problemen der Kybernetik, der Mathematik und übersetzte wissenschaftliche Publikationen. 1955 wurde Lem mit dem Goldenen Verdienstkreuz, 1959 mit dem Offizierskreuz der *Polonia Restituta* ausgezeichnet und erhielt 1973 den Großen Staatspreis für Literatur der VRP. Stanisław Lem ist Gründer der polnischen astronautischen Gesellschaft, war Mitglied der polnischen Gesellschaft für Kybernetik und gehört dem von der polnischen Akademie der Wissenschaften gegründeten Ausschuß *Polen 2000* an. Seit Januar 1973 liest Lem als Dozent am Lehrstuhl für polnische Literatur der Universität Kraków. Wichtige Veröffentlichungen: *Die vollkommene Leere* (1973), *Sterntagebücher* (1973), *Robotermärchen* (1973), *Das Hohe Schloß* (1974).

1969 drehte Andrzej Wajda den Film »Organitäten« (polnisch »Przekładaniec«) nach Lems Erzählung *Gibt es Sie, Mister Johns?*

Lems zuerst 1961 erschienener Roman akzentuiert ein zentrales Thema des polnischen Schriftstellers: die Möglichkeit völlig fremden, dem menschlichen nicht mehr vergleichbaren Bewußtseins, völlig fremder Systeme intelligenten Lebens, völlig fremder Existenzformen und die Auseinandersetzung mit ihnen. Der Roman imaginiert die jahrzehntelangen Versuche einer zukünftigen Menschheit, eine Lebensform zu ergründen, die wie ein riesiges Plasmameer einen ganzen Planeten erfüllt. Der lebende Ozean erzeugt ständig unfaßliche Gebilde und Landschaften und verschlingt sie wieder. Der Erzähler ist ein junger Wissenschaftler, der auf der Solarisstation eintrifft, als es schon eine ganze Tradition der Solarisforschung gibt. Der Ozean vermag es, das Objekt der geheimsten Schuld von Menschen in ihrer Psyche ausfindig zu machen und zu reproduzieren. Im Fall des fiktiven Erzählers ist es dessen ehemalige junge Frau, an deren Tod er sich schuldig fühlt.

Der Roman *Solaris* wurde von dem Sowjetrussen Andrej Tarkowskij verfilmt und 1972 auf dem Filmfestival in Cannes zweimal ausgezeichnet.

Stanisław Lem
Solaris

Roman

Suhrkamp

Titel der Originalausgabe: *Solaris*
Aus dem Polnischen von
I. Zimmermann-Göllheim

suhrkamp taschenbuch 226
Erste Auflage 1975
 · Satz: Gutfreund & Sohn, Darmstadt · Druck: Ebner, Ulm · Printed in Germany · Umschlag nach Entwürfen von Willy Fleckhaus und Rolf Staudt.

Solaris

Der Neue

Um neunzehn Uhr Bordzeit stieg ich, vorbei an den Leuten, die den Schacht umstanden, über die Metallsprossen ins Innere der Kapsel hinab. Drinnen war gerade genug Platz, um die Ellbogen wegzuspreizen. Sobald ich das Ende in die Leitung geschraubt hatte, die aus der Wand hervorstand, blähte sich der Raumanzug auf, und von nun an konnte ich nicht die kleinste Bewegung mehr ausführen. Ich stand – oder hing vielmehr – im Luftbett, mit der Metallhülle in eins verfugt.

Als ich den Blick hob, sah ich durch die vorgewölbte Scheibe die Wände des Schachtes und weiter oben Moddards darübergeneigtes Gesicht. Es verschwand sofort, und Finsternis brach herein, denn von oben wurde der schwere Schutzkegel aufgesetzt. Ich hörte den achtmal wiederholten Pfiff der Elektromotoren, die die Schrauben festzogen. Dann – das Zischen der Luft, die in die Amortisatoren eingelassen wurde. Das Auge gewöhnte sich an die Finsternis. Schon sah ich den blaßgrünen Umriß des einzigen Kontrollanzeigers.

– Fertig, Kelvin? – ertönte es in den Kopfhörern.

– Fertig, Moddard – antwortete ich.

– Sorg dich um nichts. Die Station empfängt dich dann – sagte er. – Glückliche Reise!

Ehe ich zum Antworten kam, knirschte etwas über mir, und die Kapsel erbebte. Instinktiv spannte ich die Muskeln an, aber es geschah weiter nichts.

– Wann geht es los? – fragte ich und hörte etwas rascheln, so, als rieselten Körnchen von feinstem Sand auf eine Membran.

– Du fliegst schon, Kelvin. Alles Gute! – antwortete Moddards nahe Stimme. Bevor ich noch daran glaubte, tat sich gerade vor meinem Gesicht ein breiter Spalt auf, durch den ich die Sterne erblickte. Vergebens bemühte ich mich, Alpha des Wassermanns aufzufinden, zu dem der Prometheus entflog. Der Himmel in dieser Gegend der Galaxis sagte mir nichts, ich kannte auch nicht eine Konstellation, im schmalen Fenster war andauernd funkenblitzender Staub. Ich wartete, wann sich der erste

Stern eintrüben sollte. Ich gewahrte es nicht. Sie wurden nur schwächer und schwanden, verschwammen im immer röteren Grund. Ich begriff, daß ich schon in den äußersten Schichten der Lufthülle war. Steif, in die pneumatischen Polster eingemummt, konnte ich nur geradeaus schauen. Noch immer war kein Horizont da. Ich flog und flog und spürte es gar nicht, nur daß meinen Körper langsam, schleichend, Gluthitze überflutete. Draußen regte sich leises, durchdringendes Zwitschern wie von Metall über nasses Glas. Ohne die Ziffern, die im Fensterchen des Kontrollanzeigers sprangen, hätte ich mir gar nicht klargemacht, wie jäh ich fiel. Sterne waren nicht mehr da. Rostrote Helle füllte das Sichtfenster aus. Ich hörte den eigenen Puls schwer gehen, das Gesicht brannte, im Nacken spürte ich den kalten Luftzug von der Klimaanlage; ich bedauerte, daß es mir nicht geglückt war, den Prometheus noch zu sehen – er muß schon außer Sichtweite gewesen sein, als die automatische Vorrichtung das Sichtfenster öffnete.

Die Kapsel zuckte einmal und noch einmal, vibrierte unerträglich, dieses Zittern ging durch alle Isolierhüllen, durch die Luftpolster, und drang tief in meinen Körper – der blaßgrüne Umriß des Kontrollanzeigers verwischte sich. Ich betrachtete das ohne Angst. Nicht um am Ziel zugrundezugehen kam ich von so weit hergeflogen.

– Station Solaris – sagte ich. – Station Solaris, Station Solaris! Tut irgendwas. Mir scheint, ich verliere die Stabilität. Station Solaris, hier ein Anflieger. Empfang.

Und wieder verpaßte ich einen wichtigen Moment, das Auftauchen des Planeten. Riesig, flach breitete er sich aus; den Ausmaßen der Streifen auf seiner Oberfläche konnte ich entnehmen, daß ich noch weit war. Oder eigentlich – hoch, denn ich hatte schon diese nicht festsetzbare Grenze hinter mir, wo aus dem Abstand von einem Himmelskörper Höhe wird. Ich fiel. Fortwährend fiel ich. Jetzt spürte ich das, sogar als ich die Augen schloß. Ich öffnete sie gleich wieder, denn ich wollte soviel wie möglich sehen.

Ich wartete einigemal zehn Sekunden Stille ab, dann rief ich neuerlich. Auch diesmal erhielt ich keine Antwort. In den Kopfhörern wiederholte sich salvenweise das Geknatter atmosphärischer Entladungen. Seinen Hintergrund bildete ein Rauschen, so dumpf und tief, als wäre das die eigene Stimme des Planeten. Den orangefarbenen Himmel im Sichtfenster überzog eine Trübung. Sein Glas wurde dunkel; instinktiv krampfte ich mich zusammen, so gut es meine pneumatischen Bandagen zuließen, bis ich in der nächsten Sekunde begriff: das waren Wolken. Wie hochgeblasen, sauste die Wolkenbank nach oben davon. Ich sank weiter, bald in der Sonne, bald im Schatten, die Kapsel drehte sich um eine senkrechte Achse, und die riesige, wie aufgeschwollene Sonnenscheibe trieb rhythmisch vor meinem Gesicht vorbei, von links erscheinend und rechts untergehend. Auf einmal, durch all das Rauschen und Geknatter, begann mir direkt ins Ohr eine ferne Stimme zu plappern:

– Station Solaris an Anflieger, Station Solaris an Anflieger. Alles in Ordnung. Anflieger unter Kontrolle der Station. Station Solaris an Anflieger, vorbereiten zur Landung zum Zeitpunkt null, ich wiederhole, vorbereiten zur Landung zum Zeitpunkt null, Achtung, Anfang. Zweihundertfünfzig, zweihundertneunundvierzig, zweihundertachtundvierzig...

Die einzelnen Wörter waren getrennt durch Bruchteile von Miau-Tönen, Anzeichen, daß es kein Mensch war, der sprach. Das war zumindest seltsam. Normalerweise rennt alles, was lebt, auf den Flughafen, wenn jemand Neuer ankommt, noch dazu direkt von der Erde. Ich konnte jedoch nicht länger darüber nachdenken, denn der gewaltige Kreis, den die Sonne rund um mich zog, bäumte sich hoch mitsamt der Ebene, auf die ich zuflog; dieser Neigung folgte eine zweite, in die Gegenrichtung; ich schwankte wie das Gewicht eines riesigen Pendels, und gegen den Schwindel ankämpfend, erblickte ich auf dem wie eine Wand hochstehenden, von schmutziglila und schwärzlichen Streifen gebänderten Planetengefilde ein winziges Schachbrett aus weißen und grünen Pünktchen – die Markierung der Station. Zugleich riß sich etwas mit Geknatter von der Außenseite der Kapsel los: das lange Geschirr des Ringfallschirms, der heftig knisterte; in diesem Geräusch lag etwas unaussprechlich Irdisches – erstmals, nach so vielen Monaten, das Rauschen von wirklichem Wind.

Alles begann nun sehr schnell zu gehen. Bisher hatte ich nur gewußt, daß ich fiel. Jetzt sah ich es. Das weiß-grüne Schachbrett wuchs überstürzt, schon sah ich, es war aufgemalt auf einem länglichen, walfischhaften, silbrig glänzenden Rumpf mit seitlich wegstehenden Nadeln von Funkmeßgeräten, mit Spalieren dunklerer Fensteröffnungen, und dieser metallene Koloß ruhte nicht auf der Oberfläche des Planeten, sondern hing über ihr und zog über tintig schwarzen Grund den eigenen Schatten mit, einen elliptischen Fleck noch tieferer Schwärze. Gleichzeitig gewahrte ich die violett angelaufenen Furchen des Ozeans, die schwache Bewegung zeigten, zugleich stiegen die Wolken nach oben fort, am Saum von blendendem Scharlach umfaßt, der Himmel zwischen ihnen wurde fern und flach, bräunlich orangefarben, und alles verwischte sich: ich geriet ins Schlingern. Bevor ich zum Rufen kam, brachte ein kurzer Schlag die Kapsel in senkrechte Lage zurück; im Sichtfenster funkelte in quecksilbrigem Licht, gewellt bis an den rauchigen Horizont, der Ozean; die knarrenden Leinen und Ringe des Fallschirms hakten sich plötzlich los und flogen über den Wellen dahin, vom Wind getragen, und die Kapsel schaukelte weich, mit dieser eigentümlichen verlangsamten Bewegung, wie gewöhnlich in einem künstlichen Kraftfeld, und senkte sich hinunter. Das letzte, was ich noch sehen konnte, waren die gegitterten Fliegerkatapulte und zwei wohl etliche Stock hoch aufragende Spiegel fein durchbrochener Radioteleskope. Etwas stoppte die Kapsel mit dem durchdringenden Laut von Stahl, der elastisch gegen Stahl schlägt, etwas öffnete sich unter mir, und mit einem gedehnten, schnaufenden Seufzer beendete die metallene Nußschale, in der ich aufrecht feststeckte, ihre hundertachtzig Kilometer lange Reise.

– Station Solaris. Null und null. Landung beendet. Ende – vernahm ich die tote Stimme der Kontrollvorrichtung. Mit beiden Händen (ich spürte einen unbestimmten Druck auf der Brust, und die Eingeweide wurden als unangenehme Last spürbar) faßte ich den Griff hinter meinen Schultern und trennte die Kontakte. Die grüne Aufschrift ERDE leuchtete auf, und die Wand der Kapsel öffnete sich; das pneumatische Bett stieß mich leicht in den Rücken, so daß ich, um nicht zu fallen, einen Schritt vorwärts machen mußte.

Mit leisem Zischen, fast wie mit einem resignierten Seufzer, verließ die Luft die Windungen des Raumanzugs. Ich war frei.

Ich stand unter einem silbrigen, wie ein Kirchenschiff hohen Trichter. Die Wände herab liefen Bündel farbiger Rohre und verschwanden in kleinen runden Schächten. Ich wandte mich um. Die Ventilationskanäle röhrten und sogen die Restchen giftiger Planetenatmosphäre ein, die während der Landung hier eingedrungen waren. Leer, wie ein geplatzter Kokon, stand die zigarrenförmige Kapsel auf einem Becken, das in eine stählerne Erhöhung eingelassen war. Die Außenbleche waren schmutzigbraun verrußt. Ich ging eine kleine Rampe hinab. Danach war auf das Metall eine rauhe Plastikschicht aufgespritzt. An den Stellen, wo gewöhnlich die fahrbaren Raketenheber entlangrollten, war sie bis auf den nackten Stahl abgewetzt. Auf einmal verstummten die Gasverdichter der Ventilatoren, und völlige Stille trat ein. Ich schaute ein wenig hilflos umher, wartete auf das Auftauchen irgendeines Menschen, aber noch immer kam niemand. Nur ein Neonpfeil wies flammend auf ein lautlos gleitendes Fließband. Ich betrat es. Das Gewölbe der Halle verlief in einer schönen Parabel-Linie nach unten und ging in die Röhre des Korridors über. In seinen Nischen türmten sich Stöße von Flaschen für komprimierte Gase, von Tanks, Ringfallschirmen, Kisten, alles in Unordnung hingeschmissen, wie es kam. Auch das gab mir zu denken. Das Fließband endete bei einer runden Erweiterung des Korridors. Hier herrschte noch größere Unordnung. Unter einem Berg Blechkannen verströmte eine Pfütze öliger Flüssigkeit. Ein unangenehmer, starker Geruch erfüllte die Luft. Nach verschiedenen Seiten gingen Schuhspuren, deutlich abgedrückt in diesem klebrigen Saft.

Zwischen den Blechbehältern kugelten Schlangen weißer Fernschreiberstreifen, zerrissene Papiere und Müll, das sah aus wie aus den Kabinen herausgefegt. Und wieder leuchtete ein grüner Anzeiger auf und verwies mich zur mittleren Tür. Dahinter verlief ein so enger Korridor, daß darin kaum zwei Leute aneinander vorbei konnten. Licht gaben die oberen Fenster, gegen den Himmel gerichtet, mit linsenartigen Glasscheiben. Noch eine Tür, im Schachbrettmuster weiß und grün gestrichen. Sie stand einen Spalt weit offen. Ich trat ein. Die halbkugelförmige Kabine hatte ein großes Panoramafenster; in ihm flammte der nebelverhängte Himmel. Unten verschoben sich lautlos die schwärzlichen Hügel der Wellen. In den Wänden waren lauter geöffnete Schränkchen. Sie waren angefüllt mit Instrumenten, Büchern, Trinkgläsern mit eingetrocknetem Bodensatz, verstaubten Thermosflaschen. Auf dem schmutzigen Fußboden standen fünf oder sechs mechanische ›marschierende Tischlein‹, dazwischen einige Lehnsessel, schlaff, denn die Luft war aus ihnen ausgelassen. Nur einer war aufgeblasen, mit zurückgebogener Lehne. In ihm saß ein kleiner, schmächtiger Mensch mit sonnverbranntem Gesicht. Die Haut schälte sich ihm in ganzen Fetzen von der Nase und den Jochbeinen. Ich kannte ihn. Das war Snaut, Gibarians Stellvertreter, ein Kybernetiker. Im solaristischen Almanach hatte er seinerzeit ein paar recht originelle Artikel veröffentlicht. Gesehen hatte ich ihn noch nie. Er trug ein Netzhemd, bei dem die weißen Haare auf der flachen Brust einzeln durch die Maschen hervorschlüpften, und eine einstmals weiß gewesene, auf den Knien fleckige und von Chemikalien verätzte Leinenhose mit zahlreichen Taschen wie bei einem Monteur. In den Händen hielt er eine Plastikbirne, so eine, woraus man auf Raumschiffen ohne künstliche Gravitation trinkt. Er schaute mich an, wie von blendendem Licht geschockt. Die Birne entfiel den gelockerten Fingern und hüpfte ein paarmal nach Art der Luftballons. Ein wenig von einer durchsichtigen Flüssigkeit rann heraus. Langsam wich ihm alles Blut aus dem Gesicht. Ich war zu verblüfft, um etwas zu äußern, und die schweigende Szene dauerte an, bis seine Angst mich irgendwie auf unfaßliche Weise ansteckte. Ich machte einen Schritt. Und er duckte sich im Lehnsessel.

– Snaut... – flüsterte ich. Er zuckte, wie unter einem Hieb. Schaute mich mit unbeschreiblichem Abscheu an, krächzte hervor:

– Ich kenn dich nicht, ich kenn dich nicht, was willst du...?

Die ausgeschüttete Flüssigkeit verdunstete schnell. Ich spürte den Geruch von Alkohol. Trank der? War er betrunken? Aber warum fürchtete er sich so? Ich stand immer noch in der Mitte der Kabine. Die Knie hatte ich weich, und die Ohren wie mit Watte verstopft. Den Druck des Fußbodens unter den Sohlen empfand ich als etwas noch nicht völlig Sicheres. Jenseits der gebogenen Fensterscheibe bewegte sich rhythmisch der Ozean. Snaut wandte die blutunterlaufenen Augen nicht von mir. Die Angst schwand aus seinem Gesicht, aber was nicht verschwand, war unsäglicher Ekel.

– Was hast du...? – fragte ich halblaut. – Bist du krank?

– Sorgst du dich... – sagte er dumpf. – Aha. Sorgen wirst du dich, was? Aber warum um mich? Ich kenn dich nicht.

– Wo ist Gibarian? – fragte ich. Eine Sekunde lang blieb ihm die Luft weg, seine Augen wurden wieder glasig, etwas strahlte in ihnen auf und verlosch.

– Gi... giba – stotterte er – nein! Nein!!!

Er schüttelte sich in lautlosem, idiotischem Gekicher, das plötzlich aussetzte.

– Zu Gibarian bist du gekommen...? – sagte er fast ruhig. – Zu Gibarian? Was willst du mit ihm machen?

Er schaute mich an, als hätte ich plötzlich aufgehört, für ihn gefährlich zu sein; in seinen Worten und noch mehr in ihrem Tonfall lag etwas wie gehässige Beleidigung.

– Was sagt du da... – stammelte ich ganz benebelt. – Wo ist er?

Er war starr.

– Das weißt du nicht...?

Er ist betrunken – dachte ich. Sinnlos betrunken. Mich packte wachsender Zorn. Eigentlich hätte ich weggehen sollen, aber mir riß die Geduld.

– Reiß dich zusammen! – donnerte ich. – Woher kann ich wissen, wo er ist, wenn ich den Moment erst eingeflogen bin! Was ist mit dir los, Snaut!!!

Die Kinnlade klappte ihm herab. Wieder blieb ihm einen Moment lang der Atem weg, aber irgendwie anders, ein plötzlicher Glanz erschien in den Augen. Mit zitternden Händen faßte er die Armlehnen des Sessels und erhob sich mühsam, daß die Gelenke knackten.

– Was? – sagte er fast ernüchtert. – Eingeflogen? Von wo bist du eingeflogen?

– Von der Erde – antwortete ich wütend. – Vielleicht hast du schon von ihr gehört? Sieht aus, als hättest du nicht!

– Von der Ee... lieber Himmel... so bist du also – Kelvin?!

– Ja. Was schaust du so? Was ist daran so merkwürdig?

– Nichts. – sagte er und klapperte schnell mit den Liddeckeln. – Nichts.

Er rieb sich die Stirn.

– Kelvin, entschuldige, das ist nichts, weißt du, einfach die Überraschung. Ich war nicht darauf gefaßt.

– Was heißt du warst nicht gefaßt? Ihr habt doch vor Monaten die Nachricht bekommen, und Moddard hat heute noch telegrafiert, von Bord des Prometheus...

– Ja. Ja... gewiß, bloß, siehst du, hier herrscht ein gewisser... Wirrwarr.

– Allerdings – antwortete ich trocken. – Das ist schwer zu übersehen.

Snaut wanderte um mich herum, als überprüfte er das Aussehen meines Raumanzugs, des gewöhnlichsten von der Welt, mit dem Zaumzeug von Leitungen und Kabeln auf der Brust. Hustete ein paarmal. Berührte die knochige Nase.

– Vielleicht willst du ein Bad nehmen...? Das wird dir guttun. Die blaue Tür, auf der drüberen Seite.

– Danke. Ich kenne den Plan der Station.

– Vielleicht hast du Hunger...?

– Nein. Wo ist Gibarian?

Er trat ans Fenster, als hätte er meine Frage nicht gehört. Den Rücken zu mir gewandt, sah er wesentlich älter aus. Das kurzgeschorene Haar war weiß, den sonnverbrannten Nacken zeichneten Falten, tief wie Schnitte. Vor dem Fenster glitzerten die großen Kämme der Wellen, die sich so langsam hoben und senkten, als sollte der Ozean gerinnen. Beim Hinschauen gewann man den Eindruck, die Station verschiebe sich eine Spur seitwärts, als ob sie von einem unsichtbaren Untersatz glitte. Dann kehrte sie ins Gleichgewicht zurück und ging mit ebenso träger Neigung nach der anderen Seite. Aber das war wohl Täuschung. Fetzen schleimigen Schaums in der Farbe von Blut sammelten sich in den Kesseln zwischen den Wellen. Einen Augenblick lang spürte ich einen flauen Druck in der Magengrube. Die trockene Ordnung an Bord des Prometheus erschien mir als etwas Wertvolles, unwiederbringlich Verlorenes.

– Hör zu ... – rührte sich unverhofft Snaut – momentan bin nur ich ... – Er wandte sich um. Rieb sich nervös die Hände. – Du wirst dich mit meiner Gesellschaft zufriedengeben müssen. Vorläufig. Sag Ratz zu mir. Du kennst mich nur vom Foto, aber das macht nichts, alle sagen so. Ich fürchte, dagegen ist nichts zu wollen. Wenn einer im übrigen Eltern mit so kosmischen Ambitionen gehabt hat, wie ich, dann klingt Ratz erst so richtig ...

– Wo ist Gibarian? – fragte ich hartnäckig noch einmal. Er blinzelte.

– Tut mir leid, daß ich dich so empfangen habe. Das ... ist nicht nur meine Schuld. Ich hab ganz vergessen, hier hat sich viel abgespielt, weißt du ...

– Ach, in Ordnung – antwortete ich. – Genug davon. Also was ist mit Gibarian? Er ist nicht in der Station? Er ist irgendwohin geflogen?

– Nein – antwortete er. Schaute in den Winkel, der mit Kabelspulen vollgestellt war. – Er ist nirgendshin geflogen. Und wird nicht fliegen. Dadurch eben ... unter anderem ...

– Was? – fragte ich. Immer noch waren mir die Ohren verstopft, und ich glaubte schlechter zu hören. – Was soll das heißen? Wo ist er?

– Du weißt es eh schon – sagte er in ganz anderem Ton. Sah mir kalt in die Augen, daß mich ein Frösteln überlief. Vielleicht war er auch betrunken, aber er wußte, was er sagte.

– Da war was...?

– Da war was.

– Unfall?

Er nickte. Er bejahte nicht nur, er hieß es auch gut, wie ich reagierte.

– Wann?

– Heute vor Tag.

Merkwürdig, ich verspürte keinen Schock. Dieser ganze kurze Austausch einsilbiger Fragen und Antworten beruhigte mich eher durch seine Sachlichkeit. Ich bildete mir ein, daß ich Snauts zuvor unverständliches Verhalten jetzt schon begriff.

– Wie?

– Zieh dich um, räum die Sachen ein und komm wieder her... in... sagen wir, in einer Stunde.

Ich zauderte einen Moment.

– Gut.

– Wart – sagte er, als ich mich zur Tür wandte. Er schaute mich eigentümlich an. Ich sah: was er sagen wollte, das wollte ihm nicht über die Lippen.

– Wir waren drei, und jetzt mit dir sind wir wieder drei. Kennst du Sartorius?

– Wie dich, vom Foto her.

– Er ist oben im Laboratorium, und ich nehme nicht an, daß er vor der Nacht von dort herauskommt, aber... jedenfalls erkennst du ihn. Wenn du sonst jemanden sehen solltest, verstehst du, nicht mich und nicht Sartorius, verstehst du, dann...

– Was, dann?

Ich wußte nicht, ob ich träumte. Vor dem Hintergrund der schwarzen Wellen, die im Licht der sinkenden Sonne blutig glitzerten, setzte er sich in den Lehnsessel, ließ den Kopf hängen wie zuvor und schaute zur Seite, auf eine Spule mit aufgewickeltem Kabel.

– Dann… mach gar nichts.

Ich brauste auf. – Wen kann ich sehen? Ein Gespenst?!

– Ich verstehe dich. Du denkst, ich bin verrückt geworden. Nein. Ich bin nicht verrückt geworden. Ich kann dir das nicht anders sagen… vorläufig. Im übrigen, vielleicht… geschieht gar nichts. Jedenfalls denk daran. Ich hab dich gewarnt.

– Wovor!? Wovon redest du?

– Beherrsch dich – er redete hartnäckig seines. – Benimm dich, wie wenn… sei auf alles gefaßt. Das ist unmöglich, ich weiß. Versuch es trotzdem. Das ist der einzige Ausweg. Sonst weiß ich keinen.

– Aber WAS werde ich sehen!!! – ich schrie fast. Kaum hielt ich mich davor zurück, ihn an den Schultern hochzureißen und tüchtig zu schütteln, wie er so dasaß, in den Winkel starrte, mit diesem erschöpften sonnverbrannten Gesicht, und mit sichtlicher Anstrengung jedes einzelne Wort aus sich herauswürgte.

– Ich weiß nicht. In gewissem Sinne hängt das von dir ab.

– Halluzinationen?

– Nein. Das ist – real. Nicht… attackieren. Denk daran.

– Was sagst du da?! – äußerte ich, und die Stimme war nicht meine.

– Wir sind nicht auf der Erde.

– Polytheria? Aber die sind überhaupt nicht menschenähnlich! – rief ich. Ich wußte nicht, was ich tun sollte, um ihn herauszureißen aus diesem Starren auf einen Punkt, wo er eine das Blut in den Adern einfrierende Unsinnigkeit herauszulesen schien.

– Deshalb ist es eben so furchtbar – sagte er leise. – Denk daran: nimm dich in acht!

– Was ist mit Gibarian geschehen?

Er antwortete nicht.

– Was macht Sartorius?

– Komm in einer Stunde.

Ich wandte mich um und ging. Während ich die Tür öffnete, schaute ich noch einmal zu ihm hin. Er saß, das Gesicht in den Händen, klein, geduckt, in der fleckigen Hose. Erst jetzt bemerkte ich: an den Knöcheln beider Hände hatte er verkrustetes Blut.

Die Solaristen

Die Korridorröhre war leer. Ich stand eine Weile vor der geschlossenen Tür und horchte. Die Wände mußten dünn sein, von draußen klang das Wimmern des Windes durch. Auf der Türplatte präsentierte sich ein etwas schräg und schlampig aufgeklebtes rechteckiges Stück Pflaster, und darauf mit Bleistift die Aufschrift: »Mensch«. Ich schaute dieses undeutlich gekritzelte Wort an. Einen Moment lang wollte ich zu Snaut zurückkehren, aber ich sah ein, das war unmöglich.

Die irre Warnung tönte mir noch in den Ohren. Ich bewegte mich, und die Schultern beugte mir das unerträgliche Gewicht des Raumanzugs. Leise, so als versteckte ich mich unwissentlich vor einem unsichtbaren Beobachter, kehrte ich zurück in den runden Raum mit den fünf Türen. Darauf befanden sich Schilder: Dr. Gibarian, Dr. Snaut, Dr. Sartorius. Auf der vierten war keines. Ich zögerte, dann drückte ich leicht den Griff und öffnete sie langsam. Als sie aufschwenkte, erlebte ich das an Gewißheit grenzende Gefühl, daß dort jemand war. Ich trat ein.

Niemand war da. Das gleiche vorgewölbte Fenster, nur etwas kleiner, war auf den Ozean gerichtet, der hier – gegen die Sonne – fettig glänzte, so als flösse von den Wellen hinunter gerötetes Öl. Scharlachener Widerschein erfüllte das ganze Zimmer, das einer Schiffskabine ähnlich war. Auf einer Seite standen Bücherregale, zwischen ihnen war ein mit Kardans befestigtes Bett senkrecht an die Wand geschnallt, auf der anderen Seite waren lauter Schränkchen, dazwischen hingen auf Nickelrahmen streifenweise zusammengeklebte Flugaufnahmen und in Metallgriffen Kolben und Reagenzgläser, alle mit Watte zugestopft. Unter dem Fenster waren weiß emaillierte Schachteln in zwei Reihen aufgestellt, so, daß man kaum zwischen ihnen durchkonnte. Bei manchen war der Deckel gelüpft – sie waren angefüllt mit Unmengen von Instrumenten, Plastikschläuchen; in beiden Ecken befanden sich Hähne, ein Rauchabzug, Tiefkühlfächer; das Mikroskop stand auf dem Fußboden, es fand nicht mehr Platz auf dem großen Tisch neben dem Fenster. Als ich mich umwandte, sah ich gleich bei der Eingangstür einen bis zur Decke reichenden, nicht ganz geschlossenen Schrank voll Overalls, Arbeits- und Schutzschürzen, in den Fächern Wäsche, zwischen den Schäften der Strahlenschutzstiefel glitzerten Aluminiumflaschen für die tragbaren Sauerstoffgeräte. Zwei Geräte samt den Masken baumelten, ans Geländer des hochgeklappten Bettes angehängt. Überall herrschte das gleiche nur oberflächlich und wie in Eile irgendwie geordnete Chaos. Ich sog prüfend die Luft ein und spürte einen schwachen Hauch von chemischen Reagenzien und eine Spur von einem scharfen Geruch – das war doch nicht etwa Chlor? Instinktiv suchte ich mit den Augen die vergitterten Ventilationsöffnungen in den Winkeln an der Decke. Die Papierstreifen, die an ihre Rahmen geklebt waren, flatterten sanft, zum Zeichen, daß die Kompressoren funktionierten und normale Luftzirkulation in Gang hielten. Ich trug Bücher, Apparate und Instrumente von zwei Stühlen in die Winkel und verstaute das, wie es nur ging, bis rund um das Bett zwischen dem Schrank und den Regalen verhältnismäßig freier Raum entstand. Ich zog den Ständer heran, um den Raumanzug aufzuhängen, nahm die Schieber der Reißverschlüsse zwischen die Finger, ließ aber gleich wieder los. Irgendwie konnte ich mich nicht entschließen, den Raumanzug abzuwerfen, so, als sollte ich dadurch wehrlos werden. Noch einmal überblickte ich das ganze Zimmer, prüfte, ob die Tür gut zugeschnappt war, und da sie kein Schloß hatte, schob ich nach kurzem Zögern die zwei schwersten Schachteln vor. Solcherart provisorisch verbarrikadiert, befreite ich mich durch dreimaliges Zerren aus meiner schweren, knarrenden Hülle. Der schmale Spiegel an der Innenseite des Schranks zeigte einen Teil des Zimmers. Aus dem Augenwinkel erfaßte ich dort irgendeine Bewegung, ich fuhr hoch, aber das war mein eigenes Spiegelbild. Das Trikot unter dem Raumanzug war durchgeschwitzt. Ich warf es ab und drückte gegen den Schrank. Er glitt zur Seite, in der Nische dahinter erglänzten die Wände eines winzigen Badezimmers. Auf dem Fußboden, unter der Brause, ruhte eine stattliche flache Kassette. Ich trug sie nicht ohne Mühe ins Zimmer hinaus. Als ich sie auf den Fußboden stellte, sprang der Deckel auf wie durch eine Feder, und ich erblickte Fächer voll absonderlicher Exponate: lauter karikierte oder grob in dem dunklen Metall skizzierte Instrumente, zum Teil analog zu denen, die in den Schränkchen lagen. Alle waren unbrauchbar, unfertig geformt, abgerundet, angeschmolzen, wie aus einem Brand geborgen. Und das Merkwürdigste: das gleiche Gepräge von Zerstörung trugen auch die Griffe, die aus Cermet waren, also praktisch unschmelzbar. In keinem Laboratoriumsofen hätte sich ihre Schmelztemperatur erzielen lassen – höchstens im Inneren eines Atommeilers. Aus der Tasche meines aufgehängten Raumanzugs holte ich den kleinen Strahlungsmesser, aber die schwarze Schnauze schwieg, als ich sie den Trümmern näherte.

Ich hatte nur Slips und ein Netzhemd an. Beides schmiß ich auf den Fußboden wie Fetzen und sprang nackt unter die Brause. Das Aufschlagen des Wassers empfand ich wie eine Erleichterung. Ich wand mich unter dem Guß harter, heißer Strahlen, massierte mich, prustete, alles irgendwie übertrieben, so, als schüttelte und schleuderte ich aus mir diese ganze trübe, mit Verdächtigungen ansteckende Ungewißheit fort, die die Station überflutete.

Ich suchte im Schrank einen leichten Trainingsanzug aus, der sich auch unter dem Raumanzug tragen ließ. In die Taschen räumte ich meine ganze spärliche Habe um. Zwischen den Blättern des Notizbuches spürte ich etwas Hartes. Das war mein Wohnungsschlüssel von der Erde, der sich ich weiß nicht wie hierher verirrt hatte. Ich drehte ihn eine Weile zwischen den

Fingern und wußte nicht, was ich mit ihm anfangen sollte. Endlich legte ich ihn auf den Tisch. Mir fiel ein, daß ich vielleicht irgendeine Waffe brauchen konnte. Mein Universal-Taschenmesser war bestimmt keine, aber ich hatte nichts anderes und befand mich noch nicht in einem solchen Geisteszustand, daß ich mich auf die Suche nach einem Strahlenwerfer oder dergleichen gemacht hätte. Ich setzte mich auf ein Metallstühlchen mitten in dem leeren Raum, weit weg von allen Sachen. Ich wollte allein sein. Zufrieden stellte ich fest, daß ich noch über eine halbe Stunde Zeit hatte; nichts zu wollen, Gewissenhaftigkeit beim Einhalten aller Verpflichtungen liegt in meiner Natur, gleichviel, ob es um Wichtiges oder Unbedeutendes geht. Die Zeiger auf dem Vierundzwanzig-Stunden-Zifferblatt standen auf sieben. Die Sonne ging unter. Sieben Uhr Ortszeit, das war zwölf an Bord des Prometheus. Die Solaris mußte auf Moddards Bildschirmen schon auf das Ausmaß eines Fünkchens zusammenschrumpfen und sich in nichts von den Sternen unterscheiden. Aber was konnte mich der Prometheus angehen? Ich schloß die Augen. Völlige Stille herrschte, abgesehen von dem Miauen in den Röhren, das in regelmäßigen Abständen erscholl. Im Bad tickte leise das Wasser, das aufs Porzellan tröpfelte.

Gibarian war tot. Wenn ich richtig verstand, was Snaut gesagt hatte, dann war kaum mehr als ein halber Tag seit Gibarians Tod vergangen. Was hatten sie mit dem Körper gemacht? Begraben? Stimmt, auf diesem Planeten ließ sich das nicht machen. Ich dachte darüber sachlich längere Zeit nach, so, als wäre das Schicksal des Leichnams das Wichtigste, bis ich mir die Unsinnigkeit dieser Überlegungen bewußt machte, aufstand und anfing, diagonal durchs Zimmer auf und ab zu gehen, und dabei mit der Fußspitze die wirr verstreuten Bücher anstieß, dann eine kleine, leere Feldtasche; ich bückte mich und hob sie auf. Sie war nicht leer. Sie enthielt eine Flasche aus dunklem Glas, so leicht, als wäre sie aus Papier geblasen. Ich schaute durch sie hindurch auf das Fenster, in das düster rote, von schmutzigen Nebeln verqualmte letzte Abendlicht. Was war mit mir los?

Warum beschäftigte ich mich mit jedem Blödsinn, mit jedem unwichtigen Kleinkram, der mir unterkam?

Ich zuckte zusammen, denn das Licht schaltete sich ein. Selbstverständlich eine Fotozelle, die für die einfallende Dämmerung empfindlich war. Ich war voll Erwartung, die Anspannung wuchs bis zu dem Grad, daß ich hinter mir keinen leeren Raum haben wollte. Ich beschloß, dagegen anzukämpfen. Ich rückte den Stuhl zu den Regalen. Ich zog den nur allzu wohlbekannten zweiten Band der alten Monographie »Die Geschichte der Solaris« von Hughes und Eugl heraus und begann darin zu blättern, den dicken, steifen Buchrücken aufs Knie gestützt.

Die Entdeckung der Solaris erfolgte nahezu hundert Jahre, bevor ich geboren wurde. Der Planet kreist um zwei Sonnen, eine rote und eine blaue. Über vierzig Jahre lang näherte sich ihm kein Raumschiff, die Gamov-Shapleysche Theorie über die Unmöglichkeit der Entstehung von Leben auf Planeten von Doppelsternen galt damals für erwiesen. Die Bahnen solcher Planeten ändern sich unentwegt infolge des Wechselspiels der Massenanziehungen, das vor sich geht, während die beiden Sonnen einander umkreisen.

Die entstehenden Perturbationen kürzen und längen abwechselnd die Bahn des Planeten, und sollten Urkeime von Leben entstehen, so unterliegen sie der Zerstörung durch glutheiße Strahlung oder auch durch eisige Kälte. Diese Änderungen vollziehen sich im Zeitraum von Jahrmillionen, also der astronomischen oder biologischen Größenordnung nach (da die Evolution hunderte Millionen, wenn nicht eine Milliarde von Jahren erfordert) – in sehr kurzer Zeit.

Nach den ursprünglichen Berechnungen sollte sich die Solaris im Lauf von fünfhunderttausend Jahren bis auf die Distanz von einer halben astronomischen Einheit ihrer roten Sonne nähern und nach einer weiteren Million – in ihren Glutenabgrund stürzen.

Aber schon nach etwas mehr als zehn Jahren überzeugte man sich, daß die Solarisbahn keineswegs die erwarteten Änderungen aufwies, ganz als ob sie konstant wäre, so konstant wie die Bahnen der Planeten unseres Sonnensystems.

Man wiederholte, nun schon mit höchster Genauigkeit, die Beobachtungen und Messungen, die nur bestätigten, was bekannt war: die Solaris besitzt eine unbeständige Umlaufbahn.

Von einem unter etlichen hundert neuentdeckten Planeten pro Jahr, die mit Notizen von ein paar Zeilen, mit Angabe der Elemente ihrer Bewegung, in die großen Statistiken einbezogen werden, avancierte die Solaris nun in den Rang eines besonderer Beachtung würdigen Himmelskörpers.

Und so kreiste denn an die vier Jahre nach dieser Entdeckung Ottenskjolds Expedition um den Planeten und untersuchte ihn vom Laokoon und von zwci Begleitschiffen aus. Diese Expedition hatte den Charakter provisorischer, improvisierter Auskundschaftung, zumal da sie nicht zum Landen ausgerüstet war. Sie brachte in Äquator- und Pol-Umlaufbahnen eine größere Anzahl von Beobachtungssatelliten an, deren Hauptaufgabe die Messung der Gravitationspotentiale war. Überdies wurden die fast gänzlich vom Ozean bedeckte Planetenoberfläche und die wenigen aus seinem Niveau herausragenden Hochebenen erforscht. Diese erreichen insgesamt nicht den Flächeninhalt Europas, obwohl die Solaris um zwanzig Prozent größeren Durchmesser hat als die Erde. Diese unregelmäßig verstreuten Brocken von felsigem und ödem Land häufen sich vor allem auf der Südhalbkugel. Man stellte auch die Zusammensetzung der Atmosphäre fest, die keinen Sauerstoff enthält, und maß überaus genau die Dichte des Planeten sowie die Albedo und andere astronomische Elemente. Wie erwartet, wurden keine Spuren von Leben aufgefunden, weder an Land, noch gewahrte man welche am Ozean.

Während weiterer zehn Jahre zeigte die Solaris, nun schon im Zentrum der Aufmerksamkeit aller Observatorien dieses Bereichs, erstaunliche Tendenz zur Beibehaltung ihrer außer allem Zweifel gravitationsmäßig unbeständigen Umlaufbahn. Eine Zeit lang roch die Angelegenheit nach Skandal, denn die Schuld an einem solchen Beobachtungsergebnis suchte man (immer aus Sorge um das Wohl der Wissenschaft) bald auf bestimmte Leute zu schieben, bald auf die Rechenanlagen, deren sie sich bedienten.

Der Mangel an Geldmitteln zögerte die Entsendung einer eigentlichen Solaris-Expedition weitere drei Jahre hinaus, bis zu dem Zeitpunkt, da Shannahan die Besatzung komplett hatte und vom Institut drei Einheiten der Tonnage C, Kosmodromklasse, erlangte. Anderthalb Jahre vor Eintreffen der Expedition, die vom Gebiet des Alpha des Wassermanns aus startete, brachte von seiten des Instituts eine zweite Explorationsflotte ein automatisches Satelloid, Luna 247, in eine Solaris-Umlaufbahn. Nach drei jahrzehntelang auseinanderliegenden Rekonstruktionen arbeitet dieses Satelloid heute noch. Die Daten, die es sammelte, bestätigten endgültig, was Ottenskjolds Expedition wahrgenommen hatte: den aktiven Charakter der Ozeanbewegungen.

Ein Schiff Shannahans verblieb auf einer hohen Umlaufbahn, zwei dagegen landeten nach einleitenden Vorbereitungen auf einem felsigen Stück Land, das beim Südpol der Solaris etwa sechshundert Quadratmeilen einnimmt. Die Arbeiten der Expedition waren nach achtzehn Monaten beendet und verliefen günstig, bis auf einen Unglücksfall, der durch Fehlfunktion der Apparate verursacht wurde. Innerhalb des Wissenschaftlerteams kam es jedoch zur Aufspaltung in zwei gegnerische Lager. Zum Gegenstand des Streits wurde der Ozean. Auf Grund der Analysen wurde er als organisches Gebilde erkannt (ihn lebendig zu nennen, wagte damals noch niemand). Während jedoch die Biologen in ihm ein primitives Gebilde sahen – eine Art gigantischen Verband, also gleichsam eine einzige monströs auseinandergewachsene flüssige Zelle (aber sie nannten ihn »präbiologische Formation«), die den ganzen Globus mit einem gallertigen, stellenweise eine Tiefe von mehreren Meilen erreichenden Mantel überzogen hat – behaupteten Astronomen und Physiker, das müsse eine außerordentlich hoch organisierte Struktur sein, die möglicherweise an Verschlungenheit des Aufbaus die irdischen Organismen übertreffe, da sie doch imstande sei, aktiv die Ausformung der Planetenbahn zu beeinflussen. Es wurde nämlich keinerlei andere Ursache entdeckt, die das Verhalten der Solaris erklärt hätte; überdies fanden die Planetarphysiker eine Beziehung zwischen bestimmten Prozessen des Plasma-Ozeans und dem örtlich gemessenen Gravitationspotential, das sich in Abhängigkeit vom Ozean-eigenen »Stoffwechsel« änderte.

So brachten also Physiker und nicht Biologen die paradoxe Formulierung »plasmatische Maschine« vor; darunter verstanden sie ein Gebilde, in unserem Sinne vielleicht auch unbelebt, doch fähig, zielbezogene Tätigkeiten zu unternehmen – fügen wir gleich hinzu: in astronomischer Größenordnung.

In diesem Streit, der innerhalb von Wochen die bedeutendsten Autoritäten sämtlich in seinen Wirbel hineinzog, geriet zum ersten Mal seit achtzig Jahren die Gamov-Shapleysche Doktrin ins Wanken.

Eine Zeitlang suchte man sie noch zu verteidigen, indem man behauptete, der Ozean habe nichts mit Leben zu tun, er sei nicht einmal ein »para«- oder »prä«-biologisches Gebilde, sondern eine geologische Formation, gewiß ungewöhnlich, aber nur zur Fixierung der Solarisbahn durch Schwerkraftänderungen fähig, wobei man sich auf die Le-Chateliersche Regel berief.

Solchem Konservatismus zum Trotz erwuchsen Hypothesen, wie etwa eine der besser ausgearbeiteten, von Civito und Vitta, der Ozean sei das Ergebnis dialektischer Entwicklung: aus seiner Vorform, dem Ur-Ozean, einer Lösung träge reagierender chemischer Körper, vermochte er unter dem Druck der Verhältnisse (das heißt, der Bahnänderungen, die seine Existenz bedrohten) ohne alle Zwischenstufen irdischer Entwicklung, also ohne das Entstehen von Ein- und Vielzellern, ohne pflanzliche und tierische Evolution, ohne das Auftreten von Nervensystem und Gehirn, gleich in das Stadium des »homöostatischen Ozeans« umzuspringen. Das heißt mit anderen Worten, daß er sich nicht wie die irdischen Organismen hunderte Jahrmillionen lang an die Umwelt anpaßte, um erst nach einer so enormen

Zeitspanne eine intelligente Rasse zu erzeugen, sondern sofort seine Umwelt bewältigte.

Das war durchaus originell, bloß wußte weiterhin niemand, wie eine sirupartige Gallerte die Bahn eines Himmelskörpers stabilisieren kann. Seit fast hundert Jahren kannte man Anlagen zur Herstellung künstlicher Kraft- und Schwerefelder, die Gravitoren, aber niemand konnte sich auch nur vorstellen, wie ein Resultat, das – in den Gravitoren – das Ergebnis komplizierter Kernreaktionen und enormer Temperaturen ist, von einem gestaltlosen Brei zustandegebracht werden kann. In den Zeitungen, die damals zur Kurzweil der Leser und zum Grauen der Wissenschaftler nur so strotzten von hanebüchenen Schwindeleien zum Thema »Geheimnis der Solaris«, fehlte es auch nicht an Behauptungen, der planetare Ozean sei... ein entfernter Verwandter der irdischen elektrischen Zitteraale.

Als es gelang, das Problem zumindest einigermaßen zu entwirren, erwies sich, daß die Erklärung, wie dies bei der Solaris später noch oft vorkam, an die Stelle eines Rätsels ein anderes, vielleicht noch erstaunlicheres, setzte.

Die Untersuchungen ergaben, daß der Ozean keineswegs nach dem Prinzip unserer Gravitoren funktioniert (was im übrigen unmöglich wäre), sondern direkt die Raum-Zeit-Metrik zu modellieren vermag, was unter anderem zu Abweichungen in der Zeitmessung an einem und demselben Längengrad der Solaris führt. Demnach kannte der Ozean nicht nur in gewissem Sinne die Einstein-Boevische Theorie, sondern vermochte sogar (was man von uns nicht sagen kann), ihre Konsequenzen zu nutzen.

Als dies ausgesprochen war, brach in der wissenschaftlichen Welt einer der heftigsten Stürme unseres Jahrhunderts los. Die ehrwürdigsten, allgemein als Wahrheiten anerkannten Theorien stürzten zu Schutt zusammen, in der wissenschaftlichen Literatur tauchten die ketzerischsten Artikel auf, und die Alternative »genialer Ozean« oder »Graviations-Gallerte« erhitzte alle Gemüter.

Das alles geschah an die zwanzig Jahre, bevor ich geboren

wurde. Als ich zur Schule ging, galt auf Grund weiterhin erkannter Tatsachen die Solaris bereits allgemein als mit Leben ausgestatteter Planet – der freilich nur einen einzigen Bewohner hat.

Den zweiten Band Hughes-Eugl, den ich immer noch fast gedankenlos durchblätterte, eröffnete eine Systematik, ebenso originell ausgedacht wie komisch. Die Klassifikationstabelle präsentierte der Reihe nach: Art – Polytheria, Ordnung – Syncytialia, Klasse – Metamorpha.

Ganz, als kennten wir weiß Gott wieviele Exemplare der Gattung, während es doch in Wirklichkeit fortwährend nur einer war, allerdings mit einem Gewicht von siebzehn Billionen Tonnen.

Unter meinen Fingern schwirrten bunte Diagramme, Farbgraphiken, Spektralanalysen und Spektren vorbei, die Typus und Tempo der grundlegenden Umsetzung und ihre chemischen Reaktionen demonstrierten. Je weiter ich in dem klobigen Band vordrang, desto mehr Mathematik huschte auf den Kunstdruckblättern vorbei; man hätte meinen können, unser Wissen über diesen Vertreter der Klasse Metamorpha, der in die Finsternis der vierstündigen Nacht gehüllt einige hundert Meter unter dem Stahlboden der Station lag, sei vollkommen.

In Wirklichkeit waren sich noch nicht alle darüber einig, ob der Ozean nun ein »Wesen« sei, geschweige denn, ob man ihn als »denkend« bezeichnen dürfe. Ich stellte den schweren Band rumpelnd ins Regal und holte den nächsten heraus. Er umfaßte zwei Teile. Der erste war der Zusammenfassung der Versuchsprotokolle aller jener unzähligen Unternehmungen gewidmet, die das Ziel hatten, einen Kontakt mit dem Ozean anzuknüpfen. Dieses Kontaktknüpfen war in meiner Studentenzeit – nur zu gut erinnerte ich mich – eine Quelle unaufhörlicher Anekdoten, Spötteleien und Witze gewesen; die mittelalterliche Scholastik erschien als leichtfaßliche, taghell einleuchtende Erörterung im Vergleich zu dem Dickicht, das dieser Problemkreis hervorbrachte. Den zweiten Teil des Bandes, fast dreizehnhundert Seiten, nahm allein die Bibliographie zu diesem Gegenstand ein. Die Originalliteratur hätte bestimmt nicht in dem Zimmer Platz gefunden, worin ich saß.

Die ersten Kontaktversuche gingen über eigene elektronische Apparate vor sich, die die in beide Richtungen gesendeten Impulse transformierten, wobei der Ozean aktiv an der Ausformung dieser Apparate mitwirkte. Aber all das geschah in völliger Finsternis. Er »wirkte mit« – was hieß das? Er modifizierte bestimmte Elemente der in ihn eingetauchten Vorrichtungen, dadurch änderten sich die aufgezeichneten Rhythmen der Entladungen, die Registrierapparaturen hielten Unmengen von Signalen fest, etwas wie Bruchstücke irgendwelcher riesenhafter Operationen der höheren Analysis, aber was bedeutete das alles? Vielleicht waren das Daten über den jeweiligen Erregungszustand des Ozeans? Vielleicht die Impulse, die irgendwo, tausende Meilen weit weg von den Forschern, seine Riesengebilde entstehen lassen? Vielleicht die in unergründliche elektronische Gefüge umgesetzten Wiederspiegelungen der ewigen Wahrheiten dieses Ozeans? Vielleicht seine Kunstwerke? Wer konnte das wissen, wenn sich doch zweimal die gleiche Reaktion auf irgendeinen Reiz nicht erzielen ließ? Wenn einmal ein Ausbruch von Impulsen die Antwort war, die fast die Apparate sprengten, und ein andermal totes Schweigen? Wenn sich kein Experiment wiederholen ließ? Fortwährend schienen wir dicht vor dem Entziffern dieses unaufhörlich anwachsenden Meeres von Aufzeichnungen zu stehen; eigens zu diesem Zweck waren ja Elektronengehirne mit so hoher Informationswandlerleistung gebaut worden, wie bislang kein Problem sie erfordert hatte. Wirklich erhielt man gewisse Resultate. Der Ozean, die Quelle elektrischer, magnetischer und gravitativer Impulse, schien sich in der Sprache der Mathematik zu äußern; gewisse Sequenzen seiner Stromentladungen ließen sich klassifizieren, wenn man sich der abstraktesten Zweige der irdischen Analysis und Mengenlehre bediente; es erschienen Entsprechungen zu Strukturen, wie sie aus demjenigen Teilgebiet der Physik bekannt sind, das die Stellung von Materie und Energie zueinander, von endlichen und unendlichen Größen, von Teilchen und Feldern erörtert. Dies alles ließ die Wissenschaftler zu der Überzeugung neigen, ein denkendes Monstrum vor sich zu haben, etwas wie ein millionenfach auseinandergewuchertes, den ganzen Planeten umfangendes protoplasmatisches Hirn-Meer, das die Zeit hinbringt mit gespenstisch ausgedehnten theoretischen Betrachtungen über das Wesen des Alls; all das aber, was unsere Apparate herausgreifen, das sind kleine, zufällig aufgeschnappte Bruchstücke dieses ewig in den Tiefen abrollenden, jegliche Möglichkeit unseres Begreifens überschreitenden gigantischen Monologs.

Soweit die Mathematiker. Solche Hypothesen wurden von manchen als ein Ausdruck der Geringschätzung menschlicher Möglichkeiten bezeichnet, als Kapitulation vor etwas, was wir noch nicht verstehen, was aber verstanden werden kann als Versuch, die alte Doktrin aus dem Grab hervorzuholen: »ignoramus et ignorabimus«. Andere wiederum meinten, das sei schädliches und unergiebiges Gefasel, in diesen Hypothesen der Mathematiker äußere sich die Mythologie unserer Zeit, der ein riesiges Gehirn – ob elektronisch oder plasmatisch, gleichviel – als höchtes Ziel der Existenz erscheine, als Inbegriff des Seins.

Wieder andere... aber es gab ja Legionen von Forschern und Ansichten. Im übrigen, was war schon diese ganze um »Kontaktanknüpfung« bemühte Fachrichtung gegen andere Zweige der Solaristik, in denen insbesondere während des letzten Vierteljahrhunderts die Spezialisierung so vorangeschritten war, daß unter den Solaristen der Kybernetiker sich kaum mit dem Symmetriadologen verständigen konnte. »Wie könnt ihr euch mit dem Ozean verständigen, wenn ihr es nicht einmal mehr untereinander fertigbringt?« – fragte im Scherz einmal Veubeke, der damals in meiner Studienzeit Direktor des Instituts war; an diesem Scherz war viel Wahres.

Auch war ja der Ozean nicht von ungefähr in die Klasse Metamorpha eingereiht worden. Seine wellige Oberfläche konnte die unterschiedlichsten, mit nichts Irdischem vergleichbaren

Formen aus sich hervorbringen; die Zweckbestimmtheit dieser oft heftigen Eruptionen plasmatischen »Schaffens« – ob zur Anpassung, zur Erkenntnis oder zu irgend etwas sonst – war völlig rätselhaft.

Ich stellte den Band ins Regal zurück, so schwer war er, daß ich ihn mit beiden Händen festhalten mußte, und ich dachte: unser Wissen über die Solaris, das Bibliotheken füllt, ist unnützer Ballast, ein bodenloser Sumpf von Fakten, und wir sind auf dem gleichen Fleck, wo man es vor achtundsiebzig Jahren anzuhäufen begonnen hat, eigentlich ist die Situation jetzt viel schlimmer, weil sich alle Anstrengungen dieser Jahre als vergeblich erwiesen haben.

Was wir genau wußten, das waren lauter Verneinungen. Der Ozean verwendete keine Maschinen und baute keine, obwohl es unter bestimmten Umständen so aussah, als sei er dazu fähig, er vervielfältigte nämlich Teile mancher in ihn eingetauchter Apparate, aber das tat er nur im ersten und zweiten Jahr der Forschungsarbeiten; danach ignorierte er alle diese mit benediktinischer Geduld immer wieder aufgenommenen Versuche, als hätte er an unseren Vorrichtungen und Produkten (und, wie daraus folgen würde, auch an uns...) jegliches Interesse verloren. Auch besaß er – ich setze die Liste unserer »negativen Kenntnisse« fort – weder irgendein Nervensystem, noch Zellen, noch eine Struktur, die an die von Eiweiß erinnert hätte; nicht immer reagierte er auf Reize, selbst nicht auf die stärksten (so »ignorierte« er zum Beispiel völlig die Katastrophe des Hilfs-Raketenschiffs der zweiten Gieseschen Expedition, das aus einer Höhe von dreihundert Kilometern auf die Planetenoberfläche abstürzte und durch nukleare Explosion seiner Atommeiler das Plasma im Umkreis von anderthalb Meilen zerstörte).

In Wissenschaftlerkreisen begann »Angelegenheit Solaris« allmählich so zu klingen wie »verfahrene Angelegenheit«, insbesondere in den Sphären der wissenschaftlichen Administration des Instituts, wo in den letzten Jahren mehrfach die Forderung laut geworden war, die Zuwendungen für die weitere

Forschungsarbeit zu kürzen. Von gänzlicher Auflassung der Station hatte bisher niemand zu sprechen gewagt; das wäre ein allzu klares Eingeständnis der Niederlage gewesen. Im übrigen äußerten manche in privaten Gesprächen, wir brauchten sonst nichts als die Strategie eines möglichst »ehrenvollen« Rückzugs aus der »Affäre Solaris«.

Für viele jedoch, und besonders für die Jüngsten, wurde diese »Affäre« langsam zu einer Art Probierstein für den eigenen Wert: »Im Grund genommen« – sagten sie – »geht es um höheren Einsatz, als um das Ergründen der Solaris-Zivilisation. Um uns selbst wird gespielt, um die Grenzen der menschlichen Erkenntnis.«

Einige Zeit lang war die Ansicht beliebt (und wurde eifrig von der Tagespresse verbreitet), der denkende Ozean, der die ganze Solaris umspült, sei ein gigantisches Gehirn, das Jahrmillionen der Entwicklung vor unserer Zivilisation voraus habe; das sei etwas wie ein »Jogi des Kosmos«, ein Weiser, Gestalt gewordene Allwissenheit, die längst die Nichtigkeit jeglicher Betätigung begriffen habe und deshalb uns gegenüber unbedingtes Schweigen bewahre. Das war einfach unwahr, der lebende Ozean betätigt sich ja – und ob! –, nur eben anderen, nicht den menschlichen Vorstellungen gemäß; also baut er weder Städte noch Brücken, noch Flugkörper, er versucht auch nicht, den Raum zu überwinden oder zu überbrücken (manche Verfechter menschlicher Überlegenheit um jeden Preis faßten das als unschätzbaren Trumpf für uns auf), hingegen befaßt er sich mit tausendfältiger Umformung, mit »ontologischer Autometamorphose«, na, an gelehrten Fachausdrücken ist ja kein Mangel auf den Blättern der solaristischen Werke! Da andererseits einen Menschen, der sich beharrlich in alle nur möglichen Solariana vertieft, der unabweisliche Eindruck befällt, uns böten sich Bruchteile vielleicht genialer intellektueller Konstruktionen dar, planlos und sinnlos vermengt mit den Erzeugnissen vollkommenster, an Irrsinn grenzender Blödheit – so entstand denn als Antithese zu der Konzeption eines »Ozean-Jogi« der Gedanke an einen »Ozean-Schwachsinnigen«.

Diese Hypothesen gruben eines der ältesten philosophischen Probleme wieder aus und belebten es neu: das des Bewußtseins, der Beziehung zwischen Materie und Geist. Es gehörte nicht wenig Mut dazu, erstmals – wie Duhaart es tat – dem Ozean Bewußtsein zuzusprechen. Dieses Problem, das von den Wissenschaftstheoretikern eiligst für metaphysisch erklärt wurde, gloste im Untergrund bei fast allen Diskussionen und Auseinandersetzungen. Ist Denken ohne Bewußtsein möglich? Aber – kann man denn die im Ozean ablaufenden Prozesse als Denken bezeichnen? Ist ein Berg ein sehr großer Stein? Ein Planet – ein ungeheurer Berg? Man kann diese Benennungen gebrauchen, aber die neue Größenordnung bringt neue Gesetzmäßigkeiten und neue Phänomene ins Blickfeld.

Dieses Problem wurde zur Zirkel-Quadratur unserer Zeit. Jeder selbständige Denker suchte der Schatzkammer der Solaristik seinen Beitrag einzuverleiben; Theorien häuften sich, die besagten, uns biete sich das Produkt einer Degeneration dar, einer Rückbildung, die auf die verflossene Phase »intellektueller Hochblüte« des Ozeans gefolgt sei – dann wieder, der Ozean sei in Wahrheit ein Gewebekrebs: im Inneren der Körper einstiger Bewohner des Planeten entstanden, habe er sie sämtlich zerfressen und verschlungen, die Überreste einschmelzend zur Gestalt eines ewig dauernden, sich selbst verjüngenden, über die Zelleneinteilung hinausgewachsenen Mediums.

Im weißen Licht der Leuchtröhren, das irdischem Licht ähnlich war, räumte ich die Geräte und Bücher vom Tisch, die dort gelegen hatten, breitete auf der Kunststoffplatte die Karte der Solaris aus und betrachtete sie, auf die metallenen Randleisten aufgestützt. Der lebende Ozean hatte seine Untiefen und Tiefen; seine Inseln, mit einem Anflug verwitternder Mineralien bedeckt, ließen erkennen, daß sie einst seinen Grund gebildet hatten. Regelte er auch das Hervortauchen und Untergehen der Felsformationen, die in seinem Schoß versenkt waren? Das war völlig im dunklen. Ich schaute auf die riesigen, mit verschiedenen Violett- und Blautönen bemalten Halbkugeln auf der Karte und empfand, ich weiß nicht, zum wievielten Mal im Leben, das gleiche überwältigende Staunen, das ich zum ersten Mal als Bub gefühlt hatte, als ich in der Schule von der Existenz der Solaris erfahren hatte.

Ich weiß nicht, wie es kam, daß die Umgebung samt dem in ihr harrenden Geheimnis um Gibarians Tod, ja daß selbst meine ungewisse Zukunft mir mit einemmal unwichtig erschien, und daß ich an nichts dachte, versunken in die Betrachtung dieser jeden Menschen erschütternden Karte.

Die einzelnen Gegenden der Lebendbildung waren nach Forschern benannt, die sich ihrer Exploration gewidmet hatten. Ich musterte das Thexallsche Schlammassiv, das die äquatornahen Archipele umspült, da spürte ich jemandes Blick auf mir.

Immer noch stand ich über die Karte gebeugt, aber ich sah sie nicht mehr, ich war wie gelähmt. Die Tür hatte ich direkt vor mir; sie war mit den Kisten verstellt, und davor hatte ich noch ein Schränkchen geschoben. – Das ist irgendein Automat – dachte ich, obwohl vorhin keiner im Zimmer gewesen war, und keiner unbemerkt von mir hätte hereinkommen können. Die Haut auf Genick und Rücken begann mich zu brennen; das Gefühl, daß dieser Blick unbeweglich auf mir lastete, wurde unerträglich. Ich zog den Kopf ein, und es fiel mir nicht auf, daß ich mich zugleich immer fester gegen den Tisch stemmte: er begann langsam über den Fußboden zu rutschen. Dieser Ruck wirkte auf mich wie eine Befreiung. Ich wandte mich jäh um.

Das Zimmer war leer. Vor mir klaffte nur schwarz das große halbrunde Fenster. Die Empfindung wich nicht. Die Finsternis starrte mich an, gestaltlos, riesig, augenlos, ohne Grenzen. Kein Stern erhellte das Dunkel hinter den Scheiben. Ich zog die lichtdichten Vorhänge zu. Noch keine Stunde lang war ich in der Station, aber ich begann schon zu verstehen, warum hier Fälle von Verfolgungswahn vorgekommen waren. Instinktiv verknüpfte ich das mit dem Tod Gibarians. So wie ich ihn kannte, hatte ich bisher gedacht, ihn könnte nichts aus dem geistigen Gleichgewicht bringen. Nun war ich dessen nicht mehr so sicher.

Ich stand mitten im Zimmer, neben dem Tisch. Mein Atem beruhigte sich, ich spürte, wie der Schweiß auskühlte, der mir auf die Stirn getreten war. Woran hatte ich nur eben gedacht? Stimmt – an die Automaten. Daß ich nicht einen auf dem Korridor oder in den Zimmern antraf, war sehr merkwürdig. Wohin waren die alle verschwunden? Der einzige, der mir – auf Distanz – untergekommen war, gehörte zu der mechanischen Flughafenwartung. Und die anderen?

Ich schaute auf die Uhr. Eigentlich war es Zeit, daß ich zu Snaut ging.

Ich ging hinaus. Unter der Decke entlanglaufende Glimmröhren beleuchteten den Korridor ziemlich schwach. Ich schritt an zwei Türen vorbei, dann kam ich zu der, worauf Gibarians Name stand. Ich blieb lang davor stehen. Stille erfüllte die Station. Ich faßte die Klinke. Eigentlich wollte ich gar nicht dort hineingehen. Sie senkte sich, die Tür schob sich einen Zoll weit auf, ein Spalt entstand, einen Augenblick lang schwarz, dann schaltete sich dort das Licht ein. Jetzt konnte mich jeder sehen, der etwa durch den Korridor kam. Schnell überschritt ich die Schwelle und schloß die Tür hinter mir, lautlos und fest. Dann wandte ich mich um.

Ich stand so, daß mein Rücken fast die Tür berührte. Das Zimmer war größer als meines und hatte auch ein Panoramafenster; drei Viertel der Scheibe verdeckte eine zweifellos von der Erde mitgebrachte, nicht zum Stationsinventar gehörige Gardine mit feinem blauem und rosarotem Blümchenmuster. Die Wände entlang reihten sich Bücherregale und Schränkchen, alle mit silbrig glänzendem Lackanstrich in sehr hellem Grün. Ihr Inhalt, in ganzen Stapeln auf den Fußboden herausgewälzt, türmte sich zwischen den Schemeln und Lehnstühlen auf. Dicht vor mir sperrten zwei ›marschierende Tischlein‹ den Durchgang, umgeworfen und teilweise in die Haufen von Zeitschriften eingebohrt, die aus geplatzten Mappen quollen. Über aufgeschlagene Bücher, worin die Blätter flatterten, ergossen sich die Flüssigkeiten aus zersplitterten Kolben und Flaschen mit eingepaßten Stöpseln; das meiste war so dickwandig, daß es bei einem gewöhnlichen Fall auf den Fußboden, selbst aus beträchtlicher Höhe, niemals zerbrochen wäre. Beim Fenster lag umgestürzt der Schreibtisch samt der zertrümmerten Arbeitslampe mit Auslegerarm; der Hocker lag davor, und zwei seiner Beine wühlten sich in die halb heraushängenden Schubladen. Eine wahre Flut von Zetteln, Papieren, handbeschriebenen Bögen bedeckte den ganzen Fußboden. Ich erkannte Gibarians Schrift und bückte mich nach ihnen. Beim Aufheben der losen Blätter bemerkte ich, daß meine Hand nicht wie bisher einen einfachen, sondern einen doppelten Schatten warf.

Ich wandte mich um. Als hätte die rosa Gardine oben Feuer gefangen, flammte darin eine scharfe Linie verheerend blauer Glut, die sich mit jedem Augenblick weiter ausbreitete. Ich zerrte den Stoff zur Seite – blendender Brand fraß sich in die Augen. Er nahm ein Drittel des Horizonts ein. Ein Gewirr gespenstisch zerdehnter langer Schatten lief durch die Wellentäler auf die Station zu. Das war der Morgen. In der Zone, wo die Station sich befand, erschien am Himmel nach einstündiger Nacht die zweite, blaue Sonne des Planeten. Der selbsttätige Ausschalter löschte die Deckenlichter, als ich zu den liegengelassenen Papieren zurückkehrte. Ich traf auf die knappe Beschreibung eines Experiments, das vor drei Wochen geplant war: Gibarian beabsichtigte da, das Plasma der Einwirkung sehr harter Röntgenstrahlen auszusetzen. Dem Text entnahm ich, daß er für Sartorius bestimmt war, der den Versuch organisieren sollte; ich hielt eine Kopie in den Händen. Die weißen Papierbögen begannen mich zu blenden. Der Tag, der anbrach, war anders als der vorige. Unter dem orangefarbenen Himmel der erkaltenden Sonne war der Ozean – Tinte mit blutigen Glanzlichtern – fast immer von schmutzigrosa Nebel überlagert, der Wellen, Wolken und Firmament in eins verschmolz. All das war nun verschwunden. Sogar durch den rosa Stoff gefiltert, flammte dieses Licht wie der Brenner einer starken Quarzlampe. Meine braungebrannten Hände erschienen fast grau. Das ganze Zimmer verwandelte sich: alles, was rote Nuancen hatte, wurde braun und verwelkte ins Leberfarbene, dafür traten weiße, grüne und gelbe Gegenstände so grell hervor, daß sie eigenes Licht auszustrahlen schienen. Ich kniff die Augen ein, spähte durch den Vorhangspalt: der Himmel war ein weißes Feuermeer, und darunter flimmerte und zuckte es wie flüssiges Metall. Ich preßte die Lider zusammen, im Gesichtsfeld weiteten sich rote Kreise aus. Auf der Konsole des Waschbeckens (sein Rand war zerschmettert) entdeckte ich dunkle Augengläser, die fast das halbe Gesicht deckten, und setzte sie auf. Der Fenstervorhang loderte jetzt wie eine Natriumflamme. Ich las weiter, klaubte Blätter vom Boden auf und ordnete sie auf dem einzigen nicht umgeworfenen Tischlein. Ein Teil des Textes fehlte.

Die Reihe kam an Berichte über die bereits durchgeführten Experimente. Ich erfuhr, daß der Ozean an einem Punkt vierzehnhundert Meilen nordöstlich der gegenwärtigen Position vier Tage lang bestrahlt worden war. Das alles zusammen verblüffte mich, denn der Einsatz von Röntgenstrahlen war wegen ihrer zerstörenden Wirkung durch ein UNO-Abkommen untersagt, und ich war sicher, daß sich niemand um die Erlaubnis zu diesen Versuchen an die Erde gewandt hatte. Einmal, als ich den Kopf hob, erblickte ich im Spiegel der halb geöffneten Schranktür mein eigenes Bild, ein totenweißes Gesicht mit schwarzen Gläsern. Das Zimmer sah unheimlich aus, in weißen und blauen Flammen, aber nach einigen Minuten war ein langgezogener Knirschlaut zu hören, und von außen schoben sich hermetische Klappen vor die Fenster; der Innenraum verdunkelte sich, und das künstliche Licht schaltete sich ein, jetzt merkwürdig matt. Nur die Temperatur stieg fortwährend, bis der gleichmäßige Ton, der aus den Leitungen der Klimaanlage kam, wie übersteigertes Jaulen klang. Die Kühlapparaturen der Station arbeiteten mit voller Kraft. Trotzdem wuchs die tote Hitze immer noch an.

Schritte drangen bis zu mir. Jemand ging durch den Korridor. Zweimal trat ich geräuschlos auf, und schon war ich bei der Tür. Die Schritte wurden langsamer und verstummten. Derjenige, der da gegangen war, stand draußen vor der Tür. Die Klinke senkte sich allmählich; instinktiv, ohne zu denken, faßte ich sie auf meiner Seite und hielt sie fest. Der Druck verstärkte sich nicht, aber er ließ auch nicht nach. Dieser Jemand auf der anderen Seite der Tür verhielt sich ebenso lautlos, womöglich verblüfft. Wir hielten die Klinke ein ganz schönes Weilchen lang. Dann schnellte sie mir plötzlich entlastet in der Hand hoch, und ein schwaches Rascheln zeigte an, daß der andere fortging. Ich stand noch und horchte, aber alles war still.

Gäste

Hastig faltete ich Gibarians Notizen zweifach zusammen und steckte sie zu mir. Ich trat langsam zum Schrank und schaute hinein: Overalls und Anzüge waren zusammengedrückt und in die eine Ecke gezwängt, so, als ob sich daneben jemand hingestellt hätte. Unter einem Stoß Papier auf dem Boden ragte eine Ecke eines Briefumschlags hervor. Ich hob ihn auf. Er war an mich adressiert. Mir schnürte sich plötzlich die Kehle zu, ich riß den Briefumschlag auf, und es kostete mich Überwindung, das kleine Blatt Papier auseinanderzufalten, das darin steckte.

In seiner regelmäßigen, überaus kleinen, aber leserlichen Handschrift hatte Gibarian notiert:

Ann. Solar., Vol. I, Annex; vgl. auch Vot. separat. Messengers zum Fall F., in: Ravintzer, Kleine Apokryphe.

Und kein Wort weiter. Das war alles. Die Schriftzüge zeugten von Eile. Ob das irgendeine wichtige Nachricht war? Wann hatte er das geschrieben? Ich dachte, ich sollte schnellstens in die Bibliothek gehen. Diesen Annex zum ersten solaristischen Jahrbuch kannte ich, das heißt, ich wußte von seiner Existenz, hatte ihn aber nie in der Hand gehabt, da er von rein historischem Wert war. Dagegen hatte ich von irgendeinem Ravintzer oder von seiner »Kleinen Apokryphe« nie auch nur gehört.

Was tun?

Ich war schon über eine Viertelstunde verspätet. Noch einmal, von der Tür aus, erfaßte ich mit einem Blick das ganze Zimmer. Erst jetzt bemerkte ich das senkrecht an der Wand befestigte

Klappbett, denn eine auseinandergerollte Solariskarte verdeckte es. Hinter der Karte hing etwas. Das war ein Taschen-Tonbandgerät mit Futteral. Ich packte den Apparat aus, das Futteral hängte ich an den vorigen Platz, und das Bandgerät steckte ich ein. Ich schaute auf den Zähler – fast die ganze Spule war bespielt.

Wieder stand ich eine Sekunde lang bei der Tür und horchte angestrengt in die Stille hinaus. Nichts. Ich öffnete die Tür, der Korridor erschien mir als schwarze Kluft, erst jetzt nahm ich die dunklen Gläser ab und erblickte die schwachen Deckenlichter. Ich schloß die Tür hinter mir und ging nach links, auf die Funkstation zu.

Ich näherte mich der runden Kammer, bei der sich die Korridore radspeichenförmig verzweigten, und als ich an einem engen Seitengang vorbeikam, der vermutlich zu den Baderäumen führte, da erblickte ich eine große, undeutliche, fast im Halbdunkel verschwimmende Gestalt.

Ich blieb stehen wie angewurzelt. Aus der Tiefe dieses Seitenstollens kam mit gemächlichem, watschelndem Gang eine ungeheure Negerin. Ich sah ihre Augäpfel blitzen, und fast gleichzeitig vernahm ich schon das weiche Aufklatschen ihrer nackten Sohlen. Sie trug nichts am Leib als ein gelblich schimmerndes, wie aus Stroh geflochtenes Röckchen; sie hatte riesige hängende Brüste, und die schwarzen Arme kamen den Schenkeln eines normalen Menschen gleich; sie schritt an mir vorbei, ohne auch nur in meine Richtung zu schauen – im Abstand von einem Meter –, und ging, die elefantenhaften Hinterbacken wiegend, diesen fettsteißigen Altsteinzeitplastiken ähnlich, wie man sie manchmal in anthropologischen Museen sieht. Wo der Korridor umbog, wandte sie sich seitwärts, und in der Tür zu Gibarians Kabine verschwand sie. Beim Öffnen stand sie einen Moment lang in dem stärkeren Licht, das im Zimmer brannte. Die Tür schloß sich leise, und ich blieb allein. Mit der rechten Hand faßte ich die linke um die Mitte und drückte sie mit voller Kraft zusammen, daß die Knochen krachten. Ich blickte mich verstört in der Umgebung um. Was war geschehen? Was war das? So plötzlich, als hätte mich jemand geschlagen, erinnerte ich mich an Snauts Warnung. Was hatte das zu bedeuten? Wer war diese scheußliche Aphrodite? Wo kam sie her? Ich tat einen, nur einen Schritt auf Gibarians Kabine zu und hielt reglos inne. Ich wußte nur zu gut: ich werde dort nicht hineingehen. Mit geweiteten Nüstern sog ich die Luft ein. Da stimmte etwas nicht, paßte nicht zusammen – ach ja! Instinktiv erwartete ich den ekligen, deutlichen Dunst von ihrem Schweiß, aber selbst als sie einen Schritt weit von mir vorbeigekommen war, hatte ich nichts gerochen.

Ich weiß nicht, wie lang ich dort an der kühlen Metallwand lehnte. Stille erfüllte die Station, der einzige hörbare Laut war das ferne, eintönige Geräusch von den Kompressoren der Klimaanlage.

Ich schlug mir leicht die flache Hand ins Gesicht und ging langsam zur Funkstation. Als ich die Klinke drückte, hörte ich die scharfe Stimme:

– Wer da?

– Ich bin's. Kelvin.

Er saß bei einem Tischlein zwischen einem Stapel Aluminiumschachteln und dem Pult des Senders und aß ein Fleischkonzentrat direkt aus der Dose. Ich weiß nicht, warum er sich die Funkstation als Wohnung ausgesucht hatte. Ich stand verdattert bei der Tür, betrachtete seine gleichmäßig kauenden Kinnladen und spürte auf einmal, wie hungrig ich war. Ich ging zum Regal, wählte aus einem Stapel von Tellern den am wenigsten verstaubten aus und setzte mich Snaut gegenüber. Eine Zeitlang aßen wir schweigend, dann stand Snaut auf, holte aus einem Wandschränkchen eine Thermosflasche und schenkte jedem ein Glas heiße Fleischbrühe ein. Er stellte die Thermosflasche auf den Fußboden, weil auf dem Tischlein kein Platz mehr war, und fragte:

– Hast du Sartorius gesehen?

– Nein. Wo ist er?

– Oben.

Oben war das Laboratorium. Wir aßen schweigend weiter, bis

das Blech in der geleerten Dose knirschte. In der Funkstation war Nacht. Das Fenster war von außen dicht verschlossen, unter der Decke brannten vier ringförmige Glimmröhren. Ihre Spiegelungen zitterten auf dem Plastikgehäuse des Senders.

Auf Snauts Jochbeinen zogen sich rote Äderchen durch die gespannte Haut. Er trug jetzt einen schwarzen, weiten, zerschlissenen Pullover.

– Fehlt dir was? – fragte Snaut.

– Nein. Was soll mir fehlen?

– Du bist ganz verschwitzt.

Ich fuhr mit der Hand über die Stirn. Ich troff wirklich von Schweiß, das muß die Reaktion auf den vorangegangenen Schock gewesen sein. Snaut schaute mich forschend an. Sollte ich es ihm sagen? Lieber wäre mir gewesen, er selbst hätte mir mehr Vertrauen gezeigt. Wer spielte hier gegen wen und auf welche unbegreifliche Weise?

– Heiß ist es – sagte ich. – Ich hätte gedacht, daß die Klimaanlage bei euch besser funktioniert.

– Ungefähr in einer Stunde gleicht sich das aus. Bist du sicher, daß das nur von der Hitze kommt? – er hob den Blick zu mir auf. Ich kaute emsig, so als hätte ich das nicht gesehen.

– Was hast du vor? – fragte Snaut endlich, als wir fertiggegessen hatten. Er warf alles Geschirr und die leeren Dosen in das Waschbecken an der Wand und kehrte auf seinen Lehnsessel zurück.

– Ich richte mich nach euch – erwiderte ich phlegmatisch. – Ihr habt doch wohl einen Forschungsplan? Irgendeinen neuen Reiz, angeblich Röntgen oder so was, nicht wahr?

– Röntgen? – Er zog die Brauen hoch. – Wo hast du das gehört?

– Weiß ich nicht mehr. Das hat mir jemand gesagt. Vielleicht auf dem Prometheus. Und? Macht ihr das schon?

– Die Einzelheiten kenne ich nicht. Das war Gibarians Idee. Er hat das mit Sartorius angefangen. Aber wie kannst du davon etwas wissen?

Ich zuckte die Achseln.

– Die Einzelheiten kennst du nicht? Du müßtest doch dabei sein, das fällt ja in dein Gebiet – ich sprach nicht zu Ende. Er schwieg. Das Jaulen aus den Klimageräten klang ab, und die Temperatur hielt sich auch in erträglichen Grenzen. Nur ein unablässiger hoher Ton wie das Summen einer sterbenden Fliege hing in der Luft. Snaut stand auf, ging zum Steuerpult und begann die Schalter zu flippen, völlig sinnlos, da der Hauptausschalter in Tot-Stellung war. Snaut spielte eine Weile so herum; ohne den Kopf zu wenden, bemerkte er schließlich:

– Es wird nötig sein, die Formalitäten zu erledigen, wegen dieser Sache…, weißt du.

– So?

Er wandte sich um und blickte mich an, er schien der Wut nahe. Ich kann nicht sagen, daß ich mich absichtlich bemüht hätte, ihn aus der Fassung zu bringen, aber da ich nichts verstand, was hier gespielt wurde, war ich lieber zurückhaltend. Ihm hüpfte der spitzige Adamsapfel über dem schwarzen Rollkragen.

– Du warst bei Gibarian – sagte Snaut plötzlich. Eine Frage war das nicht. Ich zog die Brauen hoch und schaute ihm ruhig ins Gesicht.

– Du warst in seinem Zimmer – wiederholte er.

Ich machte eine kleine Kopfbewegung, so als sagte ich »mag sein« oder »gut, nehmen wir an«.

Ich wollte, daß er weiterredete.

– Wer war dort? – fragte er.

Er wußte von ihr!!!

– Niemand. Wer hätte denn dort sein können? – fragte ich.

– Warum hast du mich dann nicht eingelassen?

Ich lächelte.

– Weil ich erschrocken bin. Nach deiner Warnung, als sich da die Klinke bewegte, hielt ich sie instinktiv fest. Warum hast du nicht gesagt, daß du es bist? Ich hätte dich eingelassen.

– Ich dachte, das sei Sartorius – sagte er unsicher.

– Also was weiter?

– Was hältst du von dem ... was dort geschehen ist? – setzte er Frage gegen Frage.

Ich zögerte.

– Du mußt das besser wissen als ich. Wo ist er?

– Im Kühlraum – antwortete er sofort. – Wir haben ihn gleich in der Früh hinübergetragen ... wegen der Hitze.

– Wo hast du ihn gefunden?

– Im Schrank.

– Im Schrank? Und da war er schon tot?

– Das Herz schlug noch, aber geatmet hat er nicht. Das war die Agonie.

– Hast du ihn zu retten versucht?

– Nein.

– Warum nicht?

Er zögerte.

– Ich bin nicht mehr dazugekommen. Er starb, bevor ich ihn hinlegte.

– Er stand im Schrank? Zwischen diesen Overalls?

– Ja.

Er ging in die Ecke zu dem kleinen Schreibtisch und holte einen Papierbogen, der darauf gelegen hatte. Den legte er vor mich hin.

– Da habe ich so ein vorläufiges Protokoll geschrieben – sagte er. – Das ist sogar gut, daß du dir das Zimmer besehen hast. Todesursache ... Einspritzung einer tödlichen Dosis Pernostal. Schau, hier steht das ...

Ich überflog den kurzen Text.

– Selbstmord ... – wiederholte ich leise. – Und die Ursache? ...

– Psychische Störungen ... Depression ... oder wie man das nennen mag. Du weißt da besser Bescheid als ich.

– Ich weiß nur über etwas Bescheid, was ich selbst sehe – antwortete ich und schaute ihm von unten her in die Augen, denn er stand über mich gebeugt.

– Was willst du damit sagen? – fragte er ruhig.

– Er injizierte sich Pernostal und verkroch sich im Schrank, ja?

Wenn das so gewesen ist, dann ist das keine Depression, keine Störung, sondern eine akute Psychose. Paranoia... Sicher hat er sich eingebildet, etwas zu sehen... – ich sprach immer langsamer und schaute ihm in die Augen.

Er ging fort zum Radiopult und begann wieder an den Schaltern herumzuflippen.

– Da ist deine Unterschrift – bemerkte ich nach kurzem Schweigen. – Und Sartorius?

– Ist im Laboratorium. Das habe ich dir schon gesagt. Er zeigt sich nicht; ich nehme an, daß...

– Daß was?

– Daß er sich eingeschlossen hat.

– Eingeschlossen? So so. Eingeschlossen. Sonst noch was? Vielleicht hat er sich verbarrikadiert?

– Vielleicht.

– Snaut... – sagte ich – in der Station hält sich jemand auf.

– Hast du es gesehen?!

Er stand vorgeneigt und schaute mich an.

– Du hast mich gewarnt. Vor wem? Ist das eine Halluzination?

– Was hast du gesehen!?

– Das ist ein Mensch, oder?

Er schwieg. Drehte sich zur Wand, als wollte er nicht, daß ich sein Gesicht beobachtete. Trommelte mit den Fingern auf die metallene Zwischenwand. Ich schaute auf seine Hände. An den Knöcheln waren keine Blutspuren mehr. Ich erlebte eine kurze, blitzartige Erleuchtung.

– Diese Person ist real – sagte ich leise, fast flüsternd, so als teilte ich ihm ein Geheimnis mit, das belauscht werden könnte. – Ja? Man kann sie... berühren. Man kann sie... verwunden... Du hast sie heute zuletzt gesehen.

– Woher kannst du das wissen!?

Er wandte sich nicht um. Stand dicht vor der Wand und stieß mit der Brust daran, wie ihn meine Worte trafen.

– Unmittelbar vor meiner Landung... Kurz davor...?

Wie unter einem Hieb krümmte er sich zusammen. Ich sah in die irren Augen.

– Du?!!! – röchelte er – wer bist DU!?

Er sah aus, als wollte er sich auf mich stürzen. Das hatte ich nicht erwartet. Die Situation war auf den Kopf gestellt. Der Mensch glaubte nicht, daß ich der war, für den ich mich ausgab? Was hatte das zu bedeuten!? Er schaute mich in äußerstem Entsetzen an. War das schon der Wahnsinn? Vergiftung? Alles wurde möglich. Aber ich hatte sie gesehen, diese – Ausgeburt, demnach war ja ich selbst... auch...?

– Wer war das? – fragte ich. Diese Worte beruhigten ihn. Eine Weile schaute er mich prüfend an, als traue er mir noch nicht recht. Daß ich fehlgegriffen hatte, und daß er mir nicht antworten werde, wußte ich schon, bevor er noch den Mund auftat.

Snaut setzte sich langsam in den Lehnsessel. Dort preßte er die Hände gegen die Schläfen.

– Wie es hier zugeht... – sagte er leise. – Delirium...

– Wer war das? – fragte ich nochmals.

– Wenn du es nicht weißt... – brummte er.

– Was dann?

– Nichts.

– Snaut – sagte ich – wir sind weit genug von zu Hause. Spielen wir mit offenen Karten. Alles ist auch so verworren genug.

– Worauf willst du hinaus?

– Daß du mir sagst, wen du gesehen hast.

– Und du...? – versetzte er argwöhnisch.

– Du verrennst dich. Ich werde dir alles sagen, und du mir. Du kannst beruhigt sein, ich werde dich nicht für verrückt halten, denn ich weiß...

– Für verrückt! Du lieber Gott! – er versuchte laut zu lachen. – Mensch, du hast aber auch nichts, überhaupt nichts... Aber das wäre ja die Erlösung! Wenn er nur einen Augenblick lang geglaubt hätte, das sei der Wahnsinn, dann hätte er das nicht getan, dann wäre er noch am Leben...

– Also das, was du über Störungen ins Protokoll geschrieben hast, das ist gelogen?

– Selbstverständlich!

– Warum schreibst du nicht die Wahrheit?

– Warum…? – wiederholte er.

Schweigen trat ein. Wieder war ich völlig im dunklen, nichts begriff ich, und eine Weile bildete ich mir ein, ich könnte ihn doch noch überzeugen, und mit vereinten Kräften würden wir das Rätsel anpacken. Warum, warum wollte er nicht sprechen?!

– Wo sind die Automaten? – begann ich wieder.

– In den Lagerräumen. Wir haben alle eingeschlossen, bis auf die Flughafenwartung.

– Warum?

Wieder antwortete er nicht.

– Sagst du es nicht?

– Ich kann nicht.

Das alles enthielt irgendein Element, das ich nicht in den Griff bekommen konnte. Sollte ich vielleicht zu Sartorius hinaufgehen? Plötzlich fiel mir der Zettel ein, und das schien mir im Moment das wichtigste.

– Denkst du an ein Weiterarbeiten unter solchen Umständen? – fragte ich.

Snaut zuckte verächtlich die Achseln.

– Was liegt daran?

– Ach, meinst du? Also was hast du vor?

Er schwieg. Durch die Stille drang das ferne Geräusch bloßfüßiger Tritte. Zwischen Nickel- und Kunststoffgeräten, hohen Schränken mit elektronischen Anlagen, Gläsern, Präzisionsapparaten klang dieses wabbelige Schlurfen wie ein läppischer Spaß von jemandem, der seinen Verstand nicht beisammen hat. Die Schritte näherten sich. Ich stand auf, höchst gespannt beobachtete ich Snaut. Er kniff die Augen zu schmalen Schlitzen zusammen und horchte, aber er wirkte durchaus nicht erschrokken. Also nicht vor *ihr* fürchtete er sich??

– Wie kommt sie hierher? – fragte ich. Und als er zauderte: – Du willst es nicht sagen?

– Ich weiß es nicht.

– Gut.

Die Schritte entfernten sich und verhallten.

– Du glaubst mir nicht? – sagte er. – Mein Wort darauf, daß ich es nicht weiß.

Schweigend öffnete ich den Schrank mit den Raumanzügen und begann diese schweren, leeren Hüllen zur Seite zu stoßen. Wie ich vermutet hatte, hingen hinten an Haken die Gaspistolen, die zur Fortbewegung im schwerelosen Raum dienten. Viel waren sie nicht wert, aber irgendeine Waffe war das doch. Ich hatte lieber so eine, als keine. Ich überprüfte den Patronenvorrat und hängte den Riemen des Futterals über die Schulter. Snaut beobachtete mich aufmerksam. Als ich die Riemenlänge einstellte, zeigte er die gelben Zähne in einem höhnischen Lächeln.

– Weidmannsheil! – sagte er.

– Danke für alles – entgegnete ich und ging zur Tür. Er fuhr aus dem Lehnsessel hoch.

– Kelvin!

Ich schaute hin. Snaut lächelte nicht mehr. Ich weiß nicht, ob ich jemals ein so erschöpftes Gesicht gesehen habe.

– Kelvin, das ist nicht... Ich... ich kann wirklich nicht – stammelte er. Ich wartete, ob er noch etwas sagen werde, aber er bewegte nur den Mund, wie um etwas daraus hervorzuschleudern.

Ich drehte mich um und ging wortlos davon.

Sartorius

Der Korridor war leer. Er führte zuerst geradeaus, dann bog er nach rechts um. Ich war nie vorher in der Station gewesen, aber im Rahmen des Vortrainings hatte ich sechs Wochen lang in ihrer genauen Nachbildung gewohnt, die sich auf der Erde im Institut befindet. Ich wußte, wohin die Treppe mit den Alumiumstufen führte. Die Bibliothek war nicht beleuchtet. Tastend fand ich den Lichtschalter. Als ich in der Kartei den ersten Band des solaristischen Jahrbuchs samt Annex aufgesucht hatte, leuchtete auf den Tastendruck hin das rote Licht auf. Ich zog das Hilfsregister zu Rate – das Buch befand sich unten bei Gibarian, ebenso wie das andere, diese »Kleine Apokryphe«. Ich löschte das Licht und ging wieder hinunter. Ich fürchtete mich vor dem Betreten der Kabine, obwohl ich vorhin die Schritte gehört hatte. Das Weib konnte ja zurückgekommen sein. Eine Zeitlang stand ich vor der Tür, dann biß ich die Zähne zusammen, überwand mich und trat ein.

Das beleuchtete Zimmer war leer. Ich begann zwischen den Büchern herumzuwühlen, die beim Fenster auf dem Fußboden lagen; einmal ging ich zum Schrank und schloß ihn. Ich konnte diese leere Stelle zwischen den Overalls nicht ansehen. Beim Fenster war der Annex nicht. Band für Band stellte ich systematisch um, bis ich zu dem letzten Bücherhaufen vordrang, der sich zwischen dem Bett und dem Schrank ausbreitete. Dort fand ich den gesuchten Band.

Ich hoffte darin irgendeinen Hinweis zu finden, und wirklich steckte im Namensindex ein Lesezeichen; mit Rotstift war ein Namen angestrichen, der mir nichts sagte: André Berton. Er kam auf zwei getrennten Seiten vor. Ich schlug zuerst die frühere Stelle nach und erfuhr, daß Berton Ersatzpilot in Shannahans Raumschiff gewesen war. Zum nächsten Mal wurde er über hundert Seiten danach erwähnt. Unmittelbar nach der Landung war die Expedition mit außerordentlicher Vorsicht zu Werk gegangen, aber als sich nach sechzehn Tagen herausgestellt hatte, daß der Plasma-Ozean nicht nur keinerlei Anzeichen von Aggressivität zeigte, sondern sogar vor jedem an seine Oberfläche herangeführten Objekt zurückwich und den unmittelbaren Kontakt mit Apparaten und Menschen vermied, wo er nur konnte, da hoben Shannahan und sein Stellvertreter Timolis einen Teil jener durch die Vorsicht diktierten Verschärfungen auf, da sie die Durchführung der Arbeiten ungemein erschwerten und verzögerten.

Damals wurde die Expedition in kleine Zweier- und Dreiergruppen aufgespalten, die über dem Ozean Flüge von manchmal mehreren hundert Meilen durchführten; die vorher als Deckung verwendeten, das Arbeitsgebiet abschließenden Werfer wurden nun in der Basis untergebracht. Die ersten vier Tage nach diesem Methodenwechsel verflossen ohne irgendwelche Zwischenfälle, abgesehen von hin und wieder auftretenden Schäden an der Sauerstoffapparatur der Raumanzüge; die Auslaßventile erwiesen sich nämlich als anfällig für die Korrosionswirkung der giftigen Atmosphäre. Daher mußten sie fast täglich gegen neue ausgetauscht werden.

Am fünften Tag, oder vom Augenblick der Landung an gerechnet am einundzwanzigsten, unternahmen zwei Forscher, Carucci und Fechner (ersterer war Radiobiologe, letzterer Physiker), über dem Ozean einen Explorationsflug in einem kleinen zweisitzigen Aeromobil. Das war kein Flugzeug, sondern ein Gleitfahrzeug, das sich auf einem Polster verdichteter Luft fortbewegte.

Als sie nach sechs Stunden nicht zurück waren, verfügte Timolis, der in Shannahans Abwesenheit die Basis leitete, den Alarmzustand und schickte alle erreichbaren Leute auf die Suche.

Durch ein widriges Zusammentreffen von Umständen war an diesem Tag etwa eine Stunde nach dem Aufbruch der Forschungsgruppen die Funkverbindung abgerissen; die Ursache war ein großer Fleck der roten Sonne, der starke Korpuskularstrahlung in die äußeren Schichten der Atmosphäre aussendete. Nur die Ultrakurzwellengeräte funktionierten und ermöglichten die Verständigung über eine Distanz von nicht viel mehr als zwanzig Meilen. Zu allem Unglück wurde vor Sonnenuntergang der Nebel dichter, und die Suche mußte unterbrochen werden.

Als die Rettungsgruppen schon zur Basis unterwegs waren, entdeckte eine von ihnen das Aeromobil, kaum 80 Meilen vom Ufer entfernt. Der Motor arbeitete, und die Maschine schwebte unbeschädigt über den Wellen. In der durchsichtigen Kabine befand sich, halb bewußtlos, nur ein Mensch: Carucci.

Das Aeromobil wurde zur Basis gebracht, und Carucci ärztlicher Behandlung unterzogen; noch am selben Abend kam er zu sich. Über Fechners Schicksal konnte er nichts sagen. Er erinnerte sich nur mehr, daß er plötzlich Atemnot verspürt hatte, als sie eben beabsichtigt hatten, heimzukehren. Das Auslaßventil seines Apparats hatte sich verklemmt, und ins Innere des Raumanzugs gelangte bei jedemmal Atemholen eine geringe Menge giftiger Gase.

Fechner, der ihm den Apparat zu reparieren versuchte, mußte sich losschnallen und aufstehen. Das war das letzte, woran sich Carucci erinnerte. Die weiteren Ereignisse liefen laut Sachverständigenurteil vermutlich folgendermaßen ab: Beim Reparieren des Apparats von Carucci öffnete Fechner das Kabinendach, wahrscheinlich weil er sich unter der niedrigen Kuppel nicht frei bewegen konnte. Das war zulässig, denn die Kabine solcher Maschinen ist nicht hermetisch und bildet nur einen Schutz gegen atmosphärische Einflüsse und gegen den Wind. Während dieser Hantierungen mußte auch Fechners Sauerstoffgerät ausgefallen sein, umnebelt klomm er nach oben, gelangte durch die Kuppelöffnung auf den Rumpf der Maschine hinaus und fiel in den Ozean.

Dies ist die Geschichte des ersten Ozean-Opfers. Die Suche nach dem Leichnam – im Raumanzug hätte er auf den Wellen treiben müssen – erbrachte keinerlei Resultate. Im übrigen schwamm er vielleicht auch: das genaue Durchkämmen tausender Quadratmeilen einer fast unausgesetzt von Nebelstreifen überlagerten wogenden Wüste überforderte die Möglichkeiten der Expedition.

Vor der Dämmerung – ich komme nun auf die vorigen Ereignisse zurück – trafen alle Rettungsmaschinen wieder ein, bis auf einen großen Lasthubschrauber, den Berton flog.

Er erschien über der Basis fast eine Stunde nach Einbruch der Dunkelheit, als man sich schon ernstlich um ihn ängstigte. Berton war im Zustand des Nervenschocks, befreite sich nur eigenhändig aus der Maschine, um blindlings davonzustürzen; als sie ihn aufhielten, schrie und weinte er; bei einem Mann, der siebzehn Jahre Raumfahrt unter oftmals schwersten Bedingungen hinter sich hatte, war das erstaunlich.

Die Ärzte nahmen an, auch Berton habe eine Vergiftung erlitten. Nach zwei Tagen erklärte Berton, der sogar nach der Rückkehr zu scheinbarer Ausgeglichenheit keinen Augenblick lang das Innere der Hauptrakete der Expedition verlassen und nicht einmal einem Fenster mit Ausblick auf den Ozean nahekommen wollte, er wünsche einen Bericht über seinen Flug vorzubringen. Berton bestand darauf und behauptete, das sei eine Sache von höchster Wichtigkeit. Dieser Bericht wurde nach Begutachtung seitens des Expeditionsrats für das krankhafte Produkt eines von atmosphärischen Gasen vergifteten Geistes erklärt und als solches nicht in die Expeditionsgeschichte, sondern in die Krankengeschichte Bertons aufgenommen, womit die ganze Sache ihr Ende fand.

Soviel sagte der Annex. Ich konnte mir denken, daß der springende Punkt an dem Ganzen selbstverständlich Bertons Bericht selbst war – das, was diesen Fernstreckenpiloten bis zum Nervenzusammenbruch gebracht hatte. Zum zweiten Mal begann ich in den Büchern zu stöbern, aber die »Kleine Apokryphe« konnte ich nicht finden. Ich wurde immer müder, also verschob ich das Weitersuchen auf den nächsten Tag und verließ die Kabine. Als ich an der Aluminiumtreppe vorbeikam, sah ich Lichtflecken von oben auf die Stufen fallen. Sartorius arbeitete also immer noch, um diese Zeit! Ich dachte, ich sollte ihn doch sehen.

Oben war es etwas wärmer. Durch den breiten, niedrigen Korridor spielte ein leichter Luftzug. Die Papierstreifen prasselten unbändig vor den Ventilationsöffnungen. Eine dicke, in einen Metallrahmen gefaßte Mattglasplatte bildete die Tür zum Hauptlaboratorium. Von innen war das Glas mit etwas Dunklem verhängt; Licht drang nur durch die schmalen Fenster unter der Decke ein. Ich drückte die Griffstange. Wie ich erwartet hatte, gab die Tür nicht nach. Drinnen herrschte Stille, ab und zu erklang ein schwaches Piepsen wie von einer Gasflamme. Ich klopfte. Keine Antwort.

– Sartorius! – rief ich. – Herr Doktor Sartorius! Ich bin's, der Neue, Kelvin! Ich muß Sie sehen, bitte machen Sie auf!

Ein schwaches Rascheln, als trete jemand auf zerknülltes Papier, und wieder Stille.

– Ich bin's, Kelvin! Sie haben doch von mir gehört! Ich bin vor ein paar Stunden mit dem Prometheus angekommen! – rief ich, den Mund dicht vor der Berührungsstelle zwischen Türstock und Metallrahmen. – Herr Doktor Sartorius! Niemand ist hier, nur ich! Machen Sie mir auf!

Schweigen. Dann schwaches Rascheln. Ein paarmal klapperte etwas, sehr deutlich, so als legte jemand metallene Werkzeuge auf ein Metalltablett. Und plötzlich erstarrte ich: Da erklang eine Serie ganz zarter Schritte, wie das Trippeln eines Kindes – häufige, eilige Tritte kleiner Füßchen. Außer… außer jemand imitierte das ungemein geschickt mit den Fingern auf irgendeiner leeren, gut resonierenden Schachtel.

– Herr Doktor Sartorius!!! – brüllte ich. – Machen Sie auf oder nicht?!

Keine Antwort, nur wieder dieses kindliche Trippeln und gleichzeitig einige schnelle, schwach hörbare, schwungvolle Schritte, als ginge dieser Mensch auf den Zehenspitzen. Aber wenn er ging, dann konnte er doch wohl nicht gleichzeitig den Gang eines Kindes nachahmen? – Im übrigen, was geht mich das an! – dachte ich, und ohne länger die aufsteigende Wut zu bezähmen, donnerte ich:

– Herr Doktor Sartorius! Ich bin nicht sechzehn Monate geflogen, damit mich hier euer Theater aufhält!!! Ich zähle bis zehn. Dann sprenge ich die Tür auf!!!

Ich bezweifelte, daß mir das gelingen würde.

Der Rückstoß einer Gaspistole ist nicht sehr stark, aber ich war entschlossen, meine Drohung auf die eine oder die andere Art wahrzumachen, selbst wenn ich dazu erst Sprengladungen auftreiben müßte, woran es in den Lagerräumen bestimmt nicht fehlte. Ich sagte mir, ich dürfe nicht nachgeben, das heißt, ich könne nicht fortwährend mit diesen vom Wahnwitz gezinkten Karten spielen, die mir die Situation aufdrängte.

Ein Geräusch erscholl, so als ringe jemand mit jemandem oder stoße etwas, der Vorhang drinnen verschob sich vielleicht um einen halben Meter, ein schmaler Schatten fiel auf die Scheibe der matten, wie mit Reif bedeckten Tür, und ein leicht heiserer Diskant sagte:

– Ich mache auf, aber Sie müssen versprechen, daß Sie nicht eintreten.

– Wozu wollen Sie dann aufmachen!? – donnerte ich.

– Ich komme zu Ihnen hinaus.

– Gut. Ich verspreche es Ihnen.

Nun ertönte das leise Knattern des im Schloß umgedrehten Schlüssels, dann zog das dunkle Schattenbild, das die halbe Tür verdeckte, sorgsam den Vorhang wieder zu, dahinter liefen irgendwelche verwickelte Prozeduren ab, ich hörte etwas knarren, als würde ein Holztisch verschoben, endlich lüpfte sich die helle Tafel gerade so weit, daß Sartorius auf den Korridor schlüpfen konnte. Sartorius stand so vor mir, daß er die Tür verdeckte. Er war außergewöhnlich groß, mager, unter dem cremefarbenen Trikot schien der Körper nur aus Knochen zu bestehen. Um den Hals war ein schwarzes Tuch gewickelt; über die Schulter hing zusammengefaltet ein von Reagentien verätzter Labor-Schutzmantel. Den überaus schmalen Kopf hielt Sartorius schief. Fast das halbe Gesicht verdeckten ihm gewölbte schwarze Gläser, so daß ich seine Augen nicht sehen konnte. Er hatte ein langes Kinn, bläuliche Lippen und riesige, erfroren aussehende, weil ebenfalls bläuliche Ohren. Er war unrasiert. Strahlenschutzhandschuhe aus rotem Gummi baumelten ihm an Schlingen von den Handgelenken. Eine Weile standen wir da und betrachteten einander mit unverhohlener Abneigung. Seine restlichen Haare (er sah aus, als schere er seine Igelfrisur selbst mit dem Rasierapparat) waren bleigrau, die Bartstoppeln ganz weiß. Wie bei Snaut war die Stirn verbrannt, aber etwa in halber Höhe endete der Sonnenbrand an einer waagerechten Linie. Sichtlich trug Sartorius in der Sonne ständig irgendeine Mütze.

– Sie wünschen? – sagte er endlich. Er schien nicht sosehr abzuwarten, was ich ihm zu sagen hätte, sondern eher mit Anspannung in den Raum hinter sich hineinzuhorchen, immer noch den Rücken dicht an der Glasplatte. Geraume Zeit wußte ich nicht, wie ich sprechen sollte, um keine Dummheit zu begehen.

– Ich heiße Kelvin... Sie müssen von mir gehört haben – begann ich. – Ich bin, das heißt... ich war ein Mitarbeiter Gibarians...

Das magere Gesicht, ganz in senkrechten Linien – so muß Don Quixote ausgesehen haben –, war ohne jeden Ausdruck. Die schwarze, gewölbte Scheibe der auf mich gerichteten Brille erschwerte mir das Sprechen in höchstem Grade.

– Ich habe erfahren, daß Gibarian... tot ist. – Ich hielt inne.

– Ja. Sie wünschen?...

Das klang ungeduldig.

– Hat er Selbstmord begangen?... Wer hat den Leichnam gefunden, Sie oder Snaut?

– Warum wenden Sie sich damit an mich? Hat Ihnen Doktor Snaut nicht gesagt...?

– Ich wollte hören, was *Sie* in dieser Angelegenheit zu sagen haben...

– Herr Doktor Kelvin, Sie sind Psychologe?

– Ja. Und?

– Wissenschaftler?

– Ja, schon. Was hat das zu tun mit...

– Ich dachte, Sie wären Kriminalbeamter oder Polizist. Jetzt ist es zwei Uhr vierzig, und Sie, anstatt sich um eine Einführung in den Gang der hier auf der Station betriebenen Arbeiten zu bemühen, was trotz dieser brutal versuchten Erstürmung des Laboratoriums letzten Endes verständlich wäre, fragen mich aus, als wäre ich mindestens verdächtig.

Ich bezwang mich mit einer Kraftanstrengung, von der mir der Schweiß auf die Stirn trat.

– Sie *sind* verdächtig, Sartorius! – sagte ich mit erstickter Stimme.

Ich wollte ihm unbedingt einen Stich versetzen, daher fügte ich störrisch hinzu:

– Und Sie wissen das sehr wohl!

– Wenn Sie das nicht widerrufen und sich nicht bei mir entschuldigen, werde ich in der Funkmeldung Beschwerde über Sie einlegen, Kelvin!

– Wofür soll ich mich bei Ihnen entschuldigen? Dafür, daß Sie mich nicht etwa empfangen und ehrlich über das aufklären, was hier vorgeht, sondern sich im Laboratorium einschließen und verbarrikadieren?! Haben Sie schon völlig den Verstand verloren?! Was sind Sie eigentlich, ein Wissenschaftler oder ein armseliger Feigling?! Wie? Vielleicht antworten Sie mir?! – Ich weiß selbst nicht, was ich geschrien habe; er zuckte nicht einmal. Über die bleiche, großporige Haut rannen ihm dicke Schweißtropfen. Plötzlich kam ich dahinter: er hörte mir gar nicht zu! Beide Hände verbarg er hinter dem Rücken und hielt mit aller Kraft die Tür fest, die leicht erbebte, so als stemme sich von der anderen Seite jemand dagegen.

– Gehen Sie… fort… – ächzte er auf einmal mit seltsamer, piepsiger Stimme. – Sie… Um Gottes Barmherzigkeit willen, gehen Sie! Gehen Sie hinunter, ich komme, ich komme, ich tue alles, was Sie nur wollen, aber bitte fortgehen!!!

Solche Qual lag in seiner Stimme, daß ich völlig verdutzt die Hand instinktiv hochhob, um ihm diese Tür festhalten zu helfen, denn darum kämpfte er offensichtlich, aber er stieß daraufhin einen gräßlichen Schrei aus, so als ginge ich mit dem Messer auf ihn los, also begann ich mich rücklings zu entfernen, er aber schrie fortwährend im Falsett »Geh! Geh!«, dann wieder: »Ich komme ja schon! Ich komm schon! Ich komm schon!!! Nein! Nein!!!«

Er öffnete die Tür einen Spalt weit und stürzte in den Innenraum; ich bildete mir ein, in Brusthöhe sei an Sartorius etwas Goldfarbenes vorbeigeflitzt, etwas wie ein glänzender Kreis; aus dem Laboratorium drang nun dumpfes Gepolter, der Vorhang flog zur Seite, ein großer, langer Schatten huschte über den gläsernen Schirm, der Vorhang kehrte an seinen Platz zurück, und es war nichts mehr zu sehen. Was spielte sich dort ab?! Schritte trappelten, eine irre Hetzjagd endete plötzlich mit einem schrillen, glasigen Krach, und ich hörte das übersprudelnde Lachen eines Kindes...

Die Beine schlotterten mir; ich blickte mich nach allen Seiten um. Stille trat ein. Ich setzte mich auf ein niedriges Fensterbrett aus Kunststoff. Da saß ich wohl eine Viertelstunde; ich weiß nicht, wartete ich auf etwas oder war ich einfach so vollkommen erledigt, daß ich nicht einmal aufstehen mochte. Mir sprengte es direkt den Schädel. Irgendwoher aus der Höhe vernahm ich einen langgezogenen Knirschlaut, gleichzeitig erhellte sich die Umgebung.

Von meinem Platz aus sah ich nur einen Teil des ringförmigen Korridors, der rund um das Laboratorium führte. Es lag zuoberst in der Kuppe der Station, dicht unter dem Schild des Außenpanzers, daher waren die äußeren Wände schräg und konkav; alle paar Meter waren Fenster angebracht, Schießscharten ähnlich; eben hoben sich die verdunkelnden Außenklappen, der blaue Tag ging zu Ende. Durch die dicken Scheiben schoß blendender Glanz herein. Jede Nickelleiste, jede Klinke flammte auf wie eine kleine Sonne. Die Tür zum Laboratorium – diese große Mattglasplatte – erglühte wie die Öffnung einer Feuerstelle. Ich schaute auf meine grau in diesem gespenstischen Licht verblaßten, auf den Knien gekreuzten Hände. In der rechten hielt ich die Gaspistole, ich hatte keine Ahnung, wann oder wie ich die aus dem Futteral gerissen hatte. Ich senkte sie wieder hinein. Ich wußte bereits, daß mir selbst ein Atom-Werfer nichts geholfen hätte; was hätte ich damit ausrichten können? Die Tür zerdreschen? Ins Laboratorium eindringen?

Ich stand auf. Die im Ozean versinkende, einer Wasserstoffexplosion ähnliche Scheibe sandte mir ein waagrechtes Bündel von Strahlen nach, fast körperhaft waren sie; als sie meine Wange trafen (ich ging schon die Stufen hinunter), war das wie das Auflegen eines erwärmten Siegels.

Auf halber Höhe der Treppe besann ich mich anders und kehrte nach oben zurück. Ich ging rund um das Laboratorium. Wie ich schon gesagt habe, umgürtete es der Korridor: nach etwa hundert Schritten befand ich mich auf der anderen Seite, einer völlig gleichartigen Glastür gegenüber. Ich versuchte nicht, sie zu öffnen, ich wußte, daß sie versperrt war.

Ich suchte irgendein Fenster in der Kunststoffwand, eine Ritze wenigstens; der Gedanke, Sartorius zu belauern, kam mir durchaus nicht schuftig vor. Ich wollte den Vermutungen ein Ende machen und die Wahrheit kennenlernen, obwohl ich mir nicht vorstellen konnte, wie ich sie sollte begreifen können.

Es kam mir in den Sinn, daß Deckenfenster den Laboratoriumssälen Licht spendeten, also Fenster im Außenpanzer, durch die ich vielleicht ins Innere schauen konnte, wenn ich erst hinausgelangt war. Zu diesem Zweck mußte ich hinuntergehen und Raumanzug und Sauerstoffgerät holen. Ich stand an der Treppe und überlegte, ob das Spiel der Mühe wert sei. Es war durchaus wahrscheinlich, daß das Glas der Oberfenster matt war, aber was blieb mir übrig? Ich ging ins mittlere Stockwerk hinunter. Ich mußte an der Funkstation vorbei. Die Tür war sperrangelweit geöffnet. Er – saß im Lehnsessel, wie ich ihn verlassen hatte. Er schlief. Auf das Geräusch meiner Schritte hin zuckte er und öffnete die Augen.

– Hallo, Kelvin! – begrüßte er mich heiser. Ich schwieg.

– Nun, wie steht's, hast du etwas erfahren? – fragte er.

– Allerdings – entgegnete ich langsam. – Er ist nicht allein.

Snaut verzog den Mund.

– Na bitte. Das ist immerhin etwas. Er hat Gäste, sagst du?

– Ich verstehe nicht, warum ihr nicht sagen wollt, was das ist – warf ich wie beiläufig hin. – Da ich hierbleibe, erfahre ich es ja früher oder später doch. Also wozu die Geheimnisse?

– Du wirst das einsehen, sobald du selbst Gäste hast – sagte er. Meinem Eindruck nach wartete er auf etwas und hatte nicht viel Lust zu Gesprächen.

– Wohin gehst du? – murmelte er, als ich mich umwandte. Ich antwortete nicht. Die Flughafenhalle war in demselben Zustand, in dem ich sie zurückgelassen hatte. Auf der Erhöhung stand sperrangelweit geöffnet meine verrußte Kapsel. Ich näherte mich den Ständern mit den Raumanzügen, aber schlagartig verging mir die Lust zu dieser Extratour auf den Außenpanzer. Ich drehte mich um, wo ich stand, und ging über die Wendeltreppe hinunter zu den Lagerräumen. Der schmale Korridor war mit Gasflaschen und gestapelten Kisten vollgeräumt. Die Wände bestanden hier aus dem nackten, im Licht bläulich blitzenden Metall. Noch vierzig, fünfzig Schritte, und unter der Decke zeigten sich, weiß vom Reif, die Leitungen der Kühlapparatur. Ich folgte ihnen. Sie stießen durch eine Muffe mit dikkem Kunststoffkragen in einen dicht abgeschlossenen Raum durch. Ich öffnete die schwere, zwei Handbreit dicke Tür mit Gummirand, da wehte mich Frost an, der bis in die Knochen fuhr. Ich zitterte. Von dem Gewirr verschneiter Windungen hingen Eiszapfen herab. Auch hier standen Kisten und Behälter, eine feine Schicht Schnee bedeckte sie; die Regale an den Wänden waren vollgestellt mit Dosen und mit irgendwelchem Fett, gelblichen Ziegeln in Klarsichtverpackung. Gegenüber im Hintergrund wurde das Tonnengewölbe niedriger. Dort hing ein dicker, von feinen Eisnadeln funkelnder Vorhang. Ich schlug seinen Rand zurück. Auf einer Lagerstatt aus Aluminiumgittern ruhte mit grauem Tuch bedeckt eine große, langgestreckte Last. Ich hob ein Endchen der Plane und sah in das verharschte Gesicht Gibarians. Die schwarzen Haare, mit dem weißen Streifen oberhalb der Stirn, legten sich glatt an den Schädel. Der Kehlkopf stach hoch hervor, die Halsfläche knikkend. Die ausgetrockneten Augen schauten senkrecht hinauf zur Decke, im Lidwinkel hatte sich ein trüber Eistropfen angesammelt. Die Kälte durchdrang mich dermaßen, daß ich mit Mühe das Zähneklappern unterdrückte. Ohne das Bahrtuch loszulassen, berührte ich mit der anderen Hand den Toten an der Wange. Das war geradeso, wie wenn ich vereistes Holz berührt hätte. Die Haut war rauh von dem Bartwuchs, der in schwarzen Pünktchen hindurchstach. Der Ausdruck maßloser, verächtlicher Geduld gefror in der Stellung der Lippen. Als ich den Tuchsaum wieder senkte, bemerkte ich, daß jenseits des

Leichnams unter dem Faltenwurf einige schwarze, längliche Perlen oder Bohnen hervorstanden, der Größe nach aufgereiht. Plötzlich erstarrte ich.

Das waren die Zehen nackter Füße, von der Sohlenseite gesehen; die eiförmigen Zehenkuppen waren leicht voneinandergespreizt, unter dem bauschigen Rand des Bahrtuchs lag platt an den Grund geschmiegt die Negerin.

Sie ruhte mit dem Gesicht nach unten, wie in tiefen Schlaf versunken. Zoll für Zoll zog ich das dicke Gewebe weg. Der Kopf, bedeckt mit Haaren, die zu kleinen, bläulichen Büscheln verknäuelt waren, lag in der Beuge des ebenso schwarzen, massiven Arms. Die Buckel der Wirbelsäule spannten die glänzende Rückenhaut. Den gewaltigen Fleischberg belebte nicht die kleinste Bewegung. Noch einmal blickte ich auf die nackten Fußsohlen, und da fiel mir etwas Merkwürdiges auf: sie waren nicht platt oder eingedrückt von dem Gewicht, das sie zu tragen hatten, sie waren nicht einmal verhornt vom Barfußgehen, genauso glatte Haut wie die des Rückens oder der Hände überzog sie.

Ich überprüfte diese Wahrnehmung durch eine Berührung, die mir viel schwerer fiel als das Berühren des toten Körpers. Nun geschah etwas kaum Glaubliches: dieser einem Frost von zwanzig Grad ausgesetzte Körper lebte und bewegte sich. Sie zog den Fuß ein, wie ein schlafender Hund, den jemand an der Pfote faßt.

– Erfrieren wird sie hier – dachte ich, aber der Körper war ruhig und nicht übermäßig kühl, ich fühlte noch die weiche Tastempfindung in den Fingerspitzen verfließen. Ich wich rücklings hinter den Vorhang zurück, ließ ihn sinken und ging wieder auf den Korridor hinaus. Es schien mir, daß dort unheimliche Hitze herrsche. Die Treppe führte mich dicht vor die Halle des Flughafens. Ich setzte mich auf einen zusammengerollten Ringfallschirm und nahm den Kopf zwischen die Hände. Ich fühlte mich wie zerschlagen. Ich wußte nicht, was mit mir vorging. Ich war zermalmt, meine Gedanken schlitterten irgendein Steilgefälle hinab, wo der Absturz drohte. Mein Bewußtsein einzubüßen, zu nichts zu werden, das schien mir eine unsägliche, unerringliche Gnade.

Snaut oder Sartorius aufzusuchen, war zwecklos; ich nahm nicht an, daß überhaupt irgend jemand zu einer Ganzheit zusammenfügen könnte, was ich bislang erlebt hatte, gesehen, mit eigenen Händen berührt. Die einzige Rettung – Flucht – Erklärung – war die Diagnose auf Wahnsinn. Ja: Ich mußte wahnsinnig geworden sein, und das sofort nach der Landung. Der Ozean wirkte so auf mein Gehirn, ich erlebte Halluzination auf Halluzination, und demzufolge hatte ich nicht meine Kräfte zu vergeuden, indem ich vergeblich Rätsel zu entwirren suchte, die in Wirklichkeit nicht existierten, sondern ich hatte ärztliche Hilfe anzufordern, von der Funkstation aus den Prometheus oder ein anderes Schiff zu rufen, SOS-Signale durchzugeben.

Nun geschah etwas, was ich eher nicht erwartet hätte: Der Gedanke, ich sei verrückt geworden, beruhigte mich.

Nur zu gut verstand ich Snauts Worte – vorausgesetzt, daß überhaupt ein Snaut existierte, und daß ich irgendwann mit ihm gesprochen hatte; die Halluzinationen konnten ja viel früher eingesetzt haben – wer konnte wissen, ob ich nicht noch immer an Bord des Prometheus weilte, von einer plötzlich ausgebrochenen Geisteskrankheit befallen, so daß alles, was ich erlebt hatte, das Produkt meines gereizten Gehirns war? Wenn ich aber krank war, dann konnte ich wieder gesund werden, und dies gab mir wenigstens die Hoffnung auf ein Entrinnen, die ich aus den wirren Alpträumen meiner kaum ein paar Stunden alten Solaris-Erfahrung in keiner Weise herauszulesen vermochte.

Demnach war vor allem einmal ein logisch entworfenes Selbstexperiment durchzuführen, experimentum crucis, eines, das mir anzeigen konnte, ob ich tatsächlich wahnsinnig war und das Opfer von Vorspiegelungen der eigenen Einbildung wurde, oder ob meine Erlebnisse trotz ihrer Absurdität und Unwahrscheinlichkeit real waren.

So überlegte ich und betrachtete dabei ein metallenes Auflager, das die Tragkonstruktion des Flughafens stützte. Das war ein aus der Wand hervortretender, mit vorgebauchten Blechen umdämmter Stahlmast, blaßgrün gestrichen. An einigen Stellen, etwa einen Meter über dem Fußboden, blätterte der Lack ab, sicher hatten ihn die hier vorbeifahrenden Raketenwägelchen abgeschürft. Ich berührte den Stahl, wärmte ihn eine Weile mit der flachen Hand, klopfte auf den gewalzten Rand des Schutzblechs. Kann eine Vorspiegelung einen solchen Grad von Wahrhaftigkeit erreichen? Kann sie – antwortete ich mir selbst; das war schließlich mein Sachgebiet, da wußte ich Bescheid.

Aber ist es möglich, dieses Schlüsselexperiment zu ersinnen? Anfangs meinte ich, nein; mein krankes Gehirn (sofern es wirklich krank war) konnte ja jedes Wahnbild hervorbringen, das ich nur von ihm verlangte. Nicht nur in der Krankheit, sondern auch im allernormalsten Traum kommt es schließlich vor, daß wir mit Menschen reden, die uns im Wachdasein unbekannt sind, daß wir diesen geträumten Personen Fragen stellen und ihre Antworten hören, wobei wir – obwohl diese Menschen in Wahrheit nur Erzeugnisse unserer eigenen Psyche sind, gleichsam ihre zeitweilig losgelösten, schein-selbständigen Teile – nicht eher wissen, welche Worte sie äußern werden, als bis sie selbst (in diesem Traum) zu uns sprechen. In Wahrheit aber sind das ja Worte, die jener ausgesonderte Teil unseres eigenen Denkens präpariert hat, demnach sollten wir sie bereits kennen, sobald wir selbst sie ausgedacht haben, um sie einer fiktiven Gestalt in den Mund zu legen. Was ich demnach auch planen und verwirklichen sollte, immer würde ich mir sagen können, ich sei geradeso vorgegangen, wie wir im Traum vorgehen. Weder Snaut noch Sartorius mußten unbedingt in Wirklichkeit existieren, jedwede Befragung beider war demnach nutzlos.

Ich dachte daran, ein Medikament einzunehmen, irgendein Mittel mit starken Auswirkungen, zum Beispiel Meskalin oder ein anderes Präparat, das Sinnestäuschungen und farbige Gesichte hervorruft. Sollte ich solche Phänomene erleben, so wäre damit bewiesen, daß das eingenommene Mittel tatsächlich existiert und Teil einer stofflichen, äußeren Wirklichkeit ist. Aber auch dies – so führte ich den Gedanken weiter – wäre nicht das gewünschte Schlüsselexperiment, da ich doch weiß, wie das Mittel (das ich ja selbst auswählen müßte) wirken *soll.* Demnach kann es sein, daß sowohl ein Einnehmen dieses Medikaments, als auch dadurch verursachte Effekte in gleicher Weise Schöpfungen meiner Einbildungskraft sind.

Ich meinte schon, eingeschlossen in den Kreis des Wahnsinns, könne ich daraus nicht ausbrechen: anders als mit dem Gehirn kann ich ja nicht denken, ich kann mich nicht aus mir selbst hinausbegeben und die im Körper ablaufenden Vorgänge auf ihre Normalität hin prüfen. Da erleuchtete mich plötzlich ein ebenso einfacher wie treffender Gedanke.

Ich sprang von dem Stapel eingerollter Fallschirme auf und lief schnurstracks in die Funkstation. Sie war leer. Nebenbei warf ich einen Blick auf die elektrische Wanduhr. Es ging auf vier, das war noch die fiktive Nacht der Station, draußen nämlich herrschte die rote Morgendämmerung. Schnell schaltete ich die Funkanlage für Weitverkehr ein; während ich auf das Heißwerden der Röhren wartete, legte ich mir nochmals im Kopf die einzelnen Etappen des Versuchs zurecht.

Ich wußte nicht auswendig, welches Rufzeichen die automatische Station des Solaris-Satelloids hatte, aber dies fand ich auf einer Tabelle, die über dem Hauptpult hing. Ich gab den Ruf im Morse-Alphabet durch, und nach acht Sekunden kam Antwort. Das Satelloid, oder vielmehr sein Elektronengehirn, meldete sich mit dem rhythmisch wiederkehrenden Signal.

Nun verlangte ich, das Satelloid solle mir angeben, welche Stundenkreise es in Intervallen von zweiundzwanzig Sekunden am Himmelsgewölbe der Galaxis beim Kreisen um die Solaris jeweils schneide, und dies mit Genauigkeit bis zur fünften Dezimalstelle.

Dann setzte ich mich hin und wartete auf die Antwort. Sie traf nach zehn Minuten ein. Ich riß den Papierstreifen mit den ausgedruckten Ergebnissen ab und steckte ihn in die Schublade (dabei paßte ich gut auf mich auf, um nur ja keinen Blick darauf zu werfen), dann holte ich aus der Bibliothek große Himmelskarten, ferner Logarithmentafeln, den Almanach der täglichen Bewegung des Satelliten und einige Hilfsbücher, und nun machte ich mich daran, die Antwort auf dieselbe Frage herauszufinden. Nahezu eine Stunde brauchte ich, um die Gleichungen anzusetzen; ich weiß nicht mehr, wann ich mich zuletzt so kaputtgerechnet hatte, wahrscheinlich noch während des Studiums, bei der Prüfung aus Angewandter Astronomie.

Die Berechnungen führte ich mit dem Großcomputer der Station durch. Mein Gedankengang verlief folgendermaßen: aus den Himmelskarten mußte ich Ziffern gewinnen, die sich mit den vom Satelloid gelieferten Daten nicht völlig deckten. Nicht völlig – denn das Satelloid ist sehr komplizierten Perturbationen unterworfen, durch das Einwirken der Massenanziehungskräfte der Solaris und ihrer beiden einander umkreisenden Sonnen, außerdem durch lokale Schwerkraftveränderungen, die der Ozean hervorruft. Sobald ich bereits zwei Reihen von Ziffern hatte, die vom Satelloid angegebene und die theoretisch auf Grund der Himmelskarten berechnete, konnte ich die Korrekturen in meine Berechnungen einführen; danach hatten sich die beiden Resultatgruppen bis zur vierten Dezimalstelle miteinander zu decken; Abweichungen hatten nur an der fünften Stelle zu bleiben, als Auswirkungen der unberechenbaren Tätigkeit des Ozeans.

Selbst wenn die vom Satelloid gelieferten Ziffern nicht Wirklichkeit waren, sondern nur das Erzeugnis meines wahnsinnigen Geistes, dann konnten sie sich schon gar nicht mit der zweiten Reihe von Zahlenangaben decken. Denn mein Gehirn konnte zwar krank sein, es wäre aber unter keinen Umständen imstande gewesen, die Rechnung durchzuführen, die der Großcomputer der Station leistete, denn dies hätte viele Monate erfordert. Und folglich – wenn die Ziffern übereinstimmten – existierte der Großcomputer der Station wirklich, und ich hatte ihn in Wirklichkeit benützt, nicht in der Halluzination.

Mir zitterten die Hände, als ich den papierenen Fernschreiberstreifen aus der Schublade nahm und neben dem zweiten, breiteren auflegte, der vom Computer stammte. Beide Ziffernreihen stimmten so überein, wie ich es vorausgesehen hatte: bis zur vierten Stelle. Abweichungen traten erst an der fünften auf.

Ich steckte alle Papiere in die Schublade. Also der Computer existierte unabhängig von mir; dies zog nach sich – die reale Existenz der Station und alles dessen, was darin war.

Ich wollte schon die Schublade schließen, da bemerkte ich, daß sie mit einem ganzen Stoß mit ungeduldigen Berechnungen bedeckter Blätter gefüllt war. Ich zog ihn hervor; ein Blick bewies, daß jemand bereits ein ähnliches Experiment wie das meine durchgeführt hatte, mit dem Unterschied, daß er vom Satelloid nicht Daten relativ zum Himmelsgewölbe verlangt hatte, sondern die Messung der Solaris-Albedo in Intervallen von vierzig Sekunden.

Ich war nicht wahnsinnig. Der letzte Hoffnungsstrahl erlosch. Ich schaltete den Sender aus, trank den Rest Fleischbrühe aus der Thermosflasche und ging schlafen.

Harey

Die Berechnungen hatte ich mit einer Art schweigender Verbissenheit durchgeführt, die mich allein auf den Beinen gehalten hatte. Ich war so stumpfsinnig vor Müdigkeit, daß ich es nicht zuwegebrachte, das Bett in der Kabine aufzuklappen. Statt die oberen Haltegriffe zu lösen, zog ich am Geländer, bis alles Bettzeug auf mich niederstürzte. Als ich das Bett endlich heruntergeklappt hatte, warf ich Anzug und Wäsche auf den Fußboden hin und fiel halb betäubt auf das Polster; ich blies es nicht einmal ordentlich auf. Ich schlief bei Licht ein, ich weiß nicht wann und wie. Als ich die Augen öffnete, hatte ich den Eindruck, ich hätte kaum einige Minuten geschlafen. Das Zimmer stand in umwölktem rotem Glanz. Ich hatte es kühl und gut. Ich lag nackt, mit nichts zugedeckt. Dem Bett gegenüber, beim Fenster, dessen Verdunklung halb zurückgezogen war, im Licht der roten Sonne, saß jemand auf dem Stuhl. Es war Harey im weißen Strandkleid, die Beine übereinandergeschlagen, barfuß, sie trug das dunkle Haar zurückgekämmt, der dünne Stoff spannte sich auf den Brüsten, die Arme, braungebrannt bis zu den Ellbogen, hingen herab, und sie schaute unter den schwarzen Wimpern hervor unverwandt auf mich. Lang sah ich ihr zu, ganz ruhig. Mein erster Gedanke war: »Wie gut, daß das so ein Traum ist, bei dem man weiß, daß man träumt.« Trotzdem hätte ich vorgezogen, sie würde verschwinden. Ich schloß die Augen und begann mir das sehr intensiv zu wünschen, aber als ich wieder schaute, saß sie genau wie zuvor. Die Lippen hielt sie so auf ihre eigene Weise gespitzt, wie zum Pfeifen, aber in den Augen lag nichts von einem Lächeln. Ich besann mich auf alles, was ich am Vorabend vor dem Einschlafen über die Träume gedacht hatte. Sie sah genauso aus wie damals, als ich sie zum letzten Mal lebend gesehen hatte, dabei war sie damals neunzehn Jahre alt gewesen, nun wäre sie also neunundzwanzig, aber natürlich hatte sie sich überhaupt nicht verändert – die Toten bleiben jung. Sie hatte dieselben immerzu verwunderten Augen und schaute mich an. – Ich schmeiße etwas nach ihr – dachte ich, aber obwohl das nur ein Traum war, brachte ich es irgendwie nicht über mich, eine Tote auch nur im Traum mit Gegenständen zu bewerfen.

– Arme Kleine –, sagte ich – bist du mich besuchen gekommen, ja?

Ein klein wenig erschrak ich, denn meine Stimme klang so echt, und das ganze Zimmer und auch Harey, alles präsentierte sich so wahrhaftig, wie sich das nur denken läßt.

Was für ein körperhafter Traum, nicht allein daß er farbig ist, ich sehe auch noch hier auf dem Fußboden eine Menge Gegenstände, die ich gestern beim Hinlegen gar nicht bemerkt habe! Sobald ich aufwache – dachte ich – muß ich nachprüfen, ob sie wirklich hier liegen oder nur das Fabrikat des Traumes sind, wie Harey...

– Willst du noch lang so dasitzen? – fragte ich und bemerkte, daß ich leise sprach, als fürchtete ich, daß mich jemand höre – so, als ob irgend jemand imstande wäre, abzuhören, was im Traum geschieht!

Inzwischen war die Sonne schon etwas höher gestiegen. – Gut, – dachte ich – mir soll's recht sein. Ich habe mich während des roten Tages hingelegt, dann hat der blaue zu folgen, und erst dann wieder ein roter Tag. Ich kann nicht fünfzehn Stunden lang ununterbrochen geschlafen haben, also ist das bestimmt ein Traum!

Beruhigt sah ich Harey genauer an. Sie war von rückwärts beleuchtet; durch den Vorhangspalt fiel ein Lichtstrahl und vergoldete den samtigen Flaum auf ihrer linken Wange, und die Wimpern warfen lange Schatten auf Hareys Gesicht. Sie war entzückend. – Na bitte, – dachte ich – so gewissenhaft bin ich, sogar wenn ich nicht wach bin: für die Sonnenbewegung sorge ich, und dafür, daß Hareys Grübchen richtig da ist, wo es sonst niemand hat, unterhalb des Winkels ihrer verwunderten Lippen; aber lieber wäre es mir, wenn das doch schon aus wäre. Ich muß schließlich etwas zu arbeiten anfangen. – Ich drückte die Augenlider zusammen und bemühte mich, aufzuwachen, da hörte ich etwas knarren. Sofort öffnete ich die Augen. Harey saß neben mir auf dem Bett und betrachtete mich ernst. Ich lächelte ihr zu, sie lächelte auch und neigte sich über mich; der erste Kuß war ganz zart, wie der Kuß zweier Kinder. Ich küßte Harey lang. – Darf ich einen Traum so ausnützen? – dachte ich. Aber das war ja nicht einmal Verrat an ihrem Andenken, denn im Traum war sie bei mir, sie selbst. Das hatte ich noch nie erlebt... Weiterhin sagten wir nichts. Ich lag auf dem Rücken; wenn sie den Kopf hob, konnte ich in ihre kleinen Nasenlöcher schauen, die bei ihr immer ein Barometer für die Gefühle waren; vom Fenster her schimmerte die Sonne hindurch. Mit den Fingerspitzen fuhr ich an Hareys Ohrmuscheln entlang, deren Läppchen von den Küssen ganz rosig waren. Ich weiß nicht, ob gerade das mich so beunruhigte; ich sagte mir fortwährend, das sei ein Traum, aber mir krampfte sich das Herz zusammen.

Ich spannte mich, um aus dem Bett zu springen; ich war darauf vorbereitet, daß mir dies nicht gelingen werde: sehr oft beherrschen wir im Traum den eigenen Körper nicht, er ist wie gelähmt oder wie abwesend; ich rechnete eher darauf, durch diesen Vorsatz aufzuwachen. Ich wachte aber nicht auf, ich setzte mich nur auf und stellte die Füße auf den Boden. – Da hilft nichts, ich muß das zu Ende träumen – dachte ich, aber die gute Laune war spurlos verflogen. Ich fürchtete mich.

– Was willst du? – fragte ich. Meine Stimme war heiser, und ich mußte mich räuspern.

Instinktiv suchte ich mit den bloßen Füßen nach Pantoffeln, und ehe mir einfiel, daß ich hier keinerlei Pantoffel hatte, stieß ich mir so die Zehe an, daß ich zischte. – Na, jetzt wird Schluß sein! – dachte ich mit Genugtuung.

Aber weiterhin geschah nichts. Harey war zurückgewichen, als ich mich aufgesetzt hatte. Sie lehnte den Rücken ans Bettgeländer. Das Kleid vibrierte fein unterhalb der linken Brustspitze, im Rhythmus des Herzschlags. Harey sah mich mit ruhigem Interesse an. Ich dachte, ich sollte am besten unter die Brause, jedoch kam die Reflexion, daß eine geträumte Brause schließlich nicht wecken könne.

– Wie kommst du hierher? – fragte ich.

Harey griff meine Hand auf und begann, sie mit der alten Geste hochzuwerfen, schnippte meine Fingerspitzen hoch und fing sie ein.

– Ich weiß nicht, – sagte Harey. – Ist das schlimm?

Auch die Stimme war dieselbe, ganz dunkel, und auch der zerstreute Tonfall. Immer sprach Harey so, als liege ihr nicht viel an den geäußerten Worten, als sei sie schon mit etwas anderem beschäftigt, dadurch wirkte sie manchmal gedankenlos und manchmal wie ohne alle Scham, da sie alles mit gedämpfter Verwunderung besah, die sich nur in den Augen ausdrückte.

– Hat... jemand dich gesehen?

– Ich weiß nicht. Ich bin ganz gewöhnlich gekommen. Ist das wichtig, Kris?

Sie spielte immer noch mit meiner Hand, aber schon ohne daß das Gesicht daran Anteil nahm. Es verfinsterte sich.

– Harey...?

– Was denn, Liebling?

– Woher hast du gewußt, wo ich bin?

Das machte sie stutzig. Lächelnd ließ sie ein wenig die Zähne sehen, sie hatte so dunkle Lippen, daß man nichts merkte, wenn sie Weichseln gegessen hatte.

– Ich habe keine Ahnung. Komisch, nicht wahr? Du hast geschlafen, als ich hereinkam, aber ich habe dich nicht geweckt. Ich wollte dich nicht wecken, weil du bösartig bist. Bösartig und langweilig – im Rhythmus dieser Worte schlug sie energisch meine Hand hoch.

– Warst du unten, Harey?

– War ich. Von dort bin ich gleich weggelaufen, dort ist es kalt.

Sie ließ meine Hand los, legte sich auf die Seite, warf den Kopf zurück, um alles Haar in die gleiche Richtung hinüberzuschütteln, und blickte auf mich mit diesem halben Lächeln, das mich erst dann nicht mehr aufgebracht hatte, als ich Harey schon liebte.

– Aber... Harey... aber... stammelte ich.

Ich neigte mich über sie und hob den kurzen Ärmel des Kleides. Dicht über dem fast wie ein Blümchen geformten Mal von der Pockenimpfung rötete sich eine feine Einstichspur. Obwohl ich darauf gefaßt war (da ich fortwährend völlig instinktiv mitten im Unmöglichen nach Fetzen von Logik suchte), wurde mir übel. Ich berührte mit dem Finger diesen Stich von der Injektion, von der ich jahrelang nachher geträumt hatte, so, daß ich jedesmal stöhnend aufwachte, auf zerfleddertem Bettzeug, immer in derselben Haltung, gekrümmt, fast zusammengeklappt, wie Harey lag, wie ich sie schon fast kalt aufgefunden habe, denn ich versuchte im Traum dasselbe zu tun wie sie, als wollte ich auf diese Weise ihrem Andenken abbitten oder bei ihr sein in diesen letzten Minuten, während sie schon die Wirkung der Injektion gespürt hat und sich gefürchtet haben muß. Sie fürchtete sich doch sogar vor einem gewöhnlichen Kratzer, sie hat nie Schmerzen oder den Anblick von Blut ertragen können, und auf einmal hat sie so etwas Furchtbares getan, und fünf Worte hat sie auf einem Zettel hinterlassen, der an mich adressiert war. Den hatte ich bei meinen Papieren, ich trug ihn ständig bei mir, er verschmuddelte sich und zerfiel längs des Knicks, ich hatte nicht den Mut, mich davon zu trennen, tausende Male kehrte ich zu dem Augenblick zurück, wo sie das geschrieben hat, und zu dem, was sie damals gefühlt haben muß. Ich beredete mich, sie habe das nur zum Schein tun wollen, um mich zu schrecken, und nur die Dosis sei – durch einen Irrtum – zu groß ausgefallen; alle wollten mich überzeugen, so sei das gewesen, oder aber, das müsse ein momentaner Entschluß gewesen sein, verursacht durch Depressionen, durch plötzliche Depressionen. Aber die Leute wußten alle nicht, was ich fünf Tage vorher zu ihr gesagt hatte, und auf welche Art, um sie am empfindlichsten zu verletzen, ich nahm meine Sachen mit, sie aber, während ich zusammenpackte, sagte sie außerordentlich ruhig: »Du weißt, was das bedeutet...?«, und ich stellte mich, als verstünde ich nicht, obwohl ich genau verstand, aber ich hielt sie für feig, und ich sagte ihr auch noch das, – und da lag sie jetzt quer auf dem Bett und betrachtete mich aufmerksam und schien nicht zu wissen, daß ich sie getötet habe.

– Das ist alles, was du kannst? – fragte sie. Das Zimmer war rot vom Sonnenlicht, der Abglanz glomm in ihrem Haar, sie blickte auf den eigenen Arm, der auf einmal wichtig wurde, da ich ihn so lang besah, und als ich die Hand sinken ließ, schmiegte Harey die kühle, glatte Wange hinein.

– Harey – krächzte ich hervor – das gibt es nicht...

– Hör auf!

Harey hielt die Augen geschlossen, ich sah sie unter den gespannten Lidern beben, die schwarzen Wimpern berührten die Wangen.

– Wo sind wir, Harey?

– Bei uns daheim.

– Wo ist das?

Sie öffnete schnell ein Auge und schloß es gleich wieder. Sie kitzelte mit den Wimpern meine Hand.

– Kris!

– Was?

– Gut ist es bei dir.

Ich saß hoch über ihr und rührte mich nicht weg. Ich hob den Kopf und sah ein Stück des Bettes, Hareys zerwühltes Haar und meine nackten Knie im Spiegel über dem Waschbecken. Ich zog mit dem Fuß eines dieser halbgeschmolzenen Werkzeuge heran, die auf dem Fußboden herumlagen, und hob es mit der freien Hand auf. Das Ende war spitz. Ich setzte es an die Haut oberhalb der Stelle, wo eine halbrunde symmetrische rosa Narbe war, und stieß es ins Fleisch. Das tat empfindlich weh. Ich schaute auf das rieselnde Blut, das in großen Tropfen die Innenseite des Schenkels entlangrollte und leise auf den Fußboden tröpfelte.

Das war zwecklos. Immer deutlicher wurden die gräßlichen Gedanken, die mir durch den Kopf gingen, ich sagte mir nicht mehr: »Das ist ein Traum«, daran hatte ich längst zu glauben aufgehört, jetzt dachte ich: »Ich muß mich verteidigen.« Ich blickte auf Hareys Rücken, wie er unter dem weißen Stoff in die Biegung der Hüften überging. Die bloßen Füße baumelten über dem Fußboden. Ich griff nach ihnen, leicht umfaßte ich die rosige Ferse und ließ die Finger über die Fußsohle gleiten.

Sie war zart wie bei einem Neugeborenen.

Ich wußte eigentlich schon sicher, daß das nicht Harey war, und beinahe sicher, daß sie selbst das nicht wußte.

Der bloße Fuß regte sich in meiner Hand, Hareys dunkle Lippen blähten sich in lautlosem Lachen.

– Hör auf... – flüsterte sie.

Sanft löste ich die Hand und stand auf. Ich war noch immer nackt. Während ich mich eilig anzog, sah ich, wie sich Harey im Bett aufsetzte. Sie schaute mich an.

– Wo sind deine Sachen? – fragte ich und bedauerte es sogleich.

– Meine Sachen?

– Na, hast du nur dieses Kleid?

Jetzt war das schon ein Spiel. Absichtlich versuchte ich mich lässig zu benehmen, ganz gewöhnlich, als hätten wir uns gestern getrennt, nein, als ob wir uns überhaupt niemals getrennt hätten. Sie stand auf und schlug mit der bekannten leichten, aber kräftigen Bewegung auf den Rock, um ihn zu glätten. Meine Worte beschäftigten sie, wenn sie auch nichts sagte. Sie erfaßte die Umgebung erstmals mit sachlichem, suchendem Blick und wandte sich merklich verwundert wieder zu mir.

– Ich weiß nicht … – sagte sie hilflos. – Wohl im Schrank …? – fügte sie hinzu und öffnete die Tür einen Spalt weit.

– Nein, dort sind nur Overalls – entgegnete ich. Ich fand neben dem Waschbecken einen Elektroapparat und begann mich zu rasieren. Dem Mädchen kehrte ich dabei lieber nicht den Rükken, wer immer sie sein mochte.

Sie ging in der Kabine umher, guckte in alle Winkel, sah zum Fenster hinaus, näherte sich endlich mir und sagte:

– Kris, ich habe so ein Gefühl, als wäre etwas geschehen?

Sie verstummte. Ich wartete, den ausgeschalteten Apparat in den Händen.

– Als hätte ich etwas vergessen … als hätte ich viel vergessen. Ich weiß … ich erinnere mich nur an dich … und … und an nichts sonst.

Ich hörte das an und suchte das eigene Gesicht zu beherrschen.

– War ich … krank?

– Hm … man kann das so nennen. Ja, eine Zeitlang warst du ein wenig krank.

– Aha. Das kommt wohl daher.

Schon war sie aufgeheitert. Ich kann nicht ausdrücken, was ich erlebte. Wenn sie schwieg, ging, sich setzte, lächelte, dann war die Gewißheit, ich hätte Harey vor mir, stärker als meine würgende Angst; dann wieder, wie eben in diesem Augenblick, schien es mir, das sei eine vereinfachte Harey, eingeengt auf ein paar charakteristische Äußerungen, Gesten, Bewegungen. Sie kam mir ganz nahe, stemmte die lockeren Fäuste auf meine Brust, dicht unter dem Hals, und fragte:

– Wie steht es zwischen uns? Gut oder schlecht?

– Bestens – entgegnete ich.

Harey lächelte leicht.

– Wenn du so redest, steht es eher schlecht.

– Aber wieso denn, Harey, Liebling, ich muß jetzt gehen – sagte ich rasch. – Du wartest auf mich, gut? Oder vielleicht... bist du hungrig? – setzte ich hinzu, denn selbst verspürte ich mit einemmal wachsenden Hunger.

– Hungrig? Nein.

Sie schüttelte den Kopf, daß das Haar wogte.

– Ich soll auf dich warten? Lang?

– Eine Stunde – begann ich, aber sie unterbrach mich:

– Ich gehe mit dir.

– Du kannst nicht mitgehen, ich muß ja arbeiten.

– Ich gehe mit dir.

Das war eine völlig andere Harey: die andere hatte sich nicht aufgedrängt. Niemals.

– Liebes Kind, das ist unmöglich...

Sie sah zu mir auf, faßte mich plötzlich bei der Hand. Ich strich mit der Handfläche Hareys Unterarm hinauf, ihr Arm war warm und mollig, ich wollte gar nicht, aber das wurde fast eine Liebkosung. Mein Körper bekannte sich zu Harey, wollte sie, zog mich zu ihr hin, jenseits des Verstandes, jenseits der Argumente und der Angst.

Bemüht, um jeden Preis Ruhe zu bewahren, wiederholte ich:

– Harey, das ist unmöglich. Du mußt hierbleiben.

– Nein.

Und wie das klang!

– Warum nicht?

– I... ich weiß nicht.

Sie schaute umher und hob wieder den Blick zu mir auf.

– Ich kann nicht... – sagte sie ganz leise.

– Aber warum!?

– Ich weiß nicht. Ich kann nicht. Mir scheint... mir scheint...

Sichtlich suchte sie nach einer Antwort in ihrem Inneren, und als sie eine gefunden hatte, war das eine Neuentdeckung für sie.

– Es scheint, daß ich dich fortwährend... sehen muß.

Der sachliche Tonfall dieser Worte schloß die Deutung als Gefühlsbekenntnis aus; das war etwas völlig anderes. So empfand ich, und der Griff, mit dem ich Harey umschlungen hielt, veränderte sich plötzlich, obwohl sich nach außen hin nichts veränderte: sie stand, ich umarmte sie; ihr in die Augen schauend, begann ich ihr die Arme zurückzubiegen, und diese Bewegung, anfangs nicht völlig entschieden, führte schon zu etwas, fand ihr Ziel. Mein Blick suchte schon nach etwas, womit ich Harey fesseln könnte.

Ihre zurückgedrehten Ellbogen klopften leicht aneinander und spannten sich zugleich mit solcher Kraft, daß mein Zugriff umsonst war. Ich kämpfte vielleicht eine Sekunde lang. So zurückgebogen wie Harey und mit den Fußspitzen kaum den Boden berührend, hätte sich sogar ein Athlet nicht befreien können, sie aber – mit einem Gesicht, das an alledem keinen Anteil nahm, mit schwachem, unsicherem Lächeln –, sprengte meinen Griff, richtete sich auf und ließ die Arme sinken.

Hareys Augen beobachteten mich mit demselben ruhigen Interesse wie gleich zu Beginn, als ich erwacht war, sie schien sich nicht klar über meine verzweifelte Anstrengung von vorhin, die ein Anfall von Angst mir diktiert hatte. Harey stand jetzt untätig da und wartete anscheinend auf etwas, zugleich teilnahmslos, gesammelt und eine Spur verwundert über das alles.

Die Hände sanken mir von selbst herab. Ich ließ Harey mitten im Zimmer stehen und trat zu dem Regal beim Waschbecken. Ich fühlte, daß ich in einer unvorstellbaren Falle gefangen war, ich suchte nach einem Ausweg und erwog immer rücksichtslosere Mittel. Hätte mich jemand gefragt, was mit mir los sei, und was das alles bedeute, ich hätte kein Wort herausgebracht, aber ich hatte schon das Bewußtsein, daß alles, was in der Station mit uns allen vorging, ein Ganzes bildete, ebenso furchtbar wie unverständlich, doch nicht daran dachte ich im Moment, denn ich versuchte irgendeinen Trick zu erfinden, ein Manöver, das die Flucht ermöglichte. Über dem Regal war in die Wand eine kleine Hausapotheke eingebaut. Ich sah flüchtig ihren Inhalt durch. Ich fand ein Gläschen Schlafpulver und warf vier Tabletten – die Höchstdosis – in ein Trinkglas. Ich verbarg meine Anstalten gar nicht sonderlich vor Harey. Das ist schwer zu begründen. Ich dachte darüber nicht nach. Ich goß heißes Wasser ins Glas, wartete, bis die Pillen aufgelöst waren, und trat zu Harey, die immer noch mitten im Zimmer stand.

– Bist du böse? – fragte sie leise.

– Nein. Trink das aus.

Ich weiß nicht, warum ich annahm, sie werde mir gehorchen. Wirklich nahm sie mir ohne ein Wort das Glas aus den Händen und leerte es auf einen Zug. Ich stellte es auf dem Tischlein ab und setzte mich in den Winkel zwischen dem Schrank und dem Bücherregal. Harey kam langsam zu mir und setzte sich bei meinem Lehnsessel auf den Fußboden, wie so oft, mit untergeschlagenen Beinen; und mit einer ebenso wohlbekannten Bewegung warf sie das Haar zurück. Ich glaube zwar durchaus nicht mehr, daß sie es selbst sei, aber jedesmal schnürte es mir die Kehle zu, wenn ich Harey in diesen kleinen Angewohnheiten wiedererkannte. Das war unbegreiflich und gräßlich, aber das gräßlichste war, daß ich mich auch selbst ungeheuerlich verhalten mußte, mich stellen, als hielte ich sie für Harey, aber sie selbst glaubte ja Harey zu sein und handelte ihrem Urteil nach nicht arglistig. Ich weiß nicht, wie ich darauf verfiel, daß es so war und nicht anders, aber das war für mich gewiß, sofern es überhaupt noch etwas Gewisses geben konnte!

Ich saß, das Mädchen lehnte den Rücken an meine Knie, kitzelte mit den Haaren meine reglose Hand, und so verharrten wir fast unbeweglich. Ein paarmal schaute ich unauffällig auf meine Uhr. Eine halbe Stunde war um, das Schlafmittel sollte schon wirken. Harey murmelte etwas, ganz leise.

– Was hast du gesagt? – fragte ich, aber sie antwortete nicht. Ich hielt das für Anzeichen aufsteigender Schläfrigkeit, wenn ich auch bei Gott auf dem Grunde meiner Seele bezweifelte, daß die Arznei wirken werde. Weshalb? Auch auf diese Frage finde ich keine Antwort. Höchstwahrscheinlich deshalb, weil meine Finte schon gar zu simpel war.

Langsam sank Hareys Kopf auf meinen Schoß, das dunkle

Haar verhüllte sie ganz, sie atmete gleichmäßig wie ein Schlafender. Ich bückte mich, um sie aufs Bett zu tragen, da auf einmal, ohne die Augen zu öffnen, packte sie mich mit leichter Hand beim Schopf und brach in schrilles Gelächter aus.

Ich erstarrte, und sie quoll einfach über von Lustigkeit, sah mich mit schmalgekniffenen Augen an, mit gleichzeitig naiver und listiger Miene. Ich saß unnatürlich steif da, verdattert und hilflos; Harey kicherte noch einmal auf, schmiegte das Gesicht an meine Hand und verstummte.

– Warum lachst du? – fragte ich mit hölzerner Stimme. Der vorige Ausdruck ein wenig beunruhigten Nachdenkens erschien in Hareys Gesicht. Ich sah, daß sie ehrlich sein wollte. Sie tippte sich mit dem Finger auf die kleine Nase und sagte endlich mit einem Seufzer:

– Ich weiß es selbst nicht.

Das klang aufrichtig verblüfft.

– Ich benehme mich wie eine Idiotin, stimmt's? – setzte sie fort. – Auf einmal war mir so irgendwie... Na, aber du bist auch gut: du sitzt so aufgeblasen da, wie... wie Pelvis.

– Wie *wer*?– fragte ich, denn ich meinte mich verhört zu haben.

– Wie Pelvis, na, du weißt schon, der Dicke...

Nun konnte Harey außer allem Zweifel weder Pelvis kennen, noch von mir etwas über ihn gehört haben, aus dem einfachen Grund, daß er erst gut drei Jahre nach ihrem Tod von seiner Expedition zurückgekehrt war. Ich hatte ihn bis dahin auch nicht gekannt, und nicht gewußt, daß er als Vorsitzender von Institutsversammlungen die unleidliche Gewohnheit hatte, die Sitzungen bis ins Unendliche auszudehnen. Er hieß im übrigen Pelle Villis, daraus war die familiäre Kurzform entstanden, die wir vor seiner Rückkehr auch noch nicht gekannt hatten.

Harey stützte die Ellbogen auf meine Knie und schaute mir ins Gesicht. Ich legte ihr die Hände auf die Schultern, langsam verschob ich die Hände zur Mitte hin, bis sie über dem pulsierenden, nackten Halsansatz fast zusammentrafen. Letzten Endes konnte das eine Liebkosung sein, und nach Hareys Blick zu schließen, faßte sie es auch nicht anders auf. In Wirklichkeit überzeugte ich mich, daß ihr Körper beim Betasten ein gewöhnlicher, durchwärmter menschlicher Körper war, und daß sich darin unter den Muskeln Knochen und Gelenke verbargen. Ich schaute ihr in die ruhigen Augen und verspürte schreckliche Lust, die Finger gewaltsam zusammenzudrücken.

Schon schlossen sie sich fast, da besann ich mich plötzlich auf die blutigen Hände Snauts und ließ los.

– Wie du dreinschaust... – sagte sie ruhig.

Das Herz hämmerte mir so, daß ich nicht imstande war, zu sprechen. Ich schloß auf einen Augenblick die Lider.

Mit einemmal erschien mir der ganze Plan für mein Vorgehen, vom Anfang bis zum Ende, mit allen Einzelheiten. Ohne einen Augenblick zu verlieren, stand ich aus dem Lehnsessel auf.

– Harey, ich muß schon gehen, – sagte ich – wenn du unbedingt willst, so komm mit.

– Gut.

Sie sprang auf die Beine.

– Warum bist du barfuß?– fragte ich und ging zum Schrank; ich wählte unter den bunten Schutzanzügen zwei aus, für mich und für sie.

– Ich weiß nicht... ich muß die Schuhe irgendwo liegengelassen haben... – sagte sie unsicher. Ich hörte weg.

– Im Kleid kannst du da nicht hinein, du mußt es ausziehen.

– In den Schutzanzug...? Wozu? – fragte sie und machte sich sofort ans Ausziehen, aber gleich stellte sich etwas Merkwürdiges heraus: das Kleid ließ sich nicht ausziehen, weil es nichts zum Aufknöpfen hatte. Die roten Knöpfe in der Mitte waren bloßer Aufputz. Da war kein Reiß- oder sonstiger Verschluß. Harey lächelte verlegen. Ich tat, als wäre das die alltäglichste Sache der Welt, hob ein skalpellähnliches Instrument vom Fußboden auf und schnitt hinten den Stoff ein, wo der Halsausschnitt endete. Nun konnte Harey das Kleid über den Kopf ziehen. Der Schutzanzug war ihr etwas zu weit.

– Fliegen wir?... Aber du auch? – erkundigte sie sich, als wir fertig angekleidet das Zimmer verließen. Ich nickte nur. Ich hatte gräßliche Angst, wir könnten Snaut treffen, aber der Korridor zum Flughafen war leer, und die Tür zur Funkstation, an der wir vorbeimußten, war geschlossen.

In der Station herrschte immer noch Totenstille. Harey sah zu, wie ich mit einem kleinen elektrischen Wägelchen eine Rakete aus der mittleren Box auf die freie Bahn fuhr. Ich überprüfte der Reihe nach den Zustand des Mikroreaktors, der fernlenkbaren Steuer und der Düsen, dann schob ich den Flugkörper mit dem Startwägelchen auf die runde rollengelagerte Fläche der Startplattform unter dem zentralen Kuppeltrichter, von der ich vorher die leere Kapsel entfernt hatte.

Dieses Kleinschiff war für den Verkehr zwischen Station und Satelloid bestimmt; außer in Ausnahmefällen wurden darin nur Frachtladungen und nicht Menschen befördert, da es sich von innen nicht öffnen ließ. Gerade das kam mir gelegen und bildete einen Teil meines Plans. Natürlich hatte ich nicht vor, die kleine Rakete abzuschießen, aber ich tat alles, wie um sie zum echten Start bereit zu machen: Harey, die mich so oft auf Reisen begleitet hatte, wußte da ein wenig Bescheid. Ich überprüfte noch drinnen den Zustand der Klimaanlage und der Sauerstoffversorgung, setzte beides in Betrieb, und als nach dem Einschalten des Hauptstromkreises die Kontrollämpchen aufleuchteten, kroch ich aus der engen Zelle und wies Harey hinein, die an der Leiter stand.

– Steig ein.

– Und du?

– Ich komme nach. Ich muß hinter uns die Klappe schließen.

Ich nahm nicht an, daß sie den Betrug vorzeitig durchschauen konnte. Kaum war sie über die Leitersprossen ins Innere geklettert, steckte ich sofort den Kopf zum Einstieg hinein und fragte, ob sie bequem unterkommen könne, und als ich ein dumpfes, von der Enge des Raumes ersticktes »Ja« vernahm, wich ich zurück und knallte mit Schwung die Klappe zu. Mit zwei Bewegungen warf ich beide Riegel vor, dann begann ich mit dem bereitgehaltenen Schlüssel die fünf Halteschrauben in den Vertiefungen des Panzers anzuziehen.

Die zugespitzte Zigarre stand senkrecht, als sollte sie wirklich sogleich in den Raum hinausfliegen. Ich wußte, daß der Eingeschlossenen nichts passieren konnte: im Schiff gab es genug Sauerstoff und sogar ein wenig Proviant, im übrigen hatte ich durchaus nicht vor, sie ewig dort einzukerkern.

Ich wollte um jeden Preis wenigstens ein paar Stunden Freiheit gewinnen, um Pläne für die weitere Zukunft zu entwerfen und mich mit Snaut zu besprechen, jetzt schon auf gleichem Fuß.

Als ich die vorletzte Schraube anzog, spürte ich, daß die Metallstreben, zwischen denen die Rakete nur an Vorsprüngen aus drei Richtungen aufgehängt war, ganz leicht zitterten. Aber ich dachte, ich selbst hätte beim heftigen Arbeiten mit dem großen Schlüssel unabsichtlich den stählernen Körper ins Schwingen gebracht.

Als ich jedoch ein paar Schritte zurücktrat, sah ich etwas, was ich nicht noch einmal sehen möchte.

Die ganze Rakete zuckte, erschüttert durch Serien von Schlägen aus dem Inneren. Aber was für Schläge! Hätte im Schiff den Platz des schwarzhaarigen, schlanken Mädchens ein stählerner Automat eingenommen, so hätte er die achttönnige Masse bestimmt nicht in so konvulsivisches Zucken versetzen können!

Die Spiegelungen der Flughafenlichter auf dem polierten Rumpf flirrten und bebten. Im übrigen hörte ich keinerlei Gehämmer, drinnen im Flugkörper herrschte absolute Stille, nur daß die weit auseinanderstehenden Füße des Gerüstes, in dem die Rakete hing, die scharfen Konturen verloren und vibrierten wie Saiten. Die Frequenz dieser Schwingungen war so, daß ich für das Heilbleiben des Panzers fürchtete. Ich drehte mit schlotternden Händen die letzte Schraube fest, schmiß den Schlüssel fort und sprang von der Leiter. Ich entfernte mich langsam, rücklings, und da sah ich, wie die Bolzen der Dämpfer, die nur für stetigen Druck berechnet waren, in den Fassungen hüpften. Mir schien es, die Panzerhülle verliere ihren einheitlichen Glanz. Wie rasend lief ich zum Fernsteuerpult, drückte mit beiden Händen den Anschalthebel für Reaktor und Funkverbindung hoch – da schlug aus dem Lautsprecher, der nun mit dem Innenraum der Rakete verbunden war, durchdringendes Gejaul oder auch Zischen, das nichts mit einer menschlichen Stimme gemein hatte, – trotzdem unterschied ich darin den wiederholten, heulenden Ruf: »Kris! Kris! Kris!!!«

Das hörte ich im übrigen nicht deutlich. Das Blut schoß mir von den aufgeplatzten Knöcheln, so chaotisch und gewaltsam suchte ich den Flugkörper zu starten. Bläulicher Widerschein fiel auf die Wände, von der Startplattform stob unter den Düsenauslässen in Schwaden der Staub auf, er verwandelte sich in eine Säule grellgiftiger Funken, und alle Geräusche übertönte ein hohes, langgezogenes Dröhnen. Die Rakete hob sich auf drei Flammen, die sofort zu einer einzigen Feuersäule verschmolzen, und flog, zuckende Glutfahnen hinter sich zurücklassend, durch die geöffnete Ausstoßöffnung hinaus. Die Blenden schlossen sie sofort wieder, die automatisch angelassenen Kompressoren begannen frische Luft durch die Halle zu spülen, in der beißender Rauch wogte. Das alles machte ich mir nicht klar. Die Hände aufs Pult gestützt, das Gesicht noch vom Feuer durchbrannt, die Haare geringelt und verrußt vom thermischen Schlag, schnappte ich krampfhaft nach Luft; sie roch brenzlig und war zugleich erfüllt von dem charakteristischen ozonartigen Geruch der Ionisation. Obwohl ich im Augenblick des Starts instinktiv die Augen geschlossen hatte, war ich doch durch dic Strahlflamme geblendet worden. Geraume Zeit sah ich nur schwarze, rote und goldene Kreise. Allmählich verflüchtigten sie sich. Rauch, Staub und Nebel verschwanden, von den gedehnt stöhnenden Ventilationsleitungen eingesaugt. Das erste, was ich zu sehen vermochte, war der grünlich leuchtende Radarschirm. Ich fing an, mit dem Direktreflektor zu manövrieren und die Rakete zu suchen. Als ich sie endlich erwischte, war sie schon außerhalb der Lufthülle. In meinem Leben hatte ich noch keinen Flugkörper so rasend und blindlings abgeschickt, ohne jede Vorstellung davon, welche Beschleunigung ich ihm verleihen solle, und wohin ich ihn überhaupt schicken wollte. Ich hielt es nun für das einfachste, ihn auf eine Kreisbahn rund um die Solaris umzulenken, in einer Höhe von ungefähr tausend Kilometern: dann konnte ich die Triebwerke stillegen; solange sie arbeiteten, war ich ja nicht sicher, ob nicht irgendeine in den Folgen unberechenbare Katastrophe eintreten würde. Wie ich auf der Tabelle nachprüfte, war die Bahn in tausend Kilometer Höhe stationär. Auch sie gab, ehrlich gesagt, keinerlei Garantie; das war einfach der einzige Ausweg, den ich fand.

Den Lautsprecher, den ich gleich nach dem Start ausgeschaltet hatte, wagte ich nicht einzuschalten. Im Gegenteil, ich hätte alles nur Erdenkliche getan, nur um zu vermeiden, daß ich wiederum diese gräßliche Stimme hören müßte, die nichts Menschliches mehr an sich hatte. Eines konnte ich mir sagen: daß alles Blendwerk zerrissen war, und daß durch Hareys vorgespiegeltes Gesicht ein anderes Gesicht hindurchzublicken begann, das wahre Gesicht, gegen das die Alternative des Wahnsinns wirklich einer Befreiung gleichkam.

Es war ein Uhr, als ich den Flughafen verließ.

Die »Kleine Apokryphe«

Im Gesicht und an den Händen hatte ich verbrannte Haut. Ich erinnerte mich, daß ich in der Hausapotheke einen Tiegel Brandsalbe bemerkt hatte, als ich das Schlafmittel für Harey gesucht hatte (jetzt hätte ich über meine Einfalt gelacht, wenn ich nur gekonnt hätte), ich ging also auf mein Zimmer. Ich öffnete die Tür, und im roten Licht des Sonnenuntergangs sah ich auf dem Lehnsessel, bei dem vorhin Harey gekniet hatte, jemanden sitzen. Der Schreck lähmte mich, ich zuckte in Panik zurück, um zu flüchten, das dauerte einen Bruchteil einer Sekunde. Der Sitzende hob den Kopf. Es war Snaut. Die Beine übereinandergeschlagen, mir den Rücken kehrend (und wieder in derselben von Reagenzien verätzten Leinenhose), sah er irgendwelche Papiere durch. Einen ganzen Stoß davon hatte er neben sich auf dem Tischlein liegen. Als er mich erblickte, legte er alles weg und betrachtete mich eine Weile finster über die zur Nasenspitze vorgerutschte Brille hinweg.

Ohne ein Wort ging ich zum Waschbecken, holte die halbflüssige Salbe aus der Hausapotheke und begann die am ärgsten verbrannten Stellen auf der Stirn und den Wangen damit einzuschmieren. Zum Glück war ich nicht sehr geschwollen, und die Augen waren unversehrt, da ich die Lider fest zugedrückt hatte. Einige größere Blasen auf Schläfe und Wange stach ich mit einer sterilen Injektionsnadel auf, dann quetschte ich die seröse Flüssigkeit heraus. Hierauf klebte ich mir zwei angefeuchtete Mullstücke ins Gesicht. Die ganze Zeit sah mir Snaut aufmerksam zu. Ich ignorierte das. Als ich endlich mit dem Verarzten fertig war (und das Gesicht immer heftiger brannte), setzte ich mich auf den zweiten Lehnsessel. Erst mußte ich Hareys Kleid von dort wegnehmen. Das war ein ganz gewöhnliches Kleid, bis auf diese Geschichte mit dem Verschluß, der nicht existierte.

Snaut, der die Hände um das spitze Knie flocht, verfolgte kritisch meine Bewegungen.

– Na, wie steht's, halten wir ein kleines Plauderstündchen? – redete er mich an, sobald ich saß.

Ich hielt das Mullstück fest, das auf der Wange zu verrutschen begann, und antwortete nicht.

– Gäste gehabt, stimmt's?

– Ja – entgegnete ich trocken. Ich hatte nicht die mindeste Lust, mich Snauts Ton anzupassen.

– Und losgeworden? Schau schau, du hast das ja gleich im Sturm angepackt!

Er berührte seine Stirn, von der sich noch immer die Haut abschälte. Rosige Flecken frischer Oberhaut erschienen. Ich starrte belämmert hin. Warum hatte mir bisher dieser sogenannte Sonnenbrand bei Snaut und Sartorius nicht zu denken gegeben? Die ganze Zeit hatte ich gedacht, das sei von der Sonne, – dabei sonnt sich doch niemand auf der Solaris...

– Aber angefangen hast du wohl bescheiden? – sagte Snaut, ohne auf diesen Lichtstrahl plötzlichen Begreifens zu achten, der mich durchblitzte. – Das und dies, narcotica, venena, Freistilringen, oder?

– Was willst du? Wir können auf gleichem Fuß miteinander reden. Wenn du den Hanswurst spielen willst, dann geh lieber.

– Manchmal ist man ein Hanswurst wider Willen – sagte Snaut. Er richtete die eingekniffenen Augen auf mich.

– Du wirst mir doch nicht einreden, daß du keinen Strick benützt hast, keinen Hammer? Und du hast nicht vielleicht zufällig ein Tintenfaß geschleudert, wie Luther? Nicht? Oho – er verzog den Mund – du bist ja ein ganz toller Bursche! Sogar das Waschbecken ist ganz, du hast überhaupt nicht den Schädel einzuschlagen versucht, nichts, das Zimmer hast du gar nicht demoliert, sondern sofort einfach zick, zack, einpacken, abschießen, und Punktum?

Er schaute auf seine Uhr.

– An die zwei oder vielleicht auch drei Stunden müßten wir in diesem Fall Zeit haben – sagte er abschließend. Er schaute mich an und schaute, mit einem unangenehmen Lächeln, schließlich begann er wieder:

– Also du willst sagen, du hältst mich für eine Sau?

– Für eine ausgemachte Sau – bestätigte ich mit Nachdruck.

– Ja? Aber würdest du mir glauben, wenn ich dir etwas sagen wollte? Würdest du mir wenigstens ein einziges Wörtchen glauben?

Ich schwieg.

– Gibarian hat das als erster durchgemacht – setzte er fort, immer mit diesem falschen Lächeln. – Er hat sich in seiner Kabine eingeschlossen und nur durch die Tür mit uns gesprochen. Und wir, kannst du dir denken, was wir dazu gesagt haben?

Ich wußte es, aber ich zog vor, zu schweigen.

– Klar. Wir haben ihn für verrückt erklärt. Er sagte uns so einiges durch die Tür, aber nicht alles. Du kannst dir vielleicht sogar denken, warum er verheimlicht hat, wer bei ihm war? Na, das weißt du doch schon: suum cuique. Aber er war ein echter Wissenschaftler. Er verlangte, wir sollten ihm eine Chance geben.

– Was für eine Chance?

– Na ja, ich nehme an, er versuchte das irgendwie einzuordnen, damit ins Reine zu kommen, das Problem zu lösen, er hat in der Nacht gearbeitet. Weißt du, was er gemacht hat? Sicher weißt du es!

– Diese Berechnungen – sagte ich. – In der Schublade. In der Funkstation. Das war er?

– Ja. Aber damals habe ich davon noch nichts gewußt.

– Wie lange hat das gedauert?

– Das Gastspiel? Vielleicht eine Woche. Gespräche durch die Tür. Und wie es drinnen zuging! Wir dachten, er habe Halluzinationen und sei motorisch erregt. Ich gab ihm Skopolamin.

– Wie? ... Ihm!?

– Genau. Er hat es genommen, aber nicht für sich. Er hat experimentiert. Und so ging das dahin.

– Und ihr ...?

– Wir? Am dritten Tag beschlossen wir, zu ihm vorzudringen. Wir wollten die Tür eindreschen, wenn es nicht anders ging, aus lauter Seelengüte wollten wir ihn heilen ...

– Ach ... Deshalb!– entfuhr es mir.

– Ja.

– Und dort ... in diesem Schrank ...

– Ja, Freundchen. Ja. Er wußte nicht, daß auch uns inzwischen Gäste heimgesucht hatten. Und daß wir uns nicht mehr mit ihm beschäftigen konnten. Aber er hat das nicht gewußt. Jetzt ... jetzt ist das schon eine gewisse ... Routine.

Er sagte das so leise, daß ich das letzte Wort eher erriet als hörte.

– Wart einmal, ich verstehe das nicht – sagte ich. – Wieso, ihr müßt doch etwas gehört haben. Du sagst selbst, ihr habt gehorcht. Ihr müßt zwei Stimmen gehört haben, also ...

– Nein. Nur seine Stimme, und selbst wenn es dort allerlei unverständliches Gezisch gab, verstehst du wohl, daß wir alles ihm zugeschrieben haben ...

– Nur seine Stimme ...? Aber ... wieso?

– Weiß ich nicht. Ich habe zwar eine bestimmte Theorie zu diesem Thema. Aber ich denke, damit brauche ich mich nicht zu beeilen, um so mehr, als sie zwar das eine oder andere erklärt, aber nichts hilft. Ja. Aber du mußt schon gestern etwas gesehen haben, sonst hättest du uns beide für verrückt gehalten.

– Ich dachte, ich selbst sei verrückt geworden.

– Ja, wirklich? Und du hast niemanden gesehen?

– Doch.

– Wen?!

Seine Grimasse war kein Lächeln mehr. Ich sah ihn lange an, bevor ich antwortete:

– Die... Schwarze...

Er sagte nichts, aber sein ganzer geduckter und vorgebeugter Körper lockerte sich fast unmerklich auf.

– Du hättest mich trotz allem warnen können – begann ich, schon nicht mehr so überzeugt.

– Ich habe dich doch gewarnt.

– Ja, aber wie!

– Auf die einzig mögliche Art. Versteh doch, ich habe nicht gewußt, *wer* das sein wird. Das hat niemand gewußt, das kann niemand wissen...

– Hör zu, Snaut, ein paar Fragen. Du kennst das... seit einiger Zeit. Diese... dieses... was wird aus ihr?

– Du meinst, ob sie wiederkommt?

– Ja.

– Sie kommt wieder, aber ohne wiederzukommen.

– Was heißt das?

– Sie kommt so wieder, wie am Anfang... des ersten Besuchs. Sie wird einfach von nichts wissen, oder, um genau zu sein, sie wird sich so verhalten, als wäre alles, was du getrieben hast, um sie loszuwerden, niemals dagewesen. Wenn du sie nicht durch die Verhältnisse dazu zwingst, wird sie nicht aggressiv sein.

– Durch was für Verhältnisse?

– Das hängt von den Umständen ab.

– Snaut!

– Was willst du denn?

– Den Luxus von Heimlichkeiten können wir uns nicht leisten!

– Das ist kein Luxus – unterbrach er mich trocken. – Kelvin, ich habe den Eindruck, daß du noch immer nicht verstehst… Oder, wart einmal!…

Ihm blitzten die Augen.

– Kannst du sagen, *wer* hier war?

Ich schluckte den Speichel hinunter. Senkte den Kopf. Ich wollte Snaut nicht ansehen. Ich hätte lieber mit einem anderen zu tun gehabt, nicht mit ihm. Aber ich hatte keine Wahl. Ein Mullfleck löste sich und fiel mir auf die Hand. Ich zuckte, als er glitschig auftraf.

– Die Frau, die ich…

Ich sprach den Satz nicht zu Ende.

– Sie ist in den Tod gegangen. Sie machte sich… sie spritzte sich…

Snaut wartete.

– Sie hat Selbstmord begangen…? – fragte er, weil ich schwieg.

– Ja.

– Das ist alles?

Ich schwieg.

– Das kann nicht alles sein…

Ich hob rasch den Kopf. Snaut sah mich gar nicht an.

– Woher kannst du das wissen?

Er antwortete nicht.

– Gut – sagte ich und leckte die Lippen. – Wir haben gestritten. Oder eigentlich nicht. Nur ich habe mit ihr so gesprochen, du weißt schon, wie man im Zorn oft daherredet. Ich habe meinen Kram gepackt und bin ausgezogen, sie hat mir etwas angedeutet, sie hat es nicht ausdrücklich gesagt, aber das ist auch unnötig, wenn du mit jemandem jahrelang zusammenlebst… Ich war sicher, daß sie nur so redete, daß sie sich fürchten würde, so etwas zu tun, und… auch das habe ich ihr gesagt. Am nächsten Tag fiel mir ein, daß ich im Schubfach diese… Spritzen… liegengelassen hatte; sie wußte etwas darüber, ich hatte das aus dem Laboratorium mit heimgenommen, ich brauchte das zu etwas, und ich hatte ihr damals gesagt, wie das wirkt. Ich erschrak und wollte das holen gehen, aber dann dachte ich, das könnte aussehen, als hätte ich ihre Worte ernstgenommen, und ... ich ließ es dabei bewenden, aber am dritten Tag bin ich doch hingegangen, das ließ mir keine Ruhe. Schon ... als ich hinkam, da war sie schon tot.

– Ach du unschuldiger Knabe ...

Ich schnellte hoch. Aber als ich ihn ansah, begriff ich, daß er nicht spottete. Ich sah ihn gleichsam das erste Mal. Er war grau im Gesicht, unbeschreibliche Ermüdung zeigte sich in den tiefen Furchen der Wangen, er sah aus wie ein schwerkranker Mensch.

– Warum sagst du so etwas? – fragte ich seltsam eingeschüchtert.

– Darum, weil diese Geschichte tragisch ist. Nein, laß – ergänzte er rasch, weil ich mich rührte, – du verstehst noch immer nicht. Selbstverständlich, das kann dich schwer mitnehmen, du kannst dich sogar für einen Mörder halten, aber ... das Ärgste ist es nicht.

– Was du nicht sagst! – sagte ich höhnisch.

– Ich freue mich, daß du mir nicht glaubst. Wirklich. Was geschehen ist, das kann furchtbar sein, aber am furchtbarsten ist das, was ... nicht geschehen ist. Nie.

– Ich verstehe nicht ... – sagte ich schwach. Ich verstand wirklich nichts. Er nickte.

– Ein normaler Mensch – sagte er. – Was ist das, ein normaler Mensch? Einer, der nie etwas Scheußliches getan hat? Ja, aber hat er nie daran gedacht? Oder er hat nicht einmal daran gedacht, es hat sich selbst gedacht, es ist ihm aufgestiegen, vor zehn oder dreißig Jahren, vielleicht hat er das verscheucht und vergessen und keine Angst davor gehabt, weil er ja wußte, daß er das niemals in die Tat umsetzen würde. Ja, aber jetzt stell dir vor, auf einmal, am hellichten Tag, mitten unter den Leuten, trifft er DAS, es ist Fleisch geworden, an ihn gekettet, unvernichtbar, was dann? Was hast du dann vor dir?

Ich schwieg.

– Die Station – sagte er leise. – Dann hast du die Station Solaris.

– Aber... was kann das letzten Endes schon sein? – sagte ich zögernd. – Du bist schließlich kein Verbrecher, und Sartorius auch nicht...

– Aber du, Kelvin, bist schließlich Psychologe! – unterbrach er mich ungeduldig. – Wer hat nicht irgendwann einmal so einen Traum gehabt? Ein aufsteigendes Bild? Denk dir... denk dir einen Fetischisten, und nun verliebt sich der, was weiß ich, in ein Stück dreckiger Unterwäsche, er wagt seine Haut, bis er sich durch Bitten und Drohen diesen innigstgeliebten, garstigen Lumpen erobert, das muß lustig sein, was? Wenn er sich ekelt vor dem Objekt seiner Begierde, und zugleich verrückt danach ist, und bereit, das Leben dafür aufs Spiel zu setzen, vielleicht mit den Gefühlen eines Romeo für seine Julia... Solche Sachen kommen vor. Das stimmt, aber du verstehst wohl, daß es auch Sachen geben muß... Situationen... solche, daß sie niemand zu verwirklichen gewagt hat, außer in Gedanken, in einem einzigen Moment der Sinnesverwirrung, Erniedrigung, Raserei, nenne das, wie du willst. Und das Wort wird Fleisch. Das ist alles.

– Das ist... alles – sprach ich sinnlos nach, mit einer Stimme wie Holz. Mir dröhnte der Schädel. – Aber... aber die Station? Was hat die Station damit zu schaffen?

– Du verstellst dich wohl – murmelte er. Er sah mich prüfend an. – Ich rede doch andauernd von der Solaris, nur von der Solaris, von nichts anderem. Ich kann nichts dafür, wenn sich das so kraß von deinen Erwartungen unterscheidet. Im übrigen hast du schon genug erlebt, um mich wenigstens bis zu Ende anzuhören.

Wir brechen in den Kosmos auf, wir sind auf alles vorbereitet, das heißt, auf die Einsamkeit, auf den Kampf, auf Martyrium und Tod. Aus Bescheidenheit sprechen wir es nicht laut aus, aber wir denken uns manchmal, daß wir großartig sind. Indessen, indessen ist das nicht alles, und unsere Bereitschaft erweist sich als Theater. Wir wollen gar nicht den Kosmos erobern, wir wollen nur die Erde bis an seine Grenzen erweitern. Die einen Planeten haben voll Wüste zu sein, wie die Sahara, die anderen eisig wie der Pol oder tropisch wie der brasilianische Urwald. Wir sind humanitär und edel, wir wollen die anderen Rassen nicht unterwerfen, wir wollen ihnen nur unsere Werte übermitteln und, als Gegengabe, ihrer aller Erbe annehmen. Wir halten uns für die Ritter vom heiligen Kontakt. Das ist die zweite Lüge. Menschen suchen wir, niemanden sonst. Wir brauchen keine anderen Welten. Wir brauchen Spiegel. Mit anderen Welten wissen wir nichts anzufangen. Es genügt unsere eine, und schon ersticken wir an ihr. Wir wollen das eigene idealisierte Bild finden; diese Globen, diese Zivilisationen haben vollkommener zu sein als die unsere, in anderen wiederum hoffen wir das Abbild unserer primitiven Vergangenheit zu finden. Indessen ist auf der anderen Seite etwas, was wir nicht akzeptieren, wogegen wir uns wehren, und schließlich haben wir von der Erde nicht nur das pure Destillat aus lauter Tugenden mitgebracht, das heroische Standbild des Menschen! Wir sind so hierhergeflogen, wie wir wirklich sind, und wenn die andere Seite uns diese Wahrheit zeigt, diesen Teil von ihr, den wir verschweigen, – dann können wir das nicht hinnehmen!

– Also was ist das? – fragte ich, nachdem ich ihn geduldig angehört hatte.

– Das, was wir gewollt haben: der Kontakt mit einer anderen Zivilisation. Da haben wir den Kontakt! Übersteigert, wie unter dem Mikroskop – unsere eigene monströse Häßlichkeit, unsere Albernheit und Schande!!!

Ihm zitterte die Wut in der Stimme.

– Du meinst also, das ist... der Ozean? Er ist das? Aber wozu? Der Mechanismus soll im Moment einmal das Wenigste sein, aber um Gottes Barmherzigkeit willen, wozu?! Denkst du im Ernst, daß er mit uns spielen will? Oder uns strafen?! Das ist mir erst eine primitive Dämonologie! Ein Planet in der Gewalt eines sehr großen Teufels, der seinem Hang zu satanischem Humor Genüge tut, indem er den Mitgliedern einer wissenschaftlichen Expedition Sukkuben unterschiebt! Du glaubst doch wohl selbst nicht an eine so ausgemachte Idiotie?!

– Dieser Teufel ist gar nicht so dumm – knurrte er durch die Zähne. Ich sah ihn verblüfft an. Mir kam der Gedanke, daß er letzten Endes nervlich zerrüttet sein konnte, selbst wenn das, was in der Station vorging, nicht aus dem Wahnsinn herzuleiten war. – Reaktive Psychose…? – huschte es mir noch durch den Kopf, als Snaut, fast ohne einen Ton von sich zu geben, ganz leise zu lachen anfing.

– Stellst du mir die Diagnose? Wart lieber noch. Im Grunde hast du das in so milder Form an dir erfahren, daß du weiterhin nichts weißt!

– Aha. Der Teufel hatte Erbarmen mit mir – versetzte ich. Das Gespräch wurde mir allmählich lästig.

– Was willst du eigentlich? Daß ich dir sagen soll, was ix Billionen metamorphes Plasma für Pläne gegen uns wälzen? Vielleicht gar keine.

– Was heißt gar keine? – fragte ich verdutzt. Snaut lächelte andauernd.

– Du solltest wissen, daß die Wissenschaft sich nur damit befaßt, wie etwas geschieht, und nicht warum etwas geschieht. Wie? Nun, das hat acht oder neun Tage nach diesem Röntgenexperiment begonnen. Vielleicht hat der Ozean die Strahlung durch irgendeine andere Strahlung beantwortet, vielleicht hat er damit unsere Gehirne sondiert und gewisse psychische Abkapselungen aus ihnen gefördert.

– Abkapselungen?

Das begann mich zu interessieren.

– Genau. Von allem übrigen abgetrennte Prozesse, irgendwelche in sich geschlossene, unterdrückte, zugemauerte Entzündungsherde im Gedächtnis. Er hat sie als Anleitung behandelt, als Konstruktionsplan… du weißt ja, wie ähnlich einander diese asymmetrischen Kristalle sind, die der Chromosomen und die jener Nukleinverbindungen der Cerebroside, die das Substrat der Merkprozesse bilden… Vererbendes Plasma ist schließlich Plasma, das »sich etwas merkt«. Also hat er das aus uns herausgeholt, exzerpiert, und dann, na du weißt, was dann war. Aber warum das gemacht worden ist? Puh! Jedenfalls nicht, um uns zu vernichten. Das könnte er viel einfacher haben. Überhaupt – bei so viel Freiheit in der Technologie – könnte er eigentlich alles, er könnte uns zum Beispiel gegen Doppelgänger auswechseln.

– Ah! – rief ich – Deshalb bist du am ersten Abend so erschrocken, als ich kam!

– Ja. Im übrigen – knüpfte er an – hat er das vielleicht auch getan. Woher kannst du wissen, ob ich wirklich dieser biedere alte Ratz bin, der vor zwei Jahren hierherflog?...

Er begann leise zu lachen, als gewönne er Wunder was für Befriedigung aus meiner Verdutztheit, aber er hörte gleich wieder auf.

– Nein, eh nichts, – murmelte er – auch ohne das reicht es schon. Vielleicht gibt es noch mehr Unterschiede, ich kenne nur den einen: uns beide kann man töten.

– Und *die* nicht?

– Ich rate dir nicht, daß du es ausprobierst. Ein furchtbares Schauspiel!

– Durch nichts?

– Weiß ich nicht. Jedenfalls nicht durch Gift, Messer, Strick...

– Atom-Werfer?

– Würdest du es probieren?

– Ich weiß nicht. Wenn einer ja weiß, daß das keine Menschen sind.

– Sind sie aber in gewissem Sinne. Subjektiv sind sie Menschen. Sie sind sich durchaus nicht klar über ihre... Herkunft. Das hast du wohl bemerkt?

– Ja. Also... wie ist das?

– Sie regenerieren in unerhörtem Tempo. In unmöglichem Tempo, vor deinen Augen, sag ich dir, und von neuem beginnen sie sich zu verhalten, wie... wie...

– Wie was?

– Wie unsere Vorstellungen von ihnen, diese Aufzeichnungen im Gedächtnis, wonach...

– Ja. Das stimmt – bestätigte ich. Ich achtete nicht darauf, daß mir die Salbe von den verbrannten Wangen rann und auf die Hände tropfte.

– Hat Gibarian gewußt…? – fragte ich plötzlich. Er betrachtete mich aufmerksam.

– Das, was wir wissen, meinst du?

– Ja.

– Fast sicher.

– Woher weißt du das, hat er es dir gesagt?

– Nein. Aber ich habe da bei ihm so ein Buch gefunden…

– Die »Kleine Apokryphe«?! – rief ich und fuhr vom Sitz hoch.

– Ja. Aber woher kannst denn du das wissen? – fragte Snaut voll plötzlicher Unruhe, die Pupillen in mein Gesicht verbohrend. Ich quittierte das durch ein Kopfschütteln.

– Nur ruhig – sagte ich. – Du siehst ja, daß ich verbrannt bin und kein bißchen regeneriere? In der Kabine war ein Brief an mich.

– Ein Brief? Was du nicht sagst?! Was stand drin?

– Nicht viel. Eigentlich eine Notiz und kein Brief. Bibliographische Verweise auf den Solaris-Annex und auf diese »Apokryphe«. Was ist das?

– Eine alte Sache. Möglich, daß sie etwas damit zu tun hat. Nimm.

Er zog ein dünnes, in Leder gebundenes, an den Ecken abgewetztes Bändchen aus der Tasche und reichte es mir.

– Und Sartorius…? – versetzte ich, das Buch einsteckend.

– Was, Sartorius? In einer solchen Situation verhält sich jeder, wie er es… schafft. Er bemüht sich, normal zu sein, bei ihm heißt das: offiziell.

– Also, weißt du!

– Aber gewiß doch. Ich war mit ihm einmal in einer Situation, die Einzelheiten übergehe ich, jedenfalls blieben uns für acht Leute fünfhundert Kilogramm Sauerstoff übrig. Einer nach dem anderen gaben wir unsere täglichen Beschäftigungen auf, gegen Ende gingen wir alle mit Bärten herum, nur er rasierte sich, putzte sich die Schuhe, das ist so ein Mensch. Natürlich, was immer er jetzt tun wird, das wird Getue sein, eine Komödie oder ein Verbrechen.

– Verbrechen?

– Gut, dann eben kein Verbrechen. Wir müssen uns ein neues Wort dafür ausdenken. Zum Beispiel »Rückstoßscheidungsverfahren«. Klingt das besser?

– Du bist außerordentlich witzig – sagte ich.

– Möchtest du lieber, daß ich weinen soll? Also, schlag was vor.

– Ach, laß mich in Ruh.

– Nein, ich rede im Ernst: du weißt jetzt etwa soviel wie ich. Hast du irgendeinen Plan?

– Du bist drollig! Ich weiß nicht, was ich anfange, wenn sie ... wiederum erscheint, sie muß ja erscheinen?

– Wohl schon.

– Auf welchem Weg gelangen sie eigentlich herein, die Station ist doch hermetisch? Vielleicht hat der Panzer ...

Er winkte ab.

– Der Panzer ist in Ordnung. Ich habe keine Ahnung, wie. Am häufigsten haben wir Gäste nach dem Aufwachen, und letzten Endes muß der Mensch hin und wieder schlafen.

– Irgendwo einsperren?

– Das hilft nicht für lange. An Mitteln bleiben nur, na, du weißt schon, welche.

Er stand auf. Ich stand auch auf.

– Hör mal, Snaut ... Geht es dir um die Auflassung der Station, und du willst nur, daß das von mir ausgehen soll?

Er schüttelte den Kopf.

– So einfach ist das nicht. Natürlich, jederzeit können wir flüchten, und sei es auf das Satelloid, und von dort SOS senden. Sie werden uns selbstredend als Irre behandeln ... irgendein Sanatorium auf der Erde, bis zu dem Zeitpunkt, da wir alles brav widerrufen werden ... Fälle von kollektivem Wahnsinn kommen an solchen isolierten Stützpunkten ja vor ... Das wäre vielleicht nicht das Schlimmste. Ein Garten, Ruhe, weiße Zimmerchen, Spaziergänge mit den Wärtern ...

Snaut sprach in vollem Ernst, die Hände in den Taschen, den Blick in die Zimmerecke geheftet, ohne etwas zu sehen. Die rote Sonne war schon hinter dem Horizont verschwunden, und die schaumgekrönten Wellen verschwammen zu tintiger Wüste. Der Himmel loderte. Über dieser zweifarbigen, unbeschreiblich trostlosen Landschaft fluteten Wolken mit lilafarbenem Saum.

– Also, willst du nun flüchten? Oder nicht? Noch nicht?

Snaut lächelte.

– Du unverzagter Eroberer ... Du hast das noch nicht verkostet, sonst würdest du nicht so darauf drängen. Nicht das zählt, was ich will, sondern das, was möglich ist.

– Was?

– Das eben weiß ich nicht.

– Wir bleiben also hier? Denkst du, daß sich ein Mittel findet ...

Er sah mich an, schmächtig, mit diesem zerfurchten Gesicht, auf dem sich die Haut abschuppte.

– Wer weiß. Vielleicht zahlt sich das aus. Über ihn werden wir kaum etwas erfahren, aber vielleicht über uns ...

Er wandte sich um, hob seine Papiere auf und ging. Ich wollte ihn anhalten, aber aus dem geöffneten Mund kam kein Ton. Es gab nichts zu tun, ich konnte nur warten. Ich trat ans Fenster und blickte auf den blutig schwarzen Ozean, fast ohne ihn zu sehen. Mir kam der Gedanke, ich könnte mich im Flughafen in einer der Raketen einschließen, aber das dachte ich nicht im Ernst, das war allzu dumm; früher oder später hätte ich ja doch herauskommen müssen. Ich setzte mich ans Fenster und zog das Buch hervor, das mir Snaut gegeben hatte. Das Licht reichte noch aus, rosig überhauchte es die Seiten, das ganze Zimmer war rot durchglüht. In dem Buch hatte ein gewisser Magister der Philosophie Otto Ravintzer Artikel und Arbeiten von zumeist nicht einmal mehr zweideutigem Wert gesammelt. Immer steht jeder Wissenschaft irgendeine Afterwissenschaft zur Seite, ihr verschrobenes Zerrbild in Gemütern eines ganz bestimmten Typs; die Astronomie hat die Astrologie zur Parodistin, die Chemie hatte sie einst in der Alchemie, es ist also verständlich, daß die Geburt der Solaristik von einer wahren Hochflut an Denk-Ungetümen begleitet war; eben diese Art Geistesnahrung füllte Ravintzers Buch, im übrigen, wie ich um der Gerechtigkeit willen hinzufügen muß, durch ein Vorwort aus seiner eigenen Feder eingeleitet, worin er sich von diesem Panoptikum distanzierte. Er meinte einfach, und nicht mit Unrecht, eine solche Sammlung könne ein wertvolles Zeitdokument für den Historiker wie auch für den Psychologen der Wissenschaft darstellen.

Bertons Bericht nahm in dem Buch einen würdigen Platz ein. Das Dokument bestand aus mehreren Teilen. Der erste war die Abschrift von Bertons Logbuch und sehr lakonisch.

Von vierzehn Uhr bis sechzehn Uhr vierzig nach der angenommenen Zeitrechnung der Expedition waren die Aufzeichnungen lakonisch und negativ: Höhe 1000 oder 1200 oder 800 Meter, nichts beobachtet, Ozean leer. Das wiederholte sich einige Male.

Dann, um 16.40: Roter Nebel steigt auf. Sicht 700 Meter. Ozean leer.

Um 17.00: Nebel dichter, Stille, Sicht 400 Meter, mit Aufhellungen. Herunter auf 200.

Um 17.20: Bin im Nebel. Höhe 200. Sicht 20–40 Meter. Stille. Auf 400 hinauf.

Um 17.45: Höhe 500. Nebelbank bis an den Horizont. Im Nebel – trichterartige Öffnungen, durch die der Ozeanspiegel hindurchschaut. In ihnen geht etwas vor. Ich versuche, in einen dieser Trichter einzulenken.

Um 17.52: Ich sehe eine Art Wirbel – er wirft gelben Schaum aus. Von Nebelwand umschlossen. Höhe 100. Herunter auf 20.

Damit endete die Aufzeichnung in Bertons Logbuch. Die Fortsetzung des sogenannten Berichts bildete ein Auszug aus Bertons Krankengeschichte; genauer gesagt, war das der Text einer Aussage, die Berton diktiert hatte, unterbrochen durch Fragen der Kommissionsmitglieder.

»Berton: Als ich auf dreißig Meter heruntergegangen war, wurde es schwierig, die Höhe zu halten, denn in diesem runden nebelfreien Raum herrschten stoßweise Winde. Ich mußte mich um die Steuer kümmern, und einige Zeit, vielleicht zehn oder fünfzehn Minuten lang, schaute ich daher nicht aus der Gondel. Die Folge war, daß ich ohne meine Absicht in den Nebel geriet, ein starker Luftstoß trug mich hinein. Das war kein gewöhnlicher Nebel, sondern eine Art Suspension, mir scheint, ein Kolloid, denn er hat mir alle Scheiben verkleistert. Mit dem Reinigen hatte ich reichlich zu tun. Das war sehr klebrig. Inzwischen reduzierte es mir die Drehzahl um einige dreißig Prozent, durch den Widerstand, den dieses Nebelzeug dem Rotor entgegensetzte; also begann ich an Höhe zu verlieren. Da ich sehr tief flog und eine Kopflandung auf einer Welle befürchtete, gab ich Vollgas. Die Maschine hielt die Höhe, aber hinauf ging sie nicht. Ich hatte noch vier Raketenbeschleunigerpatronen. Die verwendete ich nicht, denn ich dachte, die Situation könnte sich verschlimmern, und dann könnte ich die benötigen. Bei vollen Touren entstand sehr starke Vibration; ich erriet, daß mir diese merkwürdige Suspension den Rotor verpappte; auf der Skala der Hubleistung hatte ich aber immer noch null, also konnte ich dagegen nichts machen. Die Sonne sah ich nicht, seit ich in den Nebel eingedrungen war, aber aus ihrer Richtung her phosphoreszierte es rot. Ich kreiste andauernd, ich hoffte, ich könnte schließlich in eine dieser nebelfreien Stellen ausbrechen, wirklich gelang mir das nach etwa einer halben Stunde. Ich flog in freien Raum hinaus, in einen fast regelrechten Kreis von einigen hundert Metern Durchmesser. Begrenzt wurde er vom Nebel, der heftig brodelte, wie von starken Konvektionsströmen hochgetrieben. Deshalb suchte ich möglichst in der Mitte des »Lochs« zu bleiben, da war die Luft am ruhigsten. Ich bemerkte nun die Veränderung der Ozeanoberfläche. Die Wellen waren fast ganz verschwunden, und diese Flüssigkeit – das, woraus der Ozean ist, – wurde in der obersten Schicht durchscheinend mit rauchigen Trübungen; die verschwanden dann, nach kurzer Zeit kam es zu völliger Klärung, und ich konnte durch eine wohl etliche Meter dicke Schicht ins Innere schauen. Dort sammelte sich etwas wie gelblicher Schlamm, der in dünnen, senkrechten Bändchen nach oben stieg; sobald er auftauchte, wurde er glasig glänzend, begann zu wallen und zu schäumen und versteifte sich; nun sah er so ähnlich aus wie dicker, angebrannter Zuckersirup. Dieser Schlamm oder Schleim sammelte sich zu dicken Knoten, wuchs über die Ozeanfläche empor, erzeugte höckerige Erhebungen und bildete langsam allerlei Formen aus. Es begann mich zur Nebelwand hin abzutreiben, also mußte ich ein paar Minuten lang mit Gas und Steuer dieser Bewegung entgegenarbeiten; als ich wieder hinausschauen konnte, erblickte ich tief unter mir etwas, was an einen Garten erinnerte. Ja, an einen Garten. Ich sah Zwergbäumchen, und Hecken, und Wege, alles nicht echt, das war alles aus dieser einen Substanz, die schon völlig steif war, wie gelblicher Gips. So sah das aus; der Ozeanspiegel glänzte stark, ich ließ mich hinab, wie ich nur konnte, um das genauer zu besehen.

Frage: Diese Bäume und die anderen Pflanzen, die du gesehen hast, hatten die auch Blätter?

Antwort Bertons: Nein. Das war nur so die allgemeine Form, so etwas wie das Modell eines Gartens. Oh, genau! Das Modell! So hat das ausgesehen. Ein Modell, aber wohl in natürlicher Größe. Nach einer Weile begann alles zu springen und zu zerbrechen; durch die Ritzen, die ganz schwarz waren, quetschte sich dicker Schleim wellenweise an die Oberfläche hervor und erstarrte, teils rann er ab, teils blieb er, und alles begann immer energischer durcheinanderzustürzen und bedeckte sich mit Schaum, und außer Schaum sah ich nichts mehr. Zugleich begann mich der Nebel von allen Seiten einzuengen, also erhöhte ich die Drehzahl und stieg auf dreihundert Meter.

Frage: Bist du ganz sicher, daß das, was du gesehen hast, an einen Garten erinnerte, an nichts anderes?

Antwort Bertons: Ja. Weil ich dort verschiedene Einzelheiten bemerkt habe. Zum Beispiel erinnere ich mich, daß an einer Stelle so würfelförmige Kistchen aufgereiht standen. Später fiel mir ein, daß das eine Bienenzucht gewesen sein konnte.

Frage: Später fiel dir das ein? Aber nicht, während du es gesehen hast?

Antwort Bertons: Nein, denn das war alles wie aus Gips. Und ich sah noch andere Sachen.

Frage: Was für Sachen?

Antwort Bertons: Ich kann nicht sagen, was für welche, denn genau konnte ich sie in der Geschwindigkeit nicht ansehen. Ich hatte den Eindruck, daß unter einigen Sträuchern Werkzeug lag, das waren längliche Formen mit wegstehenden Zähnen, etwas wie Gipsabgüsse kleiner Gärtnermaschinen. Aber das weiß ich nicht völlig sicher. Das andere – ja.

Frage: Hast du dir nicht gedacht, daß das eine Halluzination war?

Antwort Bertons: Nein. Ich habe gedacht, das sei eine Fata Morgana. An eine Halluzination habe ich nicht gedacht, denn ich fühlte mich völlig wohl, und auch deshalb nicht, weil ich nie im Leben etwas Derartiges gesehen hatte. Als ich auf dreihundert Meter hinaufstieg, war der Nebel unter mir von Einbuchtungen durchlöchert, ganz wie ein Käse hat er ausgeschaut. Eines dieser Löcher war leer, und ich sah darin den Ozean wogen, in anderen wieder brodelte etwas. Ich flog in eine dieser Stellen hinein, und aus vierzig Meter Höhe sah ich, daß unter der Ozeanoberfläche, aber knapp darunter, eine Wand lag, etwas wie die Wand eines sehr großen Gebäudes; sie schimmerte hell durch die Wellen und hatte Reihen regelmäßiger, rechteckiger Öffnungen, wie Fenster; es schien mir sogar, daß sich in manchen Fenstern etwas bewegte, aber dessen bin ich nicht so ganz sicher. Diese Wand begann sich langsam zu heben und aus dem Ozean hervorzutauchen. Der Schleim troff in ganzen Wasserfällen an ihr herab, und auch irgendwelche schleimige Gebilde, solche geäderte Verdichtungen. Plötzlich zerbrach sie in zwei Teile und ging so schnell unter, daß sie im Nu verschwunden war. Ich zog nochmals die Maschine hoch und flog so dicht über dem Nebel weiter, daß ich ihn fast mit dem Fahrgestell berührte. Ich sichtete die nächste leere trichterartige Stelle, sie war wohl ein paarmal so groß wie die erste.

Schon von weitem sah ich etwas schwimmen; weil das hell war, fast weiß, bildete ich mir ein, das sei Fechners Raumanzug, um so mehr, als das wie ein Mensch geformt war. Ich wendete die Maschine, sehr jäh, denn ich befürchtete, über diese Stelle hinauszufliegen und sie nicht wiederzufinden; nun hob sich diese Gestalt ein wenig, das sah aus, als schwimme oder stehe sie bis zum Gürtel in der Welle. Ich beeilte mich und ging so tief hinunter, daß ich das Fahrgestell an etwas Weiches schlagen fühlte, an den Kamm einer Welle, nehme ich an, denn dort war eben eine große. Dieser Mensch, ja, das war ein Mensch, trug keinen Raumanzug. Trotzdem bewegte er sich.

Frage: Hast du sein Gesicht gesehen?

Antwort Bertons: Ja.

Frage: Wer war das?

Antwort Bertons: Das war ein Kind.

Frage: Was für ein Kind? Hast du es schon irgendeinmal im Leben irgendwo gesehen?

Antwort Bertons: Nein. Nie. Jedenfalls erinnere ich mich nicht. Im übrigen, sobald ich ihm nur nahe kam – ich war an die vierzig Meter von ihm entfernt, vielleicht ein klein wenig mehr –, erfaßte ich, daß etwas Ungutes mit ihm los war.

Frage: Was verstehst du darunter?

Antwort Bertons: Sag ich gleich. Zuerst wußte ich nicht, was es war. Erst nach einer Weile erfaßte ich es: das Kind war außerordentlich groß. Riesig, das ist noch zu wenig gesagt. Es war vielleicht vier Meter groß. Ich erinnere mich genau, als ich mit dem Fahrgestell gegen die Welle stieß, hatte das Kind den Kopf etwas höher als ich, und wenn ich auch in der Kabine saß, muß ich mich doch an die drei Meter über der Ozeanoberfläche befunden haben.

Frage: Wenn es so groß war, woher weißt du dann, daß es ein Kind war?

Antwort Bertons: Weil das ein sehr kleines Kind war.

Frage: Findest du nicht, Berton, daß deine Antwort unlogisch ist?

Antwort Bertons: Nein. Durchaus nicht. Ich habe ja sein Gesicht gesehen. Und im übrigen waren die Proportionen des Körpers kindlich. Es sah aus... fast nach einem Säugling sah es aus. Nein, das ist übertrieben. Vielleicht war es zwei oder drei Jahre alt. Es hatte schwarzes Haar und blaue Augen, riesige! Und nackt war es. Völlig nackt, wie neugeboren. Es war feucht, oder eher glitschig, die Haut hat ihm so geglänzt.

Dieser Anblick hat scheußlich auf mich gewirkt. Ich glaubte nicht mehr an eine Fata Morgana. Ich sah es zu genau. Es hob und senkte sich je nach der Bewegung der Welle, aber unabhängig davon bewegte es sich, das war ekelhaft!

Frage: Warum? Was hat es so Besonderes getan?

Antwort Bertons: Es hat ausgesehen, also wie halt in irgendeinem Museum, wie eine Puppe, aber wie eine lebendige Puppe. Es hat den Mund auf und zu gemacht und allerlei Bewegungen ausgeführt, eklige. Ja, denn das waren nicht seine eigenen Bewegungen.

Frage: Was meinst du damit?

Antwort Bertons: Ich bin ihm nicht näher gekommen als fünfzehn, zwanzig Meter, vielleicht ist zwanzig die beste Schätzung. Aber ich sagte ja schon, wie riesig es war, dadurch habe ich es überaus genau gesehen. Die Augen haben ihm geblitzt, und überhaupt hat es nach einem lebendigen Kind ausgesehen, bloß diese Bewegungen, wie wenn jemand probiert... wie wenn irgend jemand sie alle durchprobiert...

Frage: Bemühe dich, näher zu erklären, was das heißt.

Antwort Bertons: Ich weiß nicht, ob mir das gelingen wird. Ich hatte diesen Eindruck. Das war intuitiv. Ich habe darüber nicht nachgedacht. Diese Bewegungen waren unnatürlich.

Frage: Willst du damit sagen, daß sich beispielsweise die Hände so bewegten, wie menschliche Hände sich infolge der beschränkten Beweglichkeit der Gelenke nicht bewegen können?

Antwort Bertons: Nein. Durchaus nicht. Sondern... diese Bewegungen haben keinen Sinn ergeben. Sonst bedeutet doch jede Bewegung etwas, dient zu etwas...

Frage: Findest du? Die Bewegungen eines Säuglings müssen nichts zu bedeuten haben.

Antwort Bertons: Ich weiß. Aber die Bewegungen eines Säuglings sind ungeordnet, nicht gezielt. Verallgemeinert. Aber diese waren, ah, ich weiß schon! Methodisch waren sie. Sie spielten sich der Reihe nach in Gruppen und Serien ab. So, als wollte jemand untersuchen, was dieses Kind mit den Händen zu tun imstande ist, und was mit dem Oberkörper, und was mit dem Mund, beim Gesicht war das am ärgsten, ich nehme an, deshalb, weil das Gesicht am meisten ausdrückt, dieses da war aber wie das Gesicht... nein, ich weiß das nicht zu benennen. Es war lebendig, ja, und trotzdem war es nicht menschlich. Das heißt, die Züge schon. Und ob. Auch die Augen, auch die Haut, alles, aber der Ausdruck, das Mienenspiel nicht.

Frage: Waren das Grimassen? Weißt du, wie das Gesicht eines Menschen bei einem epileptischen Anfall aussieht?

Antwort Bertons: Ja. Ich habe einen solchen Anfall gesehen. Ich verstehe. Nein, das war etwas anderes. Bei der Epilepsie sind da Krämpfe und Zuckungen, während es hier vollkommen flüssige und stete Bewegungen waren, elegante, oder wie soll ich sagen, melodische. Ich habe keine andere Bezeichnung. Und das Gesicht wiederum, mit dem Gesicht war es dasselbe. Ein Gesicht kann nicht so aussehen, daß die eine Hälfte lustig ist und die andere traurig, daß ein Teil davon droht oder sich fürchtet, und ein anderer triumphiert oder so was, aber gerade so war es bei diesem Kind. Außerdem spielten sich alle diese Bewegungen und Mienen mit unerhörter Geschwindigkeit ab. Ich war sehr kurz dort. Vielleicht zehn Sekunden. Ich weiß nicht, ob überhaupt zehn.

Frage: Und du willst sagen, daß du in so kurzer Zeit dazugekommen bist, das alles zu sehen? Im übrigen, woher weißt du, wie lange das dauerte, hast du das mit der Uhr kontrolliert?

Antwort Bertons: Nein. Ich habe das nicht mit der Uhr kontrolliert, aber ich fliege seit sechzehn Jahren. In meinem Beruf muß man die Zeit nach Sekunden genau abschätzen, kurze Augenblicke, meine ich, es geht um den Reflex. Das ist für die Landungen nötig. Ein Pilot, der nicht unabhängig von den Umständen erfassen kann, ob irgendein Phänomen fünf oder zehn

Sekunden dauert, wird nie viel taugen. Genauso ist es mit der Beobachtung. Das lernt einer mit den Jahren, daß er alles in kürzestmöglicher Zeit aufnimmt.

Frage: Ist das schon alles, was du gesehen hast?

Antwort Bertons: Nein. Aber an das übrige erinnere ich mich nicht so genau. Ich nehme an, das war für mich etwas zu viel auf einmal. Das Hirn war mir wie zugestöpselt. Der Nebel begann sich zu schließen, und ich mußte aufsteigen. Ich mußte, aber ich erinnere mich nicht, wie oder wann ich das getan habe. Zum ersten Mal im Leben hätte ich fast eine Kopflandung gebaut. Die Hände schlotterten mir so, daß ich das Steuer nicht ordentlich halten konnte. Mir scheint, ich schrie etwas und rief die Basis, obwohl ich wußte, daß ich keine Verbindung hatte.

Frage: Versuchtest du nun zurückzukehren?

Antwort Bertons: Nein. Denn am Ende, als ich draußen auf Gipfelhöhe war, dachte ich, vielleicht sei Fechner in einem dieser Löcher. Ich weiß, das klingt unsinnig. Trotzdem dachte ich so. Wenn solche Sachen geschehen – dachte ich –, dann gelingt es mir vielleicht, auch noch Fechner zu finden. Deshalb nahm ich mir vor, in so viele Nebellücken hineinzufliegen, wie nur irgend möglich. Aber beim dritten Mal, als ich wieder aufstieg, nach allem, was ich da gesehen hatte, da begriff ich, daß ich es nicht schaffte. Ich konnte nicht. Ich muß das sagen, das ist im übrigen bekannt. Mir ist übel geworden, und ich habe mich in der Gondel erbrochen. Ich wußte bis dahin nicht, was das heißt. Mir war nie schlecht.

Frage: Das war ein Symptom der Vergiftung, Berton.

Antwort Bertons: Möglich. Weiß ich nicht. Aber das, was ich beim dritten Mal gesehen habe, das habe ich mir nicht ausgedacht, das war nicht durch die Vergiftung bewirkt.

Frage: Woher willst du das wissen können?

Antwort Bertons: Das war keine Halluzination. Eine Halluzination ist doch das, was von meinem eigenen Gehirn erzeugt wird, oder?

Frage: Ja.

Antwort Bertons: Eben. Und das kann es nicht erzeugt haben. Daran werde ich niemals glauben. Es wäre dazu nicht fähig.

Frage: Sag lieber, was das war, gut?

Antwort Bertons: Zuvor muß ich erfahren, wie das ausgewertet werden wird, was ich bisher gesagt habe.

Frage: Was macht das für einen Unterschied?

Antwort Bertons: Mir – einen grundsätzlichen. Ich sagte schon, daß ich etwas gesehen habe, was ich nie mehr vergessen werde. Falls die Kommission dem, was ich gesagt habe, wenigstens ein Prozent Wahrscheinlichkeit zuerkennt, so daß entsprechende Untersuchungen dieses Ozeans aufzunehmen sind, in dieser Richtung, meine ich, – dann sage ich alles. Aber falls das von der Kommission für irgendwelche Wahnvorstellungen meinerseits gehalten werden soll, sage ich nichts.

Frage: Warum?

Antwort Bertons: Weil der Inhalt meiner Halluzinationen, selbst wenn er um Rache zum Himmel schreit, meine persönliche Angelegenheit ist, der Inhalt meiner Solaris-Erfahrungen hingegen nicht.

Frage: Soll das heißen, daß du jedwede weitere Antwort verweigerst, bis die zuständigen Organe der Expedition einen Beschluß gefaßt haben werden? Denn du siehst wohl ein, daß die Kommission nicht dazu ermächtigt ist, sofort einen Beschluß zu fassen.

Antwort Bertons: So ist es.«

Damit endete das erste Protokoll. Da war noch der Ausschnitt aus einem zweiten, das elf Tage später abgefaßt worden war.

»Vorsitzender: ... dies alles in Betracht ziehend, ist die Kommission, zusammengesetzt aus drei Ärzten, drei Biologen, einem Physiker, einem Ingenieur und Mechaniker, sowie dem stellvertretenden Expeditionsleiter, zu der Überzeugung gelangt, daß die von Berton geschilderten Vorgänge den Inhalt eines halluzinatorischen Syndroms darstellen, das unter dem Einfluß einer Vergiftung durch die Planetenatmosphäre ablief und sich in Bewußtseinstrübungen mit begleitender Erregung der assoziativen Zonen der Hirnrinde äußerte, und daß diesen Vorgängen in der Realität nichts oder fast nichts entsprach.

Berton: Verzeihung, was heißt das, ›nichts oder fast nichts‹? Was ist ›fast nichts‹? Wie groß ist das?

Vors.: Ich bin noch nicht zu Ende. Gesondert protokolliert wurde ein Votum separatum des Doktors der Physik Archibald Messenger, der erklärte, seiner Meinung nach könne sich das, was Berton erzählt hat, in Wirklichkeit zugetragen haben und sei gewissenhafter Untersuchung würdig. Das wäre alles.

Berton: Ich wiederhole meine Frage von vorhin.

Vors.: Das ist ganz einfach. ›Fast nichts‹, das besagt, daß gewisse reale Phänomene deine Halluzinationen angeregt haben können, Berton. Der normalste Mensch kann in einer windigen Nacht einen bewegten Strauch für irgendeine Gestalt halten. Was ist nun erst auf einem fremden Planeten, wenn die Geisteskräfte des Beobachters unter Gifteinwirkung stehen. Das ist keine Beleidigung für dich, Berton. Wie lautet nun in Anbetracht des obigen deine Entscheidung?

Berton: Ich erführe gern vorher, was dieses Votum separatum von Herrn Doktor Messenger für Konsequenzen hat.

Vors.: Praktisch gesehen, keine. Das heißt, daß diesbezügliche Untersuchungen nicht aufgenommen werden.

Berton: Wird das protokolliert, was wir reden?

Vors.: Ja.

Berton: Dann möchte ich sagen, daß meiner Überzeugung nach die Kommission nicht mich beleidigt hat – ich zähle hier nicht –, sondern den Geist dieser Forschungsreise. So, wie ich es das erste Mal gesagt habe, werde ich nun weitere Fragen nicht mehr beantworten.

Vors.: Ist das alles?

Berton: Ja. Aber ich möchte gern Herrn Doktor Messenger sprechen. Geht das?

Vors.: Natürlich.«

Damit endete das zweite Protokoll. Am unteren Rand der Seite befand sich die kleingedruckte Anmerkung, Dr. Messenger habe am nächsten Tag ein fast dreistündiges vertrauliches

Gespräch mit Berton geführt und sich hierauf abermals mit der Forderung nach Untersuchungen zu den Aussagen des Piloten an den Expeditionsrat gewandt. Messenger habe behauptet, dafür sprächen neue, zusätzliche Informationen, die er von Berton erhalten habe, aber erst nach einem positiven Ratsbeschluß aufdecken könne. Der Rat, verkörpert durch Shannahan, Timolis und Trahier, habe diesen Antrag abschlägig beschieden, womit die Angelegenheit abgeschlossen worden sei.

Das Buch enthielt auch noch die Fotokopie einer Seite eines Briefes, den man bei Messengers Nachlaßpapieren gefunden hatte. Das war wahrscheinlich ein Konzept; Ravintzer hatte nicht feststellen können, ob dieser Brief abgeschickt worden war, und was er für Konsequenzen hatte.

»... seine abgrundtiefe Stumpfsinnigkeit« – so begann der Text. »Aus Sorge um die eigene Autorität hat der Rat, oder konkret gesagt, haben Shannahan und Timolis (denn Trahiers Stimme gilt nichts) meine Forderungen abgelehnt. Ich wende mich nun direkt ans Institut, aber Du verstehst selbst, das ist nur ohnmächtiger Protest. Durch mein Wort gebunden, kann ich Dir leider nicht mitteilen, was Berton mir gesagt hat. Auf den Ratsbeschluß hat sich selbstredend ausgewirkt, daß mit der großen Entdeckung ein Mensch ohne jeden wissenschaftlichen Grad daherkam, obwohl so mancher Forscher diesen Piloten um seinen wachen Verstand und seine Beobachtungsgabe beneiden könnte. Sende mir bitte postwendend folgende Angaben:

1) Einen Lebenslauf Fechners, mit Berücksichtigung seiner Kindheit.

2) Alles, was Du nur über seine Familie und seine Familienangelegenheiten weißt; er soll ein kleines Kind hinterlassen haben.

3) Die Topographie der Ortschaft, wo er aufgewachsen ist.

Ich möchte Dir gern noch sagen, was ich von alldem halte. Wie Du weißt, entstand einige Zeit nach dem Aufbruch Fechners und Caruccis im Zentrum der roten Sonne ein Fleck, der durch seine Korpuskularstrahlung die Funkverbindung zerstörte, und zwar nach den Angaben des Satelloids vor allem auf der Südhalbkugel, d. h. dort, wo sich unsere Basis befand. Fechner und Carucci entfernten sich unter allen Forschungsgruppen am weitesten von der Basis.

So dichten, beharrlich ruhenden Nebel bei völliger Windstille hatten wir bis zum Tag der Katastrophe während unseres ganzen Aufenthalts auf dem Planeten nicht beobachtet.

Ich denke, das, was Berton gesehen hat, war ein Teil einer ›Operation Mensch‹, die von diesem klebrigen Monstrum vollzogen wurde. Die eigentliche Quelle aller von Berton wahrgenommenen Gebilde war Fechner – sein Gehirn, im Zuge einer für uns unbegreiflichen ›psychischen Sezierung‹; es ging um experimentelle Wiedergabe, um Rekonstruktion mancher Spuren in seinem Gedächtnis (wohl der dauerhaftesten).

Ich weiß, das klingt phantastisch, ich weiß, ich kann mich irren. Ich bitte Dich also um Hilfe; ich befinde mich derzeit auf dem Alarich und werde dort Deine Antwort erwarten.

Dein A.«

Ich konnte kaum lesen, so finster war es geworden, das Buch in meinen Händen wurde grau, endlich begann mir der Druck vor den Augen zu verflimmern, aber das leere Stück der Seite zeigte an, daß ich ans Ende dieser Geschichte gelangt war, die ich im Licht der eigenen Erlebnisse für sehr wahrscheinlich ansah. Ich wandte mich zum Fenster um. Darin stand tiefes Violett, über dem Horizont glommen noch ein paar Wölkchen, wie erlöschende Kohlen. Der Ozean, in Dunkel gehüllt, war unsichtbar. Ich hörte die Papierstreifen über den Ventilatoren schwach prasseln. Die erwärmte Luft mit schwachem Ozongeschmack stand leblos still. Vollkommene Stille erfüllte die ganze Station. Ich dachte, daß unser Entschluß – zu bleiben – nichts Heldenhaftes an sich hatte. Das Zeitalter heroischer Planetenbezwingungen, kühner Ausfahrten, entsetzlicher Todesfälle – wie etwa der des ersten Ozean-Opfers Fechner – war längst abgeschlossen. Es kümmerte mich schon fast nicht mehr, wer bei Snaut oder Sartorius »zu Gast« war. – Nach einiger Zeit – dachte ich – werden wir aufhören, uns zu schämen und abzusondern. Können wir die Gäste nicht loswerden, so werden wir uns an sie gewöhnen und mit ihnen leben, und wenn ihr Schöpfer die Spielregeln abändert, werden wir uns auch den neuen anpassen, wenn wir auch eine Zeitlang zappeln und strampeln werden, und vielleicht sogar einer oder der andere Selbstmord begeht, aber am Ende wird auch dieser künftige Zustand sich einpendeln. Die Finsternis, die das Zimmer erfüllte, wurde der irdischen immer ähnlicher. Schon hellten nur mehr die weißen Formen des Waschbeckens und des Spiegels das Dunkel auf. Ich stand auf, fand tastend den Watteballen auf dem Regal, wusch mir mit einem angefeuchteten Bausch das Gesicht und legte mich auf den Rücken aufs Bett. Irgendwo über mir, dem Schwirren eines Nachtfalters ähnlich, regte sich das Prasseln am Ventilator und verklang wieder. Ich sah nicht einmal das Fenster, Schwärze umfing alles, ein Streifchen Helligkeit aus unbekannter Quelle schwebte vor mir, ich weiß nicht, ob an der Wand oder weit draußen, tief in der Wüste jenseits des Fensters. Mir fiel ein, wie mich am Vorabend der leere Blick der solarischen Weite erschreckt hatte, und fast lächelte ich. Ich fürchtete ihn nicht. Nichts fürchtete ich. Ich hielt das Handgelenk vor die Augen. Als phosphornes Kränzchen leuchtete das Zifferblatt meiner Uhr. In einer Stunde sollte die blaue Sonne aufgehen. Ich genoß die herrschende Finsternis, ich atmete tief, ich war leer, befreit von allem Denken.

Einmal, als ich mich bewegte, spürte ich die flache Form des Tonbandgeräts an der Hüfte aufliegen. Richtig. Gibarian. Auf Spulen festgehalten – seine Stimme. Nicht einmal eingefallen war mir, sie zu wecken, anzuhören. Das war alles, was ich für ihn tun konnte. Ich zog das Bandgerät hervor, um es unter dem Bett zu verstauen. Ich hörte etwas rascheln, und leise knarrte die aufgehende Tür.

– Kris...? – erklang eine leise, fast flüsternde Stimme. – Bist du da, Kris? Es ist so dunkel.

– Das macht nichts – sagte ich. – Hab keine Angst. Komm.

Die Beratung

Ich lag auf dem Rücken, ihren Kopf an der Schulter, ohne jeden Gedanken. Die Finsternis, die das Zimmer füllte, belebte sich. Ich hörte Schritte. Die Wände schwanden. Etwas türmte sich über mir, immer höher, ohne Grenzen. Durchdrungen bis dort hinaus, umfangen ohne Berührung, erstarrte ich in der Finsternis, ich spürte ihre Durchsichtigkeit: die war scharf und verdrängte die Luft. Sehr fern hörte ich das Herz. Ich sammelte alle Aufmerksamkeit, die letzte Kraft, auf das Erwarten der Agonie. Sie kam nicht. Ich verringerte mich nur unausgesetzt, und unsichtbarer Himmel, unsichtbare Horizonte, Raum, entblößt von Formen, Wolken, Sternen, Raum, der zurückwich und ins Maßlose wuchs, machte aus mir seine Mitte. Ich versuchte in das hineinzukriechen, worauf ich lag, aber da war schon nichts unter mir, und das Dunkel umhüllte schon nichts mehr. Ich drückte die Hände zusammen, verdeckte mit ihnen das Gesicht. Ich hatte keines mehr. Die Finger fuhren durch und durch. Ich wollte schreien, heulen…

Das Zimmer war blaugrau. Hausrat, Regale, Wandkanten waren wie mit breiten, matten Strichen ausgezogen, nur in Umrissen, ohne eigene Farbe. Hellstes, perlendes Weiß in der Stille jenseits des Fensters. Mein Körper war naß von Schweiß, ich blickte seitwärts, und sie schaute mich an.

– Ist dir der Arm eingeschlafen?

– Was?

Sie hob den Kopf. Die gleiche Farbe wie das Zimmer hatten ihre Augen, grau, voll Licht zwischen den schwarzen Wimpern. Ich spürte es warm, wie sie flüsterte, noch ehe ich die Worte verstand.

– Nein. Ach so, ja.

Ich legte ihr die Hand auf die Schulter. Die Berührung prikkelte.

Langsam, mit der anderen Hand, zog ich sie ganz an mich.

– Du hast bös geträumt.

– Geträumt? Ja, geträumt. Und du hast nicht geschlafen?

– Ich weiß nicht. Vielleicht nicht. Ich bin nicht schläfrig. Aber schlaf nur. Warum schaust du so?

Ich schloß die Augen. Ich spürte, wie ihr fein und gleichmäßig das Herz klopfte, dort, wo langsamer meines schlug. – Ein Requisit – dachte ich. Aber mich wunderte nichts, nicht einmal die eigene Gleichgültigkeit. Schreck und Verzagen hatte ich schon hinter mir. Ich war weiter, oh, so weit war noch niemand. Mit dem Mund berührte ich sie am Hals und glitt tiefer, in die kleine Mulde zwischen den Sehnen, die glatt war wie das Innere einer Muschelschale. Auch hier schlug der Puls.

Ich richtete mich auf den Ellbogen auf. Keine Morgenröte, keine Weichheit der Dämmerung, elektrisch blauer Widerschein ergriff den Horizont, der erste Strahl fuhr durch das Zimmer wie ein Schuß, alles spielte mit Glanzlichtern auf, irisierende Reflexe brachen sich im Spiegel, in den Klinken, in den Nickelrohren, das Licht schien auf jede entgegenstehende Fläche einzuschlagen, als wollte es sich befreien, die enge Unterkunft sprengen. Schon konnte man nicht mehr schauen. Ich wandte mich um. Hareys Pupillen hatten sich verkleinert. Graue Iris richteten sich auf mein Gesicht.

– Ist es schon Zeit für den Tag? – fragte sie mit dunkler Stimme. Das war wie halb im Schlaf, halb im Wachen.

– Hier ist es immer so, Liebling.

– Und wir?

– Was denn, wir?

– Werden wir lange hierbleiben?

Ich hatte Lust zu lachen. Aber als mir ein undeutliches Geräusch aus der Brust hervorbrach, war es keinem Lachen ähnlich.

– Ich denke, ziemlich lange. Willst du nicht?

Hareys Augenlider zitterten nicht. Sie sah mich aufmerksam an. Blinzelte sie überhaupt? Ich war nicht sicher. Sie zog das Deckbett höher, und auf ihrem Oberarm zeigte sich rosig das kleine, dreieckige Mal.

– Was schaust du denn so?

– Weil du schön bist.

Sie lächelte. Aber das war nur Höflichkeit, Dank für das Kompliment.

– Wirklich? Denn du schaust ja, als ob du... als ob ich...

– Was?

– So, als suchtest du etwas.

– Was erzählst du da!

– O ja, so, als dächtest du, mir fehle etwas, oder ich hätte dir etwas nicht gesagt.

– Aber woher denn.

– Wenn du es so abstreitest, dann ganz bestimmt. Aber wie du willst.

Hinter den entflammten Scheiben kam tote, blaue Hitze auf. Die Augen mit der Hand abschirmend, suchte ich die Brille. Sie lag auf dem Tisch. Ich kniete auf dem Bett nieder, setzte sie auf und sah Hareys Abbild im Spiegel. Sie wartete auf etwas. Als ich mich wieder neben sie gelegt hatte, lächelte sie.

– Und für mich?

Plötzlich verstand ich.

– Brille?

Ich stand auf und begann in den Schubladen und auf dem Tischlein beim Fenster zu stöbern. Ich fand zwei, beide zu groß. Ich reichte sie ihr. Sie probierte die eine, dann die andere. Sie rutschten ihr über die halbe Nase vor.

Mit langgezogenem Knirschen begannen sich die Fensterdeckel vorzuschieben. Noch ein Augenblick, und im Inneren der Station, die sich wie eine Schildkröte in ihrer Schale verkroch, herrschte Nacht. Tappend nahm ich Harey die Gläser ab und legte sie zusammen mit den meinigen unters Bett.

– Was werden wir tun? – fragte sie.

– Was man bei Nacht tut. Schlafen.

– Kris.

– Was gibt's?

– Vielleicht mache ich dir einen frischen Umschlag.

– Nein, nicht nötig. Nicht nötig... Liebling.

Als ich das sagte, war mir selbst nicht klar, ob ich mich verstellte, aber auf einmal im Dunklen umfaßte ich blindlings ihren schlanken Rücken, und als ich das Zittern darin spürte, da glaubte ich an sie. Im übrigen weiß ich es nicht. Ich hatte plötzlich das Gefühl, daß ich sie betrog, nicht sie mich, denn sie war nur sie selbst.

Ich schlief dann noch mehrmals ein, und immer riß mich aus dem Schlummer ein Krampf, das hämmernde Herz beruhigte sich allmählich, ich drückte sie an mich, todmüde, und sie betastete prüfend mein Gesicht, die Stirn, sehr vorsichtig, um nachzusehen, ob ich nicht Fieber hätte. Das war Harey. Eine andere, wahrhaftigere konnte es nicht geben.

Auf diesen Gedanken hin änderte sich etwas in mir. Ich hörte auf zu kämpfen. Fast sofort schlief ich ein.

Eine zarte Berührung weckte mich. Angenehme Kühle umfing meine Stirn. Ich lag, etwas Feuchtes und Weiches bedeckte mir das Gesicht und hob sich nun langsam, und ich schaute in Hareys über mich geneigtes Gesicht. Mit beiden Händen drückte sie die überschüssige Flüssigkeit aus dem Mull in eine Porzellanschüssel. Daneben stand die Flasche mit der Flüssigkeit gegen Verbrennungen. Harey lächelte mir zu.

– Einen gesunden Schlaf hast du! – sagte sie, und dann, als sie den Mull wieder auflegte: – Tut das weh?

– Nein.

Ich bewegte die Stirnhaut. Wirklich machten mir die Verbrennungen jetzt nicht zu schaffen. Harey saß auf dem Bettrand, in einen weiß und orange gestreiften Herrenbademantel eingehüllt, das schwarze Haar flutete über den Kragen. Die Ärmel hatte sie bis zu den Ellbogen hochgekrempelt, um nicht behindert zu sein. Ich verspürte unheimlichen Hunger, wohl seit zwanzig Stunden hatte ich nichts zu kauen gehabt. Als Harey aufhörte, mein Gesicht zu verarzten, stand ich auf. Mein Blick fiel jählings auf die zwei nebeneinanderliegenden, völlig gleichen weißen Kleider mit roten Knöpfen, das erste, das ich ihr ausziehen geholfen hatte, den Ausschnitt vergrößernd, und das andere, worin sie gestern gekommen war. Diesmal hatte sie selbst mit der Schere die Naht aufgetrennt. Und gesagt, der Verschluß müsse sich wohl verklemmt haben.

Diese zwei gleichen Kleider waren das furchtbarste von allem, was ich bisher erlebt hatte. Harey werkte beim Arzneischränkchen herum, sie machte dort Ordnung. Heimlich wandte ich mich weg und biß mir bis aufs Blut in die Faust. Immer diese zwei Kleider anstarrend – oder vielmehr dieses eine, verdoppelte –, begann ich zur Tür zurückzuweichen. Andauernd lief die Wasserleitung und machte Lärm. Ich öffnete die Tür, schlüpfte leise in den Korridor hinaus und schloß sie vorsichtig. Ich hörte das Fließwasser schwach rauschen und die Flaschen klappern, plötzlich setzte dieses Geräusch aus. Im Korridor brannten die länglichen Deckenlampen, ein verschwommener Fleck von widergespiegeltem Licht lag auf der Oberfläche der Tür, vor der ich mit zusammengebissenen Zähnen wartete. Ich hielt die Klinke, obwohl ich nicht erwartete, sie festhalten zu können. Ein heftiges Zerren riß sie mir fast aus der Hand, aber die Tür ging nicht auf, sie erzitterte nur und begann durchdringend zu knirschen. Verdutzt ließ ich die Klinke los und wich zurück, mit der Tür ging etwas Unwahrscheinliches vor, die glatte Kunststoffplatte bog sich, wie von meiner Seite her eingedrückt, einwärts zum Zimmer hin. Der Lack begann in feinen Splittern abzuspringen und entblößte den Stahl des Rahmens, der sich immer stärker spannte. Plötzlich begriff ich: statt gegen die Tür zu stoßen, die zum Korridor hin zu öffnen war, versuchte sie sie aufzureißen, indem sie zu sich hin zog. Der Lichtreflex krümmte sich auf der weißen Tafel wie in einem Hohlspiegel, ein mächtiger Knacks wurde laut, und die einheitliche, bis zum Äußersten verbogene Platte zersprang. Zugleich flog die Klinke, aus der Einfassung gerissen, ins Zimmer hinein. In der Öffnung zeigten sich sofort blutige Hände, sie zogen weiter und hinterließen rote Spuren auf dem Lack – die Türplatte brach entzwei und hing schräg von den Angeln weg, und ein weiß und orange gestreiftes Gespenst mit bläulichem totem Gesicht warf sich mir an die Brust und ging über von Schluchzern.

Wenn mich dieser Anblick nicht gelähmt hätte, dann hätte ich wohl zu flüchten versucht. Harey schnappte krampfhaft nach Luft, schlug mit dem Kopf gegen meine Schulter, daß das zerraufte Haar nur so flog; als ich die Arme um Harey schlug, spürte ich, daß sie zusammensank. Ich trug sie ins Zimmer, indem ich mich neben dem zerschmetterten Türflügel vorbeiquetschte, und legte sie aufs Bett. Ihre Fingernägel waren blutüberströmt und zerbrochen. Als sie die Hand umdrehte, sah ich, daß das Innere des Handtellers bis aufs nackte Fleisch abgeschürft war. Ich sah ihr ins Gesicht, die offenen Augen starrten durch mich hindurch, ohne Ausdruck.

– Harey!

Sie antwortete mit einem unartikulierten Brummen.

Ich hielt ihr einen Finger vors Auge. Das Lid schloß sich. Ich ging zum Arzneischränkchen. Das Bett knarrte. Ich wandte mich um. Sie saß aufrecht da und schaute entsetzt ihre blutenden Hände an.

– Kris – stöhnte sie – ich... ich... was ist mir passiert?

– Beim Eindreschen der Tür hast du dich aufgeschunden – sagte ich trocken. Ich hatte etwas in den Lippen, besonders in der unteren, als kribbelten Ameisen darin herum. Ich preßte die Zähne hinein.

Harey schaute eine Weile auf die lose aus dem Rahmen baumelnden gezackten Kunststofftrümmer und richtete den Blick wieder auf mich. Das Kinn bebte ihr, ich sah die Anstrengung, womit sie ihre Angst zu bändigen suchte.

Ich schnitt Mullstücke zurecht, nahm Wundpuder aus dem Schränkchen und kehrte zum Bett zurück. Alles, was ich trug, glitt mir jählings aus den sinkenden Händen, der Glastiegel mit dem Gelatinehäutchen zersprang, aber ich bückte mich nicht einmal. Er war nicht mehr nötig.

Ich hob ihre Hand. Eingetrocknetes Blut umgab noch in dünnen Rändern die Fingernägel, aber die Quetschungen waren verschwunden, und den Handteller überzog hell von der Umgebung abstechend junge, rosige Haut. Diese Narbe verblaßte im übrigen fast zusehends.

Ich setzte mich, streichelte Hareys Gesicht und versuchte ihr zuzulächeln; ich kann nicht behaupten, daß mir das gelungen wäre.

– Warum hast du das getan, Harey?

– Nein. Das… war ich?

Sie deutete durch ein Augenzwinkern nach der Tür hin.

– Ja. Erinnerst du dich nicht?

– Nein. Das heißt, ich sah, daß du nicht da warst, ich erschrak sehr und…

– Und was?

– Ich begann dich zu suchen, ich dachte, vielleicht bist du im Bad…

Erst jetzt bemerkte ich, daß der Schrank zur Seite gerückt war und den Eingang zum Badezimmer sehen ließ.

– Und dann?

– Dann lief ich zur Tür.

– Und?

– Ich kann mich nicht erinnern. Dann muß etwas passiert sein?

– Was?

– Weiß ich nicht.

– Und was weißt du? Was war dann?

– Ich saß hier, auf dem Bett.

– Und wie ich dich hergetragen habe, das weißt du nicht mehr?

Sie zögerte. Die Mundwinkel zogen sich nach unten, das Gesicht war voll Anspannung.

– Mir scheint. Vielleicht. Das weiß ich selbst nicht.

Sie senkte die Füße auf den Boden und stand auf. Sie trat zu der zerschmetterten Tür.

– Kris!

Ich faßte sie von hinten bei den Schultern. Sie zitterte. Plötzlich wandte sie sich um, suchte meinem Blick.

– Kris – flüsterte sie – Kris.

– Beruhige dich.

– Kris, wenn ich, Kris, habe ich Epilepsie?

Epilepsie, du lieber Gott! Ich hatte Lust, zu lachen.

– Woher denn, Liebling, bloß die Tür, weißt du, hier sind solche, also, halt solche Türen…

Wir verließen das Zimmer, als der Außenpanzer mit langgezogenem Knirschen die Fenster bloßlegte und die im Ozean versinkende Sonnenscheibe sehen ließ.

Ich strebte zu der kleinen Küche am entgegengesetzten Ende des Korridors. Ich und Harey wirtschafteten gemeinsam und durchwühlten Spinde und Kühlschränke. Bald merkte ich, daß sie mit dem Kochen nicht recht zu Rande kam und nicht viel mehr fertigbrachte, als Konservendosen zu öffnen, das heißt, soviel wie ich auch. Ich verschlang den Inhalt zweier solcher Dosen und trank unzählige Tassen Kaffee. Harey aß auch, aber so, wie Kinder manchmal esssen, um die Erwachsenen nicht zu kränken, nicht eigentlich mit Überwindung, aber mechanisch und teilnahmslos.

Wir gingen dann in den kleinen Operationsraum neben der Funkstation; ich hatte einen bestimmten Plan. Ich sagte Harey, ich wolle sie für alle Fälle untersuchen, setzte sie in den aufgeklappten Lehnsessel und nahm Spritze und Nadeln aus dem Sterilisator. Ich wußte fast auswendig, was wo zu finden war, so gut gedrillt hatte man uns in der Trainingskopie der Station, auf der Erde. Ich nahm Harey einen Tropfen Blut aus dem Finger ab, machte Abstriche, trocknete sie im Exhaustor und bestäubte sie im Hochvakuum mit Silberionen.

Die Sachlichkeit dieser Arbeit wirkte beruhigend. Harey ruhte auf den Polstern des aufgeklappten Sessels und musterte die von Apparaten strotzende Einrichtung des Operationssaals.

Das abgebrochene Summen des Haustelefons unterbrach die Stille. Ich hob den Hörer ab.

– Kelvin – sagte ich. Ich ließ kein Auge von Harey, die seit einiger Zeit apathisch war, wie erschöpft von den Erlebnissen der letzten Stunden.

– Du bist im OP? Na endlich! – ich vernahm etwas wie einen Seufzer der Erleichterung.

Da sprach Snaut. Ich wartete, den Hörer fest ans Ohr gedrückt.

– Du hast einen »Gast«, stimmt's?

– Ja.
– Und bist beschäftigt?
– Ja.
– So eine Untersuchung, hm?
– Und? Willst du eine Partie Schach spielen?
– Ach, laß das, Kelvin. Sartorius will dich sehen. Das heißt, uns.
– Das ist was Neues – entgegnete ich verblüfft. – Und was ist mit... – ich unterbrach mich und endigte: – Ist er allein?
– Nein. Ich habe mich schlecht ausgedrückt. Reden will er mit uns. Wir verbinden uns zu dritt per Visofon, bloß daß wir die Schirme verhängen.
– Ach ja? Warum hat er mich dann nicht direkt angerufen? Schämt er sich?
– So was in der Art – knurrte Snaut undeutlich. – Also was ist?
– Geht es darum, daß wir uns verabreden? Sagen wir, in einer Stunde. Gut?
– Gut.
Ich sah ihn auf dem Bildschirm, nur das Gesicht, nicht größer als eine Handfläche. Während leichtes Sirren des Stroms die Zeitspanne füllte, sah mir Snaut nur prüfend in die Augen.
Endlich äußerte er sich mit einigem Zögern:
– Wie lebst du denn so?
– Erträglich. Und du?
– Ich nehme an, ein wenig schlechter als du. Kann ich vielleicht...
– Willst du zu mir kommen? – vermutete ich. Ich schielte über die Schulter nach Harey. Sie lehnte den Kopf schräg über das Polster und lag, die Beine übereinandergeschlagen; mit unbewußt gelangweilter Geste warf sie das silbrige Kügelchen hoch, das den Abschluß des Kettchens an der Sessellehne bildete.
– Laß das, hörst du? Du, laß das! – erreichte mich Snauts erhobene Stimme. Ich sah auf dem Bildschirm sein Profil. Das weitere hörte ich nicht, er deckte das Mikrofon mit der Hand ab, aber ich sah, wie er die Lippen bewegte.

– Nein, ich kann nicht kommen. Vielleicht später. Also in einer Stunde – sagte er dann schnell, und der Schirm erlosch. Ich hängte den Hörer ein.

– Wer war das? – fragte Harey gleichgültig.

– So ein Typ halt. Snaut. Ein Kybernetiker. Du kennst ihn nicht.

– Wird das noch lange dauern?

– Warum? Ist dir fad? – fragte ich. Ich legte das erste Präparat der Serie in die Kassette des Neutrinomikroskops und drückte der Reihe nach die bunten Schaltknöpfe. Dumpf surrten die Kraftfelder los.

– Vergnügungen gibt es hier nicht viele, und wenn dir die Gesellschaft meiner Wenigkeit nicht ausreicht, dann wird es trist aussehen – sagte ich und dehnte zerstreut die Pausen zwischen den Wörtern; zugleich zog ich beidhändig das große schwarze Kopfteil zu mir nieder, worin das Okular des Mikroskops leuchtete, und drückte die Augen in die weiche Gummimuschel. Harey sagte etwas, was ich nicht ausnahm. Ich sah von oben, in steiler Verkürzung, eine riesige, von silbernem Glanz überflutete Wüste. Auf ihr lag von verschwommenen Nebeln umgeben etwas wie zerscherbte und verwitterte, flache Felsklötze. Das waren die roten Blutkörperchen. Ich verschärfte das Bild, und ohne die Augen von den Okularen zu lösen, schien ich immer tiefer in das silbrig leuchtende Gesichtsfeld hinabzutauchen. Zugleich drehte ich mit der linken Hand die Einstellungskurbel am Tisch, und als sich ein einsam wie ein erratischer Block daliegendes Blutkörperchen im Schnittpunkt des schwarzen Fadenkreuzes befand, verstärkte ich die Vergrößerung. Das Objektiv fuhr scheinbar hinab auf die deformierte, in der Mitte eingesunkene Erythrozyte, die schon wie das Rund eines Felsenkraters erschien, mit schwarzen, scharfen Schatten in den Vertiefungen der ringförmigen Umrandung. Diese Umrandung, stachlig vom kristallisierten Anflug der Silberionen, entwich mir über die Grenzen des Mikroskopfeldes hinaus. Trüb, wie durch opalisierendes Wasser gesehen, erschienen die Umrisse halb durcheinandergeschmolzener, gekrümmter Eiweißketten. Als ich gerade eine Verknotung von Eiweißruinen am schwarzen Kreuzungspunkt hatte, schob ich langsam den Vergrößerungshebel weiter, immer weiter, jeden Moment mußte die letzte Grenze dieser Reise nach innen sich zeigen, der verflachte Schatten eines einzigen Moleküls füllte das ganze Bild aus, und jetzt zerwehte er!

Doch nichts geschah. Ich hätte flimmernde Nebelchen von Atomen sehen müssen, etwas wie gallertiges Zittergras, aber da waren keine. Der Schirm flammte in makellosem Silber. Ich schob den Hebel bis ans Ende. Das Surren schwoll zornig an, aber weiterhin sah ich nichts. Ein wiederholtes Summersignal zeigte mir an, daß die Apparatur überlastet war. Ich blickte noch einmal in die silberne Öde und schaltete den Strom aus.

Ich blickte zu Harey hin. Sie öffnete eben den Mund zum Gähnen, geschickt machte sie ein Lächeln daraus.

– Nun, wie steht es um mich?– fragte sie.

– Sehr gut – sagte ich. – Ich denke, daß es... gar nicht besser sein könnte.

Ich schaute sie immerzu an und spürte wieder dieses Kribbeln in der Unterlippe. Was war da eigentlich geschehen? Was bedeutete das? Dieser Körper, dem Anschein nach so zerbrechlich und zart – in Wahrheit unvernichtbar –, zeigte sich in seinem endgültig letzten Grunde aus nichts zusammengefügt? Ich schlug mit der Faust auf das zylindrische Gehäuse des Mikroskops. Vielleicht ein Defekt? Vielleicht fokussieren die Felder nicht? – Nein, ich wußte, die Apparatur war betriebstüchtig. Alle Stufen war ich hinabgestiegen, zur Zelle, zum Eiweißkonglomerat, zum Molekül, alle sahen genauso aus wie bei Tausenden von Präparaten, die ich gesehen hatte. Aber der letzte Schritt abwärts führte ins Nichts.

Ich nahm Harey Blut aus einer Ader ab und goß es in den Maßzylinder. Ich teilte es in Portionen und machte mich an die Analyse. Sie kostete mich mehr Zeit, als ich gedacht hatte, ich war etwas aus der Übung gekommen. Die Reaktionen waren normal. Alle. Wenn nicht etwa...

Ich ließ einen Tropfen konzentrierter Säure auf das rote Perlpünktchen fallen. Es rauchte, der Tropfen wurde grau und überzog sich mit einem Anflug von schmutzigen Schaum. Zerfall. Denaturierung. Weiter, weiter! Ich griff nach einer Eprouvette. Als ich mich wieder zu der vorigen hinwandte, fiel mir fast das dünne Glas aus den Fingern.

Unter der schmutzigen Schaumschicht ganz unten am Boden der Eprouvette wuchs wieder eine Schicht von dunklem Rot. Von Säure zersetztes Blut erneuerte sich! Das war absurd! Das war unmöglich!

– Kris! – hörte ich etwas wie aus weiter Ferne. – Kris! Telefon!

– Wie? Ach so, danke.

Das Telefon summte schon lange, erst jetzt hörte ich das.

Ich hob den Hörer ab: – Kelvin.

– Snaut. Ich habe die Linie umgeschaltet, so daß wir einander alle drei gleichzeitig hören.

– Ich begrüße Sie, Herr Doktor Kelvin – ertönte die hohe, näselnde Stimme von Sartorius. Sie klang so, als betrete ihr Inhaber ein gefährlich durchhängendes Podium, argwöhnisch, wachsam und nach außen hin beherrscht.

– Meine Verehrung, Herr Doktor – entgegnete ich. Ich hatte Lust, zu lachen, aber ich war nicht sicher, ob ich mir über die Ursachen dieser Heiterkeit klar genug war, um mich ihr überlassen zu können. Über wen hatte ich letzten Endes zu lachen? Ich hielt etwas in den Händen: eine Eprouvette mit Blut. Ich schüttelte sie. Es war schon geronnen. Vielleicht war das von vorhin nur eine Täuschung? Vielleicht hatte ich es mir nur eingebildet?

– Ich wollte den Herren Kollegen gewisse Probleme darlegen, und zwar im Zusammenhang mit den… äh… Phantomen – hörte ich Sartorius, ohne ihn wirklich zu hören, so, als bestürmte er mein Bewußtsein um Einlaß. Ich wehrte mich gegen diese Stimme und starrte nur immerzu auf die Eprouvette mit dem geronnenen Blut.

– Nennen wir sie F-Gebilde – regte Snaut schnell an.

– Ausgezeichnet.

Mitten durch den Schirm verlief eine dunkle, senkrechte Linie, zum Zeichen, daß ich gleichzeitig zwei Kanäle empfing – beiderseits von ihr hatten sich die Gesichter meiner Gesprächspartner zu befinden. Doch das Glas war dunkel, und nur ein schmaler Lichtsaum längs des Rahmens zeigte an, daß die Apparatur funktionierte, daß jedoch die Bildschirme mit etwas verhängt waren.

– Jeder von uns hat allerlei Untersuchungen durchgeführt... – wieder lag dieselbe Vorsicht in der näselnden Stimme des Redners. Kurze Stille. – Vielleicht vereinigen wir zunächst unsere Informationen, und dann könnte ich mich über das äußern, wozu ich persönlich gelangt bin... Vielleicht Sie zuerst, Herr Doktor Kelvin...

– Ich? – sagte ich. Plötzlich fühlte ich Hareys Blick auf mir. Ich legte die Eprouvette auf den Tisch, so daß sie unter die Ständer mit den Gläsern rollte, zog mir mit dem Fuß einen hohen dreibeinigen Hocker heran und setzte mich. Im ersten Moment wollte ich Ausflüchte machen, aber zu meiner eigenen Überraschung sagte ich:

– Gut. Ein kleines Kolloquium? Gut! Ich habe so gut wie nichts gemacht, aber berichten kann ich. Ein histologisches Präparat und ein paar Reaktionen. Mikroreaktionen. Ich habe den Eindruck gewonnen, daß...

Bis zu diesem Augenblick hatte ich keine Ahnung, was zu sagen war. Mit einem Schlag schien sich in mir etwas aufzutun.

– Alles ist in der Norm, aber das ist Tarnung. Maske. In gewissem Sinne ist das eine Ultrakopie: eine Wiedergabe, genauer als das Original. Soll heißen, dort, wo wir beim Menschen auf die Grenze der Körnigkeit, auf die Grenze struktürlicher Teilbarkeit treffen, führt hier der Weg weiter, infolge der Verwendung subatomaren Werkstoffs!

– Moment, Moment. Wie verstehen Sie das? – inquirierte Sartorius. Snaut rührte sich nicht. Oder war das wohl sein beschleunigter Atem, der durch den Telefonhörer klang? Harey schaute in meine Richtung. Mir wurde die eigene Aufregung bewußt: die letzten Worte hatte ich fast geschrien. Abgekühlt duckte ich mich auf meinem unbequemen Schemel und schloß die Augen. Wie sollte ich das ausdrücken?

– Das letztliche Konstruktionselement unserer Körper sind die Atome. Ich nehme an, daß die F-Gebilde aus Einheiten gebaut sind, die kleiner sind als gewöhnliche Atome. Bei weitem kleiner.

– Aus Mesonen...? – bot Sartorius an. Er war keineswegs verblüfft.

– Nein, nicht aus Mesonen... Mesonen ließen sich wahrnehmen. Das Auflösungsvermögen dieser Apparatur hier bei mir unten reicht bis zehn hoch minus zwanzig Ångström. Stimmt's? Aber nichts ist zu sehen, bis zuletzt. Also keine Mesonen. Wohl eher Neutrinos.

– Wie stellen Sie sich das vor? Neutrino-Konglomerate sind ja doch unbeständig...

– Weiß ich nicht. Ich bin kein Physiker. Vielleicht, daß irgendein Kraftfeld sie stabilisiert. Ich weiß da nicht Bescheid. Jedenfalls, wenn es so ist, wie ich sage, dann fungieren als Werkstoff Teilchen, die etwa zehntausendmal kleiner als Atome sind. Aber das ist nicht alles! Wären die Eiweißmoleküle und die Zellen unmittelbar aus diesen »Mikroatomen« erbaut, so müßten sie entsprechend kleiner sein. Und die Blutkörperchen auch, und die Fermente, alles, aber so ist es nicht. Daraus geht hervor, daß alle Eiweiße, Zellen, Zellkerne nur *Maske* sind! Die wirkliche Struktur, die für das Funktionieren des »Gastes« verantwortlich zu machen ist, verbirgt sich tiefer.

– Aber, Kelvin! – Snaut schrie fast. Ich unterbrach mich entsetzt. Hatte ich »Gast« gesagt?! Ja, aber Harey hatte es nicht gehört. Im übrigen hätte sie das nicht verstanden. Sie sah zum Fenster hinaus, den Kopf auf die Hände gestützt, vor purpurnem Morgenrot zeichnete sich das kleine reine Profil ab. Der Telefonhörer schwieg. Ich hörte nur ferne Atemzüge.

Dann ein Murmeln von Snaut: – Da ist was dran.

– Ja, möglich, – knüpfte Sartorius an – bloß haben wir das Hemmnis, daß der Ozean nicht aus diesen hypothetischen Kelvinschen Teilchen besteht. Er besteht aus gewöhnlichen.

– Vielleicht bringt er es fertig, auch solche zu synthetisieren – bemerkte ich. Ich fühlte plötzliche Apathie. Dieses Gespräch war nicht einmal komisch. Es war unnötig.

– Aber das würde diese außergewöhnliche Widerstandsfähigkeit erklären – murmelte Snaut. – Und das Tempo der Regeneration. Vielleicht liegt sogar die Energiequelle dort, in der Tiefe, sie brauchen ja nicht zu essen...

– Ich bitte ums Wort – ließ sich Sartorius hören. Er war mir zuwider. Wenn er die selbstaufgezwungene Rolle wenigstens noch durchgehalten hätte!

– Ich will die Frage der Motivation anschneiden. Der Motivation des Erscheinens der F-Gebilde. Ich würde das so aufspalten: was sind die F-Gebilde? Das sind weder Personen, noch Kopien bestimmter Personen, sondern materialisierte Projektionen dessen, was zum Thema der betreffenden Person in unserem Gehirn enthalten ist.

Die Zielsicherheit dieser Formulierung frappierte mich. Wenn auch unsympathisch, war dieser Sartorius doch nicht dumm.

– Das ist gut – warf ich ein. – Das erklärt sogar, warum gerade solche und keine anderen Per... Gebilde erschienen sind. Ausgewählt wurden die dauerhaftesten und von allen anderen am besten isolierten Gedächtnisspuren, obgleich natürlich keine solche Spur gänzlich abgesondert sein kann, so daß beim »Kopieren« Reste anderer Spuren mit erfaßt wurden oder werden konnten, die sich zufällig in der Nähe befanden; demzufolge weist der Ankömmlung zuweilen größeres Wissen auf, als die authentische Person es könnte, deren Replik er sein sollte...

– Kelvin! – rührte sich wieder Snaut. Es frappierte mich, daß nur er bei meinen unvorsichtigen Worten aufmuckte. Sartorius schien sie nicht zu fürchten. Sollte das bedeuten, daß sein »Gast« von Natur aus weniger helle war, als der »Gast« Snauts? Eine Sekunde lang stieg vor mir das Bild irgendeines verzwergten Kretins auf, den der gelehrte Herr Doktor Sartorius an seiner Seite habe.

– Allerdings, das haben wir bemerkt – antwortete höchstselbiger. – Was nunmehr die Motivation des Erscheinens der

F-Gebilde betrifft: der erste, gleichsam natürliche Gedanke wäre der eines an uns durchgeführten Experiments. Als Experiment wäre das jedoch ziemlich... elend. Wenn wir einen Versuch machen, dann lernen wir aus den Ergebnissen, vor allem aus den Fehlern, so daß wir in seine Wiederholungen Verbesserungen einführen... Davon indessen kann hier gar nicht die Rede sein. Dieselben F-Gebilde erscheinen von neuem... nicht korrigiert... nicht zusätzlich gewappnet gegen unsere... Bemühungen, sie loszuwerden...

– Kurzum, der Prozeß hat keine korrigierende Rückkopplungsschleife, wie Doktor Snaut das formulieren würde – bemerkte ich. – Und was folgt daraus?

– Nur soviel, daß das für ein Experiment... Stümperei wäre, wie sie angesichts der Umstände unwahrscheinlich ist. Der Ozean ist... präzis. Das äußert sich unter anderem in der zweischichtigen Konstruktion der F-Gebilde. Bis zu einer bestimmten Grenze verhalten sie sich so, wie gegebenenfalls die wirklichen... das wirkliche...

Er konnte sich nicht herauswursteln.

– Die Originale – sagte Snaut schnell ein.

– Ja, die Originale. Aber übersteigt einmal die Situation die normalen Möglichkeiten eines durchschnittlichen... äh... Originals, so erfolgt gleichsam eine »Bewußtseinsausschaltung« beim F-Gebilde, und unmittelbar äußert sich andere Tätigkeit, unmenschliche...

– Das stimmt – sagte ich – aber auf diese Weise stellen wir nur einen Katalog des Verhaltens dieser... dieser Gebilde zusammen, und nichts weiter. Das ist vollständig unergiebig.

– Dessen bin ich nicht so sicher – protestierte Sartorius. Auf einmal verstand ich, wodurch er mich so aufbrachte. Er redete nicht, nein, er hielt eine Rede, ganz wie in einer Institutssitzung. Anders konnte er anscheinend nicht.

– Hier kommt das Problem der Individualität mit ins Spiel. Der Ozean ist völlig bar irgendeines Begriffs davon. Das muß so sein. Mir scheint es, werte Kollegen, daß diese für uns... äh... zermürbendste, bestürzende Seite des Experiments ihm völlig entgeht, da sie außerhalb der Grenzen seines Begreifens liegt.

– Das ist nicht beabsichtigt, denken Sie ...? – fragte ich. Diese Behauptung überrumpelte mich ein wenig, aber nach einigem Besinnen gab ich zu, daß das nicht auszuschließen war.

– Ja. Ich glaube nicht an Perfidie, Bosheit, den Willen, am treffendsten zu verletzen ... wie Kollege Snaut meint.

– Nein, menschliche Gefühle unterstelle ich ihm durchaus nicht – ergriff erstmals Snaut das Wort. – Aber sag vielleicht, wie du dieses ständige Wiederkommen zu erklären versuchst.

– Vielleicht haben die ein Gerät angeschaltet, und das funktioniert nun immer im Kreis herum, wie eine Schallplatte – sagte ich nicht ohne heimliches Gelüstchen, Sartorius zu ärgern.

– Wenn ich die Kollegen bitten darf, verzetteln wir uns nicht – deklarierte sich mit näselnder Stimme der Doktor. – Das ist noch nicht alles, was ich sagen wollte. Unter normalen Bedingungen hielte ich die Ablegung auch nur eines vorläufigen Berichts über den Stand meiner Arbeiten für verfrüht, aber mit Hinblick auf die spezifische Situation werde ich eine Ausnahme machen. Ich habe den Eindruck, ich wiederhole, bislang nichts weiter als den Eindruck, daß die Annahme des Herrn Kollegen Kelvin eine Wahrheit in sich birgt. Ich denke an seine Hypothese über den Aufbau aus Neutrinos ... Derlei Gefüge kennen wir nur theoretisch, wir wußten nicht, daß sie sich stabilisieren lassen. Hier eröffnet sich eine ganz bestimmte Chance, da ja die Zerstörung dieses Kraftfeldes, das dem Gefüge Dauer verleiht ...

Schon seit einer Weile bemerkte ich, daß diese dunkle Sache, die auf Sartorius' Seite den Bildschirm abdeckte, sich verschob: ganz oben blinkte ein Spalt auf, und etwas Rosiges war zu sehen, was sich dort langsam bewegte. Jetzt plötzlich rutschte die dunkle Fläche weg.

– Verschwind! Verschwind!!! – hallte durch den Telefonhörer der markerschütternde Schrei von Sartorius. Auf dem plötzlich erhellten Schirm erglänzte zwischen den mit irgend etwas raufenden Händen des Doktors, die mit gepufften Ärmelschonern bekleidet waren, wie man sie in Laboratorien verwendet, – ein großer, goldfarbener, einer runden Scheibe ähnlicher Gegenstand, und alles erlosch, noch bevor ich begriff, daß dieser goldene Kreis ein Strohhut war…

– Snaut? – sagte ich nach einem tiefen Atemzug.

– Ja, Kelvin – antwortete mir die ermüdete Stimme des Kybernetikers. Ich spürte in diesem Augenblick, daß ich ihn gern mochte. Ich wollte wahrlich lieber nicht wissen, wer mit ihm zusammen war.

– Für den Moment reicht es uns, was?

– Ich denke schon – entgegnete ich. – Hör zu, wenn du können solltest, schau unten vorbei, oder bei mir in der Kabine, gut? – knüpfte ich eilig an, damit er nicht vorher abhängte.

– Ist recht – sagte er. – Aber ich weiß nicht, wann.

Und damit endete die Problemdiskussion.

Ungeheuer

Mitten in der Nacht weckte mich das Licht. Ich richtete mich auf den Ellbogen auf und deckte mit der anderen Hand die Augen. Harey saß ins Leintuch gewickelt am Fußende des Bettes, zusammengekrümmt, das Haar vors Gesicht geworfen. Ihre Schultern bebten. Sie weinte, ohne einen Ton von sich zu geben.

– Harey!

Sie krümmte sich noch tiefer.

– Was ist mit dir?… Harey…

Ich setzte mich aufs Bett, noch nicht voll bei Sinnen, langsam den Alptraum abschüttelnd, der mich eben noch gewürgt hatte. Das Mädchen zitterte. Ich umarmte sie. Sie stieß mich mit dem Ellbogen zurück. Verbarg das Gesicht.

– Liebling.

– Sag nur nicht so was.

– Aber Harey, was ist denn los?

Ich erblickte ihr nasses, bibberndes Gesicht. Dicke, kindliche

Tränen rollten über die Wangen, glänzten in dem Grübchen über dem Kinn, tropften aufs Leintuch.

– Du willst mich nicht.

– Was fällt dir nur ein!

– Ich habe es gehört.

Ich spürte, daß mir das ganze Gesicht einfror.

– Was hast du gehört? Du hast nicht verstanden, das war bloß...

– Nein. Nein. Du hast gesagt, das bin nicht ich. Und ich soll gehen. Ich ginge ja. Gott, ich ginge ja, aber ich kann nicht. Ich weiß nicht, was das ist. Ich wollte und kann nicht. Ich bin ja so gemein!

– Kind!!!

Ich packte sie, drückte sie mit aller Kraft an mich, alles fiel flach, ich küßte ihre Hände, die nassen salzigen Finger, wiederholte irgendwelche Beschwörungen, Schwüre, Entschuldigungen, sagte, das sei ein dummer, ekliger Traum gewesen. Langsam beruhigte sie sich. Hörte zu weinen auf. Ihre Augen waren riesig, lunatisch. Trockneten. Sie wandte den Kopf weg.

– Nein – sagte sie – sag das nicht. Nicht nötig. Du bist nicht mehr derselbe gegen mich...

– Wer, ich bin nicht derselbe!

Das brach aus mir wie ein Stöhnen.

– Ja. Du willst mich nicht. Ich habe das andauernd gefühlt. Ich stellte mich, als sehe ich es nicht. Ich dachte, vielleicht kommt mir das nur so vor, oder so was. Aber nein. Du benimmst dich... anders. Du nimmst mich nicht ernst. Das war ein Traum, das stimmt, aber von mir hast du geträumt. Du hast mich beim Namen genannt. Du hast dich geekelt. Warum! Warum?!

Ich kniete vor ihr nieder, umfing ihre Knie.

– Kind...

– Ich will nicht, daß du so redest. Ich will nicht, hörst du? Ich bin kein Kind. Ich bin...

Sie schluchzte los und fiel mit dem Gesicht aufs Bett. Ich stand auf. Mit leisem Prasseln zog aus den Ventilationsöffnungen kühle Luft. Mir war kalt. Ich hängte mir den Bademantel über, setzte mich aufs Bett und berührte Hareys Arm.

– Harey, hör zu. Ich sag dir was. Ich sag dir die Wahrheit...

Sie stützte sich langsam mit den Händen hoch, setzte sich auf. Ich sah, wie unter der dünnen Haut am Hals der Puls jagte. Mir wurde wieder das Gesicht starr und ich fühlte solche Kälte, als hätte ich im Frost herumgestanden. Mein Kopf war vollständig leer.

– Die Wahrheit? – sagte sie. – Auf dein heiliges Wort?

Ich antwortete nicht gleich, ich mußte erst einen Krampf in der Kehle hinunterzwingen. Das war zwischen uns so ein altes Beschwörungswort. War es gefallen, so hatten wir beide nicht nur nicht mehr zu lügen gewagt, sondern auch nichts zu verschweigen. Es hatte eine Zeit gegeben, da quälten wir einander mit übertriebener Aufrichtigkeit, in der naiven Überzeugung, sie werde uns retten.

– Auf mein heiliges Wort – sagte ich ernst. – Harey...

Sie wartete.

– Du hast dich auch geändert. Alle ändern wir uns. Aber nicht das wollte ich sagen. In der Tat sieht es so aus... wie wenn du aus irgendeinem Grund, den wir beide nicht genau kennen... nicht von mir loskommen könntest. Aber das trifft sich sogar gut, denn ich kann von dir auch nicht...

– Kris!

Ich hob sie auf, wie sie ins Leintuch gewickelt war. Ein Zipfel, feucht von Tränen, ruhte auf meiner Schulter. Ich ging durchs Zimmer und schaukelte Harey. Sie streichelte mir das Gesicht.

– Nein. Du hast dich nicht verändert. Nur ich – flüsterte sie mir ins Ohr. – Mit mir ist irgendwas. Vielleicht das?

Sie schaute auf das schwarze, leere Rechteck, wo die zerschmetterte Tür gewesen war, deren Trümmer ich am Abend in den Lagerraum fortgetragen hatte. – Ich werde eine neue einhängen müssen – dachte ich. Ich setzte Harey aufs Bett.

– Schläfst du überhaupt? – fragte ich, während ich vor ihr stand und die Arme hängen ließ.

– Weiß ich nicht.
– Wieso weißt du das nicht? Denk einmal nach, Liebling.
– Das ist wohl kein richtiger Schlaf. Vielleicht bin ich krank. Ich liege so und denke, und, weißt du…
Sie erzitterte.
– Was? – fragte ich flüsternd, die Stimme hätte mich im Stich lassen können.
– Das sind sehr merkwürdige Gedanken. Ich weiß nicht, woher mir die kommen.
– Zum Beispiel?
Ich dachte: – Ich muß ruhig bleiben, ohne Rücksicht darauf, was ich hören werde, – und ich bereitete mich auf ihre Worte vor wie auf einen starken Schlag.
Sie schüttelte hilflos den Kopf.
– Das ist so irgendwie… ringsherum…
– Ich verstehe nicht…?
– Wie wenn nicht nur in mir, sondern weiter, so irgendwie, ich kann das nicht so sagen. Dafür gibt es keine Worte…
– Das sind sicher Träume – versetzte ich wie beiläufig und atmete auf. – Und jetzt löschen wir das Licht und werden bis morgen früh keinen Kummer haben, und morgen früh werden wir uns, wenn wir Lust kriegen, um einen neuen bemühen. Gut?
Sie streckte die Hand nach dem Schalter aus, Finsternis fiel ein, ich legte mich auf dem ausgekühlten Bettzeug zurecht und spürte Hareys warmen Atem näherkommen.
Ich umarmte sie.
– Fester – flüsterte sie. Und nach langer Zeit: – Kris!
– Was denn?
– Ich liebe dich.
Mir war zum Schreien.

Der Morgen war rot. Die aufgedunsene Sonnenscheibe stand knapp über dem Horizont. Bei der Türschwelle lag ein Brief. Ich riß den Umschlag auf. Harey war im Bad, ich hörte sie summen. Hin und wieder guckte sie heraus, mit nassen Haarsträhnen beklebt. Ich trat ans Fenster und las:

»Kelvin, wir haben uns festgefahren. Sartorius ist für energisches Vorgehen. Er glaubt, es wird ihm gelingen, Neutrino-Strukturen zu destabilisieren. Für die Versuche benötigt er eine bestimmte Menge Plasma, als den Ausgangsbaustoff der F. Er schlägt vor, daß Du auf Erkundung ausziehst und eine bestimmte Menge Plasma in den Behälter faßt. Handle nach eigenem Ermessen, aber teile mir Deinen Entschluß mit. Ich habe keine Meinung. Ich habe, scheint's, überhaupt nichts mehr. Lieber wäre mir, Du tätest das, nur deshalb, weil wir dann von der Stelle kommen, und sei es scheinbar. Sonst bleibt nichts übrig, als G. zu beneiden.

Ratz

P. S. Komm nicht in die Funkstation. Das kannst Du für mich noch tun. Ruf am besten an.«

Mir zog sich das Herz zusammen, als ich diesen Brief las. Ich sah ihn nochmals aufmerksam durch, zerriß ihn und warf die Schnipsel in den Ausguß. Dann begann ich einen Schutzanzug für Harey zu suchen. Schon das allein war gräßlich. Ganz wie voriges Mal. Aber sie wußte nichts, sonst hätte sie sich nicht so freuen können, als ich ihr sagte, ich müsse einen kleinen Erkundungsflug machen und bitte sie, mich zu begleiten. Wir frühstückten in der kleinen Küche (wieder schluckte Harey kaum ein paar Bissen hinunter), dann gingen wir in die Bibliothek.

Ich wollte Literatur zu den Problemen des Neutrinofeldes und der Neutrinostrukturen durchsehen, bevor ich tun würde, was Sartorius sich wünschte. Ich wußte noch nicht, wie ich es anpakken sollte, aber ich hatte beschlossen, seine Arbeit zu kontrollieren. Mir fiel ein, dieser noch nicht existierende Neutrino-Annihilator, oder was das war, könnte ja Sartorius und Snaut befreien, und ich würde mit Harey während der »Operation« irgendwo außerhalb warten, im Flugzeug zum Beispiel. Ich murkste einige Zeit bei dem großen elektronischen Katalog herum: wenn ich eine Frage stellte, antwortete er entweder durch Auswerfen eines Kärtchens mit der lakonischen Aufschrift »Nicht in der Bibliografie«, oder er riet mir, in ein solches Dickicht physikalischer Spezialarbeiten einzudringen, daß ich nichts damit anzufangen wußte. Ich wollte nicht recht fort aus diesem großen runden Raum mit den glatten Wänden aus lauter kleinen Karos von Schubladen mit zahllosen Mikrofilmen und elektronischen Aufzeichnungen. Die Bibliothek lag genau im Zentrum der Station und hatte keine Fenster, sie war der bestisolierte Platz innerhalb des Stahlpanzers. Wer weiß, vielleicht fühlte ich mich gerade deshalb hier wohl, trotz des klaren Mißerfolgs beim Suchen. Ich durchstreifte den großen Saal; vor einem riesigen, bis an die Decke reichenden Regal mit Büchern blieb ich schließlich stehen. Das war nicht so sehr ein Luxus, als solcher im übrigen mehr als fragwürdig, sondern eher ein Ausdruck der Pietät und der Achtung den Pionieren der Solarisforschung gegenüber: diese Fächer trugen rund sechshundert Bände, die ganze Klassik des Sachgebiets, angefangen bei der monumentalen, wenn auch schon weitgehend veralteten zehnbändigen Monographie von Giese. Ich nahm diese Bände heraus, unter deren Gewicht sofort die Hand sank, und blätterte lässig in ihnen herum, halb auf der Lehne des Armstuhls sitzend. Harey fand sich auch ein Buch; über ihre Schulter hinweg entzifferte ich ein paar Druckzeilen: Das war eines der wenigen Bücher aus den Beständen der ersten Expedition, mir scheint, einst hatte gar Giese selbst es besessen: »Der interplanetare Koch«... Ich sagte nichts, als ich sah, wie aufmerksam Harey diese den harten Lebensbedingungen der Kosmonautik angepaßten Kochrezepte studierte, und wandte mich wieder dem ehrwürdigen Folianten zu, den ich auf den Knien hielt. »Zehn Jahre Solaris-Forschung« ist in der Reihe »Solariana« als Band vier bis dreizehn erschienen, während die jetzigen vierstellige Nummern haben.

Giese hatte nicht allzuviel Schwung, aber einem Solarisforscher kann diese Eigenschaft nur schaden. Wohl nirgends sonst können Phantasie und die Fertigkeit raschen Hypothesenbildens so viel verderben. Schließlich ist auf diesem Planeten alles möglich. Unglaubwürdig klingende Beschreibungen von Konstellationen, die das Plasma herausbildet, sind aller Wahrscheinlichkeit nach authentisch, wenn auch im allgemeinen unüberprüfbar, da der Ozean kaum jemals seine Evolutionen wiederholt. Wer sie zum ersten Mal beobachtet, den erschüttern sie hauptsächlich durch ihre Fremdheit und Riesengröße; würden sie in kleinem Maßstab auftreten, in irgendeinem Tümpel, so hätte man sie gewiß als eine weitere »Laune der Natur« aufgefaßt, als Äußerung der Zufälligkeit und des blinden Spiels der Kräfte. Daß Mittelmaß und Genie gleichermaßen hilflos der unerschöpflichen Mannigfaltigkeit solarischer Formen gegenüberstehen, erleichtert auch nicht gerade den Umgang mit den Phänomenen des lebenden Ozeans. Giese war weder eines noch das andere. Er war einfach ein pedantischer Systematiker, von der Art derer, unter deren äußerlicher Ruhe sich unermüdlicher, das ganze Leben aufzehrender Arbeitsfanatismus verbirgt. Solang er konnte, bediente sich Giese einfach der Sprache der Beschreibung, und wenn ihm Wörter fehlten, half er sich, indem er neue Wörter schuf, oft unglückliche, den beschriebenen Phänomenen nicht angemessene. Aber letztlich können keinerlei Termini wiedergeben, was auf der Solaris vorgeht. Seine »Bergbaumer«, seine »Längichte«, »Verpilzungen«, »Mimoide«, »Symmetriaden« und »Asymmetriaden«, »Wirbelknöchrigen« und »Schneller« klingen schrecklich künstlich, aber irgendeine Vorstellung von der Solaris geben sie sogar denen, die außer undeutlichen Fotos und höchst unvollkommenen Filmen nichts gesehen haben. Selbstverständlich hat auch dieser gewissenhafte Systematiker durch manche Unvorsichtigkeit gesündigt. Der Mensch stellt immer Hypothesen auf, selbst wenn er auf der Hut ist, selbst wenn er es nicht weiß. Giese meinte, daß die »Längichte« die Grundform seien, und verglich sie mit vielfach vergrößerten und übereinandergetürmten Flutwellen irdischer Meere. Wer im übrigen die Erstausgabe seines Werkes durchgeackert hat, der weiß, daß Giese diese Formen ursprünglich gerade als »Fluten« bezeichnete, von einem Geozentrismus angeregt, über den sich lachen ließe, wäre er nicht so hilflos. Das sind schließlich Formationen, die an Ausmaßen den Grand Canyon des Colorado übertreffen – wenn schon auf der Erde nach Vergleichen gesucht werden soll – und aus einem

Stoff gemodelt sind, der an der Oberfläche gallertig-schaumige Konsistenz hat (wobei dieser Schaum zu riesigem, brüchigem Gerank erstarrt, zu riesenmaschigem Spitzenwerk, und sich sogar manchen Forschern als »skelettige Auswüchse« präsentierte), im Inneren jedoch in immer kernigere Substanz übergeht, kernig wie ein gespannter Muskel, aber ein Muskel, der sehr bald, schon in einer Tiefe von etwas mehr als zehn Metern, härter als Stein wird, obwohl er weiterhin seine Elastizität bewahrt. Zwischen den wie die Kammhaut eines Ungetüms gespannten Wänden, woran sich die »Skelettranken« klammern, erstreckt sich kilometerweit der eigentliche »Längicht«, ein scheinselbständiges Gebilde, etwas wie ein enormer Python, der sich mit ganzen Bergen vollgefressen hat und sie nun schweigend verdaut, wobei er seinen fischhaft zusammengezogenen Körper hin und wieder in langsame, vibrierende Bewegung setzt. Aber nur von oben, von Bord einer fliegenden Maschine aus, erscheint der »Längicht« so. Nähert man sich ihm, bis beide »Kluftwände« das Flugzeug hunderte Meter hoch überragen, so erweist sich der »Pythonleib« als eine bis an den Horizont ausgedehnte Zone schwindelerregend schneller und dadurch als passiv ruhende, aufgeblähte Walze erscheinender Bewegung. Der erste Eindruck ist der, daß glitschiger, graugrünlicher Brei wirbelt und in Aufstauungen die starken Sonnenstrahlen zurückwirft, aber wenn die Maschine knapp über der Oberfläche selbst schwebt (und die Ränder der »Kluft«, die den »Längicht« in sich birgt, gleichsam zu Gipfeln beiderseits einer Erdfalte werden), dann sieht man, daß die Bewegung weit komplizierter ist. Sie besitzt konzentrische Umläufe, in ihr kreuzen sich dunklere Strömungen, zuweilen wird der äußere »Mantel« zur Spiegelfläche, die Himmel und Wolken widerspiegelt und unter schußartigem Knall von Eruptionen der mit Gas vermischten, halbflüssigen Innensubstanz durchstoßen wird. Langsam durchschaut man, daß man knapp unter sich das Zentrum des Wirkens jener Kräfte hat, die die seitwärts gebogenen, in den Himmel ragenden Steilhänge aus träge kristallisierender Gallerte aufrechthalten; aber was für das Auge unmittelbar einleuchtend ist, das wird von der Wissenschaft nicht so einfach zur Kenntnis genommen. Wie viele Jahre lang wurde erbittert diskutiert, was nun eigentlich innerhalb der »Längichte« geschehe, die zu Millionen das Unmaß des lebenden Ozeans durchpflügen. Man meinte, das seien irgendwelche Organe des Monstrums, in ihnen vollziehe sich der Stoffwechsel, oder Atmungsprozesse, oder der Transport von Nährstoffen, und nur verstaubte Bibliotheken wissen, was sonst noch alles. Jede Hypothese konnte schließlich mittels tausender mühseliger und oftmals auch gefährlicher Experimente umgestürzt werden. Und das alles betrifft allein die »Längichte«, die eigentlich einfachste Form und die dauerhafteste, da ja ihr Dasein nach Wochen zu messen ist, hier überhaupt ein Ausnahmefall.

Eine verschlungenere, launenhaftere und im Betrachter wohl den heftigsten Protest wachrufende Form (instinktiven Protest, versteht sich) sind die »Mimoide«. Ohne Übertreibung läßt sich sagen, daß Giese sie liebgewonnen hat und sich bis zuletzt ihrer Erforschung, ihrer Beschreibung, dem Enträtseln ihres Wesens gewidmet hat. Durch den Namen wollte er das wiedergeben, was an ihnen für den Menschen das sonderbarste ist: eine gewisse Neigung, umliegende Formen nachzuahmen, gleichviel, ob sie nah oder entfernt sind.

Tief unter der Ozeanoberfläche beginnt sich eines Tages ein weiter flacher Kreis zu verdunkeln, mit ausgefranstem Rand und gleichsam pechübergossener Oberfläche. Nach mehr als zehn Stunden wird er lappig, weist immer deutlichere Gliederungen auf und stößt zugleich nach oben vor, der Ozeanoberfläche entgegen. Der Beobachter würde schwören, daß unter ihm ein heftiger Kampf tobt, denn wie Lippen, die sich zusammenkrampfen, wie lebende, muskulöse, sich schließende Krater laufen hier aus der ganzen Umgebung unendliche Reihen konzentrischer Ringwellen zusammen, stauen sich über dem tief unten ausgegossenen, schwärzlichen, schwankenden Phantom, bäumen sich und stürzen in die Tiefe. Jeden solchen Rutsch mehrerer hunderttausend Tonnen begleitet ein sekundenlang ausgedehntes, pappiges, ich bin versucht zu sagen, schmatzendes... Donnern, denn hier geschieht alles in monströser Größenordnung. Das dunkle Gebilde wird tiefer hinabgedrängt; jeder neue Aufschlag scheint es plattzuhämmern und aufzuspalten; von den einzelnen Lappen, die wie durchnäßte Flügel weghängen, teilen sich längliche Trauben ab, verschmälern sich zu langen Perlenschnüren, verschmelzen miteinander und schwimmen aufwärts, die gleichsam an sie angewachsene verklumpte Mutterscheibe hebend, indes von oben in den immer deutlicher eingebuchteten Kreis nacheinander die Wellenringe fallen. Und dieses Spiel zieht sich bisweilen einen Tag, bisweilen einen Monat lang hin. Manchmal ist damit schon alles zu Ende. Der gewissenhafte Giese nannte diese Spielart »abortives Mimoid«, als hätte er aus unbekannter Quelle das exakte Wissen darum bezogen, daß das endgültig letzte Ziel eines jeden solchen Kataklysmus das »reife Mimoid« sei, das heißt, diese Kolonie polypenhafter, hellhäutiger Auswüchse (gewöhnlich größer als eine irdische Stadt), deren Bestimmung es ist, Formen der Außenwelt nachzuäffen... Selbstverständlich fehlte es nicht an einem anderen Solaristen, Uyvens mit Namen, der diese letzte Phase just zur »degenerativen« erklärte, zu Entartung und Absterben, und den Wald geschaffener Formen – zum offensichtlichen Anzeichen für die Loslösung der Sproßgebilde aus der Gewalt des Mutterstücks.

Giese hingegen, der in den Beschreibungen anderer solarischer Gebilde immer wie eine wandernde Ameise auf einem gefrorenen Wasserfall agiert und sich durch nichts aus dem Gleichschritt seiner trockenen Diktion bringen läßt, war hier seiner Sache so sicher, daß er aus den einzelnen Auftauch-Phasen des Mimoids eine Folge von wachsender Vollkommenheit zusammenreihte.

Aus großer Höhe betrachtet, scheint das Mimoid einer Stadt ähnlich zu sehen, aber das ist Einbildung, ein Effekt der Suche nach irgendeiner Analogie aus dem Bereich des Bekannten. Wenn der Himmel klar ist, umgibt alle vielstöckigen Gewächse und ihre Gipfel-Palisaden eine Schicht erwärmter Luft und bewirkt scheinbares Schwanken und Sich-Beugen der ohnedies schon schwer eruierbaren Formen. Die erste durchs Blau segelnde Wolke (so sagte ich aus Gewohnheit, dieses »Blau« ist ja rostfarben während des roten und ätzend weiß während des blauen Tages) ruft sofortige Reaktion wach. Jähes Knospen setzt ein, in die Höhe schießt eine fast ganz vom Untergrund abgetrennte, dehnbare, sich höckerig aufblähende Hülle, die gleichzeitig verblaßt und nach einigen Minuten täuschend eine Quellwolke imitiert. Dieses riesige Objekt wirft einen rötlichen Schatten; die einen Mimoidgipfel geben es gleichsam an die nächsten weiter; diese Bewegung vollzieht sich immer gegenläufig zu der Bewegung der wirklichen Wolke. Ich denke, Giese hätte sich gewiß die Hand abhacken lassen, um auch nur dies zu erfahren: warum sich das so abspielt. Aber solche »einsame« Erzeugnisse des Mimoids sind noch gar nichts gegen die unbändige Tätigkeit, die es zeigt, wenn es durch die Anwesenheit von Gegenständen und Formen »gereizt« wird, die durch Zutun der irdischen Ankömmlinge über ihm erscheinen.

Das Abbilden von Formen bezieht tatsächlich alles mit ein, was nicht weiter als acht, neun Meilen entfernt ist. Zumeist produziert das Mimoid ein vergrößertes Abbild, es verzerrt es zuweilen, es schafft Karikaturen oder groteske Vereinfachungen, insbesondere von Maschinen. Werkstoff ist selbstredend immer dieselbe schnell verblassende Masse, die in die Luft emporgeschleudert wird und, statt zu fallen, in Schwebe bleibt, durch Nabelschnüre, die leicht reißen, mit dem Untergrund verbunden, über dem sie sich wie kriechend verschiebt, während sie sich durch Schrumpfungen, Verknotungen, Schwellungen zügig zu den verschlungensten Mustern formt. Ein Flugzeug, ein Gitter, ein Mast werden mit gleicher Schnelligkeit reproduziert; nur auf die Menschen selbst reagiert das Mimoid nicht; genauer gesagt, auf alle Lebewesen, auch auf Pflanzen nicht, – denn die nimmermüden Forscher haben auch diese zu Versuchszwecken auf die Solaris geschafft. Eine Figur dagegen, eine menschliche Puppe, die aus beliebigem Material geformte Statuette eines Hundes oder Baumes werden sofort kopiert.

Hier ist leider am Rande zu vermerken, daß dieser »Gehorsam« des Mimoids gegenüber den Experimentatoren, der auf der Solaris so einzig dasteht, zuweilen der Suspendierung anheimfällt. Das reifste Mimoid macht seine »faulen Tage« durch; dann tut es nichts, als daß es überaus langsam pulsiert. Für das Auge ist dieses Pulsieren im übrigen nicht wahrnehmbar: sein Rhythmus, die einzelne »Pulsphase«, umfaßt mehr als zwei Stunden, und erst mit Hilfe eigener Filmaufnahmen konnte es entdeckt werden.

Unter solchen Umständen ist ein Mimoid, besonders ein altes, vorzüglich zur Besichtigung geeignet, da sowohl die tragende, in den Ozean eingetauchte Scheibe, als auch die aus ihr emporgetürmten Gebilde dem Fuß nur allzu sicheren Halt bieten.

Selbstverständlich kann man sich auch während der »fleißigen« Tage eines Mimoids in seinem Bereich aufhalten, aber dann ist die Sicht fast null, weil unaufhörlich das flaumige, wie zerstäubter Schnee weißliche Kolloid herabfällt, das pausenlos aus den gebauchten Verästelungen des formenkopierenden Endgliedes stiebt. Diese Formen sind im übrigen aus der Nähe nicht zu erfassen, denn ihre Riesigkeit gehört in die Größenordnung von Bergen. Überdies wird der Untergrund des »arbeitenden« Mimoids schlammig von dem fleischigen Regen, der erst nach zehn und mehr Stunden zu einer harten Kruste gerinnt, noch um ein Vielfaches leichter als Bimsstein. Endlich: ohne entsprechende Ausrüstung verirrt man sich leicht in dem Labyrinth bauchiger, bald an zusammenzuckende Säulen und bald an halbflüssige Geiser gemahnender Schößlinge, und dies sogar bei voller Sonne, denn ihre Strahlen dringen nicht durch die Decke der pausenlos in die Atmosphäre geschleuderten »imitierenden Explosionen«.

Ein Mimoid an seinen glücklichen Tagen zu beobachten (genauer gesagt, an den glücklichen Tagen des Forschers, der sich über ihm befindet), das kann unverwischliche Eindrücke ergeben. Das Mimoid hat so seine »schöpferischen Aufschwünge«, dann beginnt es eine unheimliche Hyperproduktion. Es schafft dann bald eigene Spielarten der Formen aus der Außenwelt, bald Komplikationen oder gar »formale Weiterentwicklungen«

davon, und so kann es sich stundenlang unterhalten, zur Freude eines abstrakten Malers und zur Verzweiflung des Wissenschaftlers, der sich vergeblich bemüht, irgend etwas von den ablaufenden Prozessen zu verstehen. Manchmal zeigen sich in der Tätigkeit des Mimoids Züge ausgesprochen kindlicher Vereinfachung, manchmal verfällt es in »barockisierende Abweichung«: alles, was es dann schafft, ist geprägt von schwulstiger Elephantiasis. Insbesondere alte Mimoide fabrizieren Gestalten, die herzlich lachen machen können. Ich habe es allerdings nie fertiggebracht, über sie zu lachen, ich war zu bestürzt über die Rätselhaftigkeit des Schauspiels.

Selbstverständlich hat man die Mimoide in den ersten Forschungsjahren förmlich bestürmt – als angeblich die Hoffnungen erfüllende Zentren des solarischen Ozeans, als die Stellen, wo der ersehnte Kontakt zweier Zivilisationen stattfinden sollte. Nur zu bald stellte sich jedoch heraus, daß von Kontakt nicht die Rede sein kann. Denn alles beginnt und endet zugleich wieder mit Formenimitation, die nirgendshin weiterführt.

Der Anthropo- oder auch Zoomorphismus, der beim verzweifelten Umhersuchen der Forscher unablässig wiederkehrt, deutete immer wieder andere Erzeugnisse des lebenden Ozeans als »Sinnesorgane«, oder gar als »Gliedmaßen« – denn dafür hielten die Wissenschaftler (so Maartens und Ekkonai) eine Zeitlang Gieses »Wirbelknöchrige« und »Schneller«. Aber diese oft bis zu zwei Meilen hoch in die Atmosphäre schnellenden Protuberanzen des lebenden Ozeans sind ebensogut »Gliedmaßen«, wie ein Erdbeben die »Gymnastik« der Erdrinde wäre.

Etwa dreihundert Posten umfaßt der Katalog vergleichsweise konstant wiederkehrender Formen, die dem lebenden Ozean so häufig entspringen, daß binnen vierundzwanzig Stunden mindestens Dutzende oder auch Hunderte auf seiner Oberfläche zu entdecken sind. Am unmenschlichsten – im Sinne vollkommensten Fehlens jeder Ähnlichkeit mit irgend etwas, was der Mensch auf der Erde kennengelernt hat – sind laut Giese-Schule die Symmetriaden. Schon war bestens bekannt, daß sich der Ozean nicht aggressiv verhält, daß in seinen Plasma-Strudeln nur umkommen kann, wer es durch eigene Unvorsichtigkeit oder Gedankenlosigkeit besonders darauf anlegt (ich rede natürlich nicht von Unfällen, die z.B. durch Schäden am Sauerstoffgerät oder an der Klimaanlage verursacht wurden), und daß man sogar durch die walzenförmigen Flüsse der Längichte und durch die monströsen, unstet zwischen den Wolken schwankenden Pfähle der Wirbelknöchrigen mit dem Flugzeug oder sonst einer fliegenden Maschine ohne die geringste Gefahr hindurchstoßen kann: das Plasma gibt den Weg frei, es teilt sich vor dem Fremdkörper mit einer Geschwindigkeit, die der des Schalls in der Solarisatmosphäre gleichkommt, und öffnet sogar unter der Ozeanoberfläche tiefe Tunnel, wenn man es dazu zwingt (Die Energie, die es zu diesem Zweck augenblicklich aktiviert, ist enorm: in Extremfällen hat Skrjabin 10^{19} erg errechnet!!!). Doch an die Untersuchung der Symmetriaden machte man sich mit außergewöhnlicher Vorsicht, immer wieder zurückweichend, die Sicherheitsvorkehrungen vervielfachend, – die oft freilich Fiktion sind; die Namen derer, die als erste in die Abgründe der Symmetriaden eindrangen, kennt auf der Erde jedes Kind.

Nicht das Aussehen, das allerdings wahrlich Alpträume hervorrufen kann, ist das eigentlich Beängstigende an diesen Riesen. Eher wirkt sich da aus, daß es in ihrem Bereich nichts Feststehendes oder Gewisses gibt; selbst physikalische Gesetze unterliegen in ihnen zeitweiliger Aufhebung. Gerade die Symmetriadenforscher haben immer am lautstärksten die These wiederholt, der lebende Ozean sei vernunftbegabt.

Die Symmetriaden entstehen plötzlich. Ihre Geburt ist eine Art Eruption. Etwa eine Stunde vorher beginnt der Ozean intensiv zu glänzen, als wäre an ihm eine zwanzig bis hundert Quadratkilometer große Fläche zu Glas geworden. Hiervon abgesehen ändert sich weder sein flüssiger Zustand, noch der Rhythmus der Wellenschläge. Manchmal bricht eine Symmetriade dort aus, wo sich von einem eingesaugten Schneller her ein Trichter befunden hat, aber das ist nicht die Regel. Nach etwa einer Stunde fliegt der glasige Überzug als ungeheure Blase hoch, in der sich das ganze Himmelsgewölbe, Sonne, Wolken und alle Horizonte spiegeln, schillernd und sich brechend. Das blitzartige Farbenspiel, das teils durch Beugung und teils durch Brechung des Lichts bewirkt wird, hat nicht seinesgleichen.

Besonders heftige Lichteffekte ergeben Symmetriaden, die während des blauen Tages oder knapp vor Sonnenuntergang entstehen. Dann hat es den Anschein, der Planet gebäre einen zweiten, mit jedem Augenblick sein Volumen verdoppelnden. Kaum ist der flammenblitzende Globus aus den Tiefen hervorgeschleudert, da platzt er vom höchsten Punkt aus in senkrechte Sektoren auf. Aber das ist kein Zerfall. Dieses Stadium, nicht sonderlich glücklich »Blütenkelchphase« genannt, dauert Sekunden. Die zum Himmel strebenden Bögen der hautigen Gurtungen wenden sich um, heften sich mit der Spitze im unsichtbaren Innenraum fest und beginnen blitzschnell etwas wie einen gedrungenen Rumpf zu formieren, in dessen Innerem sich Hunderte von Phänomenen zugleich abspielen. Im Zentrum selbst, das erstmals von Hamaleas Siebzig-Mann-Equipe untersucht wurde, entsteht durch Giganto- und Polykristallisierung eine tragende Achse, die zuweilen »Wirbelsäule« genannt wird, aber ich gehöre nicht zu den Anhängern dieses Terminus. Die halsbrecherische architektonische Komposition dieses zentralen Trägers wird in statu nascendi gestützt durch pausenlos aus kilometertiefen Senkungen spritzende lotrechte Säulen aus sehr verdünnter, ja fast wäßriger Gallerte. Während dieses Prozesses gibt der Koloß ein dumpfes, langgezogenes Brüllen von sich, und ihn umgrenzt ein Wall aus heftig flatterndem, schneeigem, großblasigem Schaum. Dann erfolgen – vom Zentrum zur Umrandung hin – unsagbar komplizierte Umdrehungen der verdickten Ebenen, an denen sich Schicht für Schicht das aus der Tiefe sprudelnde, dehnbare Material ablagert; zugleich verfestigen sich die vorhin erwähnten Tiefen-Geiser zu beweglichen, tentakelartigen Säulen, wobei sie bündelweise auf genau durch die Dynamik des Ganzen bestimmte Stellen der Konstruktion zustreben und an irgendwelche himmelhohe Kiemen einer mit tausendfacher Beschleunigung wachsenden Leibesfrucht denken lassen, in denen Strömungen rosigen Bluts und dunkelgrünen, ja fast schwarzen Wassers fließen. Von diesem Zeitpunkt an beginnt die Symmetriade bereits ihre ungewöhnlichste Eigenschaft zu offenbaren: die des Modellierens oder schlechtweg Aufhebens gewisser physikalischer Gesetze. Schikken wir voraus, daß es zwei gleiche Symmetriaden nicht gibt, und daß die Geometrie einer jeden gleichsam eine neue »Erfindung« des lebenden Ozeans ist. Ferner: die Symmetriade produziert in ihrem Innenraum das, was man oft als »Sofortmaschinen« bezeichnen hört, obwohl diese Gebilde überhaupt nicht an eine von Menschen konstruierte Maschine erinnern; es geht hier nur um die verhältnismäßig enge und dadurch gleichsam »mechanische« Zweckbestimmtheit der Betätigung.

Sind die aus dem Abgrund hervorgesprudelten Geiser verfestigt oder auch zu dickwandigen, nach allen Richtungen verlaufenden Galerien und Gängen aufgebläht, und haben die »Häute« ein System einander schneidender Ebenen, Überhänge, Zwischendecken geschaffen, dann rechtfertigt die Symmetriade ihren Namen dadurch, daß jeder Ausgestaltung der gewundenen Durchlässe, Züge und Rampen im Bereich des einen Pols die in allen Einzelheiten getreue Anordnung am Gegenpol entspricht.

Nach etwa zwanzig bis dreißig Minuten beginnt der Gigant langsam einzutauchen, manchmal neigt er sich vorher acht bis zwölf Grad aus der Lotrechten heraus. Es gibt größere und kleinere Symmetriaden, aber sogar die Zwerge erheben sich nach dem Eintauchen noch gut achthundert Meter über den Horizont und sind auf Entfernungen bis zu zwanzig Meilen zu sehen. Ins Innere gelangen kann man mit geringstem Risiko gleich nach Wiedereintritt des Gleichgewichts, wenn das Ganze aufhört, tiefer in den lebenden Ozean zu sinken, während zugleich die Rückkehr in die genaue Lotrechte erfolgt; die günstigste Einbohrungsstelle ist die Gegend unmittelbar unterhalb des Gipfels. Um die verhältnismäßig glatte »Polkappe« zieht sich dort eine Zone, die von den saugrüsselartigen Ausmündungen der inneren Kammern und Kanäle wie ein Sieb durchlöchert ist. Diese Formation bildet – als Ganzes – die dreidimensionale Entwicklung irgendeiner Gleichung höherer Ordnung.

Bekanntlich kann man in der figürlichen Sprache der höheren Geometrie jede Gleichung ausdrücken und einen Körper aufbauen, der ihre Entsprechung bildet. So betrachtet, ist die Symmetriade eine Verwandte der Lobačevskijschen Kegel und der Riemannschen negativen Krümmungen, aber eine sehr entfernte Verwandte – auf Grund ihrer unvorstellbaren Verschlungenheit. Sie bildet die ein paar Kubikmeilen Raum einnehmende Entwicklung eines ganzen mathematischen Systems, wobei diese Entwicklung vierdimensional ist: denn auch durch die Zeit, durch zeitlich ablaufende Veränderungen sind wesentliche Koeffizienten der Gleichungen ausgedrückt.

Am nächsten lag selbstverständlich der Gedanke, wir hätten nicht mehr und nicht weniger als die »mathematische Maschine« des lebenden Ozeans vor uns, das größenmäßig just für ihn geschaffene Modell von Berechnungen, die er zu einem uns nicht bekannten Zweck benötige. Aber dieser Hypothese Fermonts stimmt heute niemand mehr zu. Verlockend war sie gewiß, aber daß der lebende Ozean mittels solcher titanischer Eruptionen, deren jedes Teilchen den unaufhörlich sich selbst weiterkomplizierenden Formeln der großen Analysis unterworfen ist, die Probleme der Materie, des Kosmos, des Seins zergliedere, – diese Vorstellung war nicht zu halten. Im Inneren des Riesen sind allzuviele Phänomene anzutreffen, die mit diesem eigentlich einfachen oder, wie manche wollen, kindlich naiven Bild nicht vereinbar sind.

Es fehlte nicht an Versuchen, irgendein leichtfaßliches Modell der Symmetriade zu ersinnen, sie zu veranschaulichen; ziemlich eingebürgert hat sich die Illustration Awerians, der die Sache folgendermaßen darbot: Stellen wir uns ein irdisches uraltes Bauwerk aus der Glanzzeit Babylons vor; es sei aus lebender, reizempfänglicher und evolvierender Substanz hergestellt;

seine Architekturkomposition durchläuft nun kontinuierlich die Reihen von Übergangsphasen, nimmt vor unseren Augen die Formen griechischer Baukunst an, romanischer, dann werden die Säulen schlank wie Halme, das Gewölbe verliert sein Gewicht, verflüchtigt sich, spitzt sich zu, die Bögen gehen in steile Parabeln über, brechen sich endlich beim Hochstreben. Die so entstandene Gotik beginnt zu reifen und zu altern, fließt in die Spätformen hinüber; an die Stelle der bisherigen Strenge steilen Hochreckens, Aufschwingens, treten Eruptionen orgiastischer Üppigkeit, vor unseren Augen wuchert von Übermaß trächtiger Barock auf, und wenn wir diese Folge fortsetzen, indem wir unser wechselndes Gebilde die ganze Zeit wie die einzelnen Stadien einer lebendigen Existenz traktieren, dann gelangen wir endlich zur Architektur des Kosmodromzeitalters und nähern uns gleichzeitig – vielleicht – dem Verständnis, was eine Symmetriade ist.

Aber dieser Vergleich wurde zwar ausgebaut und bereichert (man versuchte ihn im übrigen mit Hilfe eigens hergestellter Modelle und Filme visuell einzuprägen), aber er bleibt etwas bestenfalls Nichtssagendes, – schlimmerenfalls eine Ausflucht, wenn nicht einfach eine Lüge. Denn der Symmetriade ist nichts Irdisches ähnlich...

Der Mensch kann so wenige Sachen zugleich erfassen; wir sehen nur, was sich vor uns abspielt, hier und jetzt; die Vergegenwärtigung einer simultanen Vielheit von Prozessen, selbst wenn sie miteinander zusammenhängen, selbst wenn sie einander ergänzen, geht über menschliche Möglichkeiten hinaus. Wir erfahren dies sogar angesichts relativ einfacher Phänomene. Das Los eines Menschen kann viel bedeuten, das Los einiger Hunderte ist schwer zu erfassen, aber die Geschichte Tausender, die einer Million bedeutet im Grund genommen nichts. Die Symmetriade ist Million, nein, potenzierte Milliarde, die Unvorstellbarkeit an sich. Was nützt es, daß wir tief innen in einem ihrer Querschiffe stehen, das ein verzehnfachter Kroneckerscher Raum ist, und uns wie Ameisen an die Falten des atmenden Gewölbes klammern, daß wir den Aufschwung und das wechselweise Durchdringen gigantischer, im Licht unserer Flares grau opalisierender Ebenen sehen, die Weichheit und unfehlbare Vollkommenheit der Problemlösung, die doch nur ein Moment ist, – denn alles fließt hier, der Gehalt dieser Architekturkomposition ist die Bewegung, die gesammelte, zielbezogene Bewegung. Wir beobachten einen Krümel des Prozesses, das Beben einer einzigen Saite in einem Symphonieorchester von Super-Riesen, und nicht genug damit, wir wissen – aber wir wissen nur, ohne zu begreifen –, daß gleichzeitig über und unter uns, in gestreckten Abgründen, außerhalb der Grenzen unseres Blicks und unserer Vorstellungskraft Unmengen, Millionen simultaner Umgestaltungen vor sich gehen, wie Noten miteinander verbunden durch den mathematischen Kontrapunkt. Daher hat jemand von einer »geometrischen Symphonie« gesprochen. Aber in diesem Fall sind wir ihre tauben Zuhörer.

Um hier irgend etwas wirklich zu sehen, müßte man weglaufen, in irgendeine ungeheure Ferne zurücktreten – aber in der Symmetriade ist ja alles Innenraum, Vermehrung, die Lawinen von Geburten auswirft, unaufhörliche Gestaltung, wobei die Gestaltung zugleich das Gestaltende ist; und keine Mimose reagiert so empfindlich auf Berührungen, wie ein Teil der Symmetriade, der eine Meile von unserem Standort entfernt liegt und durch hunderte Stockwerke von ihm getrennt ist, auf die Veränderungen, die unser Platz hier durchmacht. Jede Augenblickskonstruktion mit ihrer Schönheit, die sich jenseits der Grenzen des Blicks vollendet, ist hier Mitkonstrukteur und Dirigent aller anderen, die gleichzeitig geschehen; diese wiederum wirken modellierend an jener mit. Eine Symphonie – gut, aber eine, die sich selbst schafft und sich selbst abwürgt. Das Ende der Symmetriade ist gräßlich. Niemand, der es gesehen hat, erwehrte sich des Eindrucks, Zeuge einer Tragödie zu sein, wenn nicht gar eines Mordes. Nach etwa zwei, höchstens drei Stunden (dieses explosive Aufwuchern, diese Selbstvervielfachung und Selbstzeugung dauert nie länger) geht der lebende Ozean zum Angriff über. Das sieht so aus: die glatte Oberfläche runzelt sich, die schon zur Ruhe gekommene, mit verkrustetem

Schaum bedeckte Brandung beginnt zu sieden, von den Horizonten aus preschen konzentrische Wellenzüge heran, genau solche muskulöse Krater, wie sie die Geburt eines Mimoids begleiten, aber diesmal sind ihre Ausmaße unvergleichlich größer. Der unterseeische Teil der Symmetriade wird zusammengedrückt, langsam hebt sich der Koloß, als sollte er aus dem Bereich des Planeten fortgeschleudert werden; die obersten Schichten der Ozean-Masse beginnen aktiv zu werden, kriechen immer höher, die Seitenwände hinauf, überziehen sie, fester werdend, und verstopfen die Ausgänge, aber das alles ist nichts gegen das, was sich gleichzeitig tief innen abspielt. Zuerst stocken für kurze Zeit die formenschaffenden Prozesse – das Auseinanderhervortauchen aufeinanderfolgender Architekturkompositionen –, dann unterliegen sie heftiger Beschleunigung; die bis dahin flüssigen Bewegungen des Durchdringens und der Faltung, das Emporflügeln von Grundnetzen und Gewölben, bisher rhythmisch und so sicher, als sollten sie Jahrhunderte überdauern, – das alles beginnt sich zu überstürzen. Der Eindruck wird übermächtig, daß der Koloß angesichts der ihm drohenden Gefahr gewaltsam auf irgendein Vollbringen hindrängt. Doch je mehr die Geschwindigkeit der Verwandlungen steigt, desto offensichtlicher wird die gräßliche, ekelerregende Metamorphose des Baustoffes selbst und seiner Dynamik. Alle diese Bündelungen wunderbar geschmeidiger Ebenen erweichen sich, erschlaffen, schlottern, es beginnen Ausrutscher aufzutreten, unfertige Formen, fratzenhafte, verstümmelte; aus den unsichtbaren Tiefen dröhnt anwachsendes Brausen, Gebrüll: wie durch Atemzüge einer Agonie ausgestoßen, reibt sich die Luft an den zusammenschrumpfenden Engpässen, schnarcht und orgelt donnernd in den Durchlässen, erregt in den einstürzenden Zwischendecken ein Röcheln wie aus irgendwelchen monströsen, von Schleimstalaktiten überwucherten Kehlen, aus toten Stimmbändern, und augenblicklich wird es um den Zuschauer trotz aller heftigst entfesselten Bewegung – immerhin der Bewegung des Zerstörens – vollkommen tot. Nur mehr der Ozean, der aus dem Abgrund heult und ihn mit tausenden Schächten durchmißt, hält aufblähend das himmelhohe Bauwerk aufrecht; es beginnt hinunterzutreiben, zusammenzusinken wie eine von Flammen erfaßte Wabe, aber hier und dort wird noch letztes Flattern sichtbar, kraftlose, von allem übrigen abgetrennte Regungen, blind, immer schwächer, bis die unausgesetzt von außen attackierte, unterspülte Riesenmasse mit der Langsamkeit eines Berges einstürzt und im Strudel ebensolcher Schaumwellen verschwindet, wie sie ihre titanische Entstehung begleitet haben.

Und was bedeutet das alles? Ja, was bedeutet das?

Ich erinnere mich, als ich Gibarians Assistent war, besuchte einmal irgendein Schulausflug das Solarische Institut Aden, und sobald der seitliche Bibliotheksaal durchquert war, wurden die Jugendlichen in den Hauptraum geführt, dessen Großteil die Kassetten mit den Mikrofilmen ausfüllen. Auf ihnen sind kleine Teilstücke von Symmetriaden-Innenräumen festgehalten, und es gibt dort über neunzigtausend – nicht Aufnahmen, nein, ganze Spulen. Und ein pummeliges, bebrilltes, vielleicht fünfzehnjähriges Mädelchen mit energischem, verständigem Blick stellte damals plötzlich die Frage:

– Und wozu das Ganze...?

Und während des betretenen Schweigens, das daraufhin eintrat, blickte nur die Lehrerin streng zu ihrer aufsässigen Schülerin hin; von den geleitenden Solaristen (ich war unter ihnen) fand keiner eine Antwort. Denn die Symmetriaden sind unwiederholbar, und unwiederholbar sind im allgemeinen die Phänomene, die sich in ihnen abspielen. Manchmal hört die Luft in ihnen auf, Schall zu leiten. Manchmal wird der Brechungskoeffizient größer oder kleiner. Örtlich treten pulsierende, rhythmische Schwerkraftveränderungen auf, als hätte die Symmetriade ein schlagendes Gravitations-Herz. Bisweilen beginnen sich die Kreiselkompasse der Forscher wie verrückt aufzuführen, Schichten gesteigerter Ionisation entstehen und verschwinden, diese Aufzählung ließe sich fortsetzen. Im übrigen, sollte das Geheimnis der Symmetriaden jemals gelöst werden, so bleiben noch die Asymmetriaden...

Sie entstehen ähnlich, nur ist ihr Ende anders, und man kann nichts in ihnen sehen, als ein Zucken, Erglühen, Flimmern; wir wissen nur, daß sie der Sitz schwindelnd schneller Prozesse an der Grenze der physikalisch möglichen Geschwindigkeiten sind, auch nennt man sie »enorm vergrößerte Quantenphänomene«. Ihre mathematische Ähnlichkeit mit gewissen Atommodellen ist jedoch so unbeständig und flüchtig, daß manche darin ein untergeordnetes oder schlechtweg zufälliges Merkmal sehen. Die Asymmetriaden leben unvergleichlich kürzer als die Symmetriaden, kaum zehn, fünfzehn Minuten, und enden wohl noch gräßlicher, denn hinter dem Wirbelsturm drein, der sie mit harter, brüllender Luft füllt und sprengt, schwillt mit verteufelter Schnelligkeit in ihnen die Flüssigkeit an, brodelt unter der Haut schmutzigen Schaums und ersäuft alles, glucksend und scheußlich; dann folgt eine Explosion, wie der Ausbruch eines Schlammvulkans, und wirft in zausiger Säule die Trümmer hoch, so daß sie noch lang nachher aufgeweicht auf die unruhige Ozeanoberfläche niederregnen. Einige, vom Wind vertragen, wie Späne verdorrt, gelblich, platt und dadurch irgendwelchen hautigen Knochen oder Knorpeln ähnlich, finden sich auf den Wellen treibend an die hundert Kilometer weit vom Explosionsherd entfernt.

Eine besondere Gruppe stellen die Gebilde dar, die sich für kürzere oder längere Zeit ganz vom lebenden Ozean abtrennen; sie lassen sich weit seltener und schwerer beobachten als die anderen. Ihre erstmals aufgefundenen Trümmer identifizierte man, völlig falsch, wie sich viel später erwies, als Leichen in den Ozeantiefen hausender Lebewesen. Manchmal scheinen sie wie seltsame vielflügelige Vögel vor den ihnen nachjagenden Trichterrüsseln der Schneller zu flüchten, aber dieser der Erde entnommene Begriff wird abermals zu einer Mauer, die sich nicht durchstoßen läßt. Bisweilen, aber das ist sehr selten, kann man auf den Felsküsten der Inseln eigentümliche Pinguine sichten, etwas wie in Schwärmen liegende Robben, wie sie in der Sonne ruhen oder träge zum Meer hinabkriechen, um mit ihm in eins zu verschmelzen.

Und so hat man sich immer im Kreis irdischer, menschlicher Begriffe bewegt; nun, und der erste Kontakt...

Die Expeditionen legten im Inneren von Symmetriaden hunderte Kilometer zurück und brachten Registriergeräte und selbsttätige Filmkameras an; die Fernsehaugen künstlicher Satelliten registrierten das Knospen der Mimoide und Längichte, ihr Reifen und Sterben. Die Bibliotheken füllten sich, die Archive wuchsen, der Preis, der dafür zu bezahlen war, wurde oftmals hoch. In den Kataklysmen sind siebenhundertachtzehn Menschen umgekommen, die sich aus den bereits zum Untergang verurteilten Kolossen nicht rechtzeitig zurückgezogen haben, allein hundertsechs in einer einzigen Katastrophe, die berühmt ist, da auch Giese selbst als siebzigjähriger Greis in ihr den Tod fand, als das üblicherweise den Asymmetriaden vorbehaltene Ende unerwartet ein Gebilde traf, das eine klar ausgeprägte Symmetriade war. Der Ausbruch von schlammigem Papp verschlang binnen Sekunden samt Maschinen und Apparaten neunundsiebzig mit gepanzerten Schutzanzügen bekleidete Menschen und riß mit seinen Absprengseln siebenundzwanzig weitere hinab, die die über dem untersuchten Gebilde kreisenden Flugzeuge und Hubschrauber lenkten. Diese Stelle am Schnittpunkt des zweiundvierzigsten Breitegrades mit dem neunundachtzigsten Längengrad ist auf den Karten als »Eruption der Hundertsechs« verzeichnet. Aber dieser Punkt existiert nur auf den Karten, denn die Oberfläche des Ozeans unterscheidet sich dort in nichts von allen seinen übrigen Gebieten.

Damals wurden zum ersten Mal in der Geschichte der solarischen Forschungen Stimmen laut, die den Einsatz thermonuklearer Schläge forderten. Das sollte in Wahrheit etwas noch Grausameres sein als Rache: es ging um die Zerstörung dessen, was wir nicht begreifen können. Der Vize der Reservegruppe Gieses, Tsanken, der nur dank einem Irrtum davongekommen war (der Relais-Automat hatte den Ort falsch angezeigt, wo die anderen die Symmetriade untersuchten, so daß Tsanken mit seiner Maschine über dem Ozean umherirrte und buchstäblich ein paar Minuten nach der Explosion eintraf; im Anfliegen sah er von ihr noch den schwarzen Pilz), drohte zu dem Zeitpunkt, als jene Entscheidung erwogen wurde, er werde die Station samt sich selbst und den achtzehn dort noch Verbliebenen in die Luft sprengen. Wenn auch offiziell nie zugegeben worden ist, daß dieses Selbstmord-Ultimatum das Abstimmungsergebnis beeinflußt habe, läßt sich doch annehmen, daß es so war.

Aber die Besuche so starker Expeditionsgruppen auf diesem Planeten gehören schon der Vergangenheit an. Die Station selbst (deren Bau von Satelliten aus beaufsichtigt wurde, eine großangelegte technische Leistung, worauf die Erde hätte stolz sein können, – nur daß eben der Ozean binnen Sekunden millionenmal größere Konstruktionen aus sich selbst herausholt) ist in Gestalt eines Diskus von zweihundert Meter Durchmesser aufgebaut, im Zentrum hat sie vier Stockwerke, am Außenrand zwei. Durch Gravitationsregler mit vernichtungsenergetischem Antrieb wird sie fünfhundert bis fünfzehnhundert Meter über dem Ozean schwebend erhalten; sie ist nicht nur mit allen Einrichtungen versehen, die auf den Stationen und Großsatelloiden anderer Planeten üblich sind, sondern überdies mit eigenen Radaranzeigegeräten, die bei der ersten Veränderung der Ozeanglätte zusätzliche Antriebskraft in Gang setzen können, so daß der stählerne Diskus in die Stratosphäre entschwebt, sobald sich erste Vorboten der Geburt einer neuen Lebendbildung zeigen.

Nun war die Station eigentlich verödet. Seit aus Gründen, die ich noch immer nicht kannte, die Automaten in die Tiefmagazine gesperrt worden waren, konnte man die Korridore im Kreis herum durchwandern, ohne jemandem zu begegnen, wie in einem blindlings dahintreibenden Wrack, dessen Maschinen das Aussterben der Besatzung überdauert haben.

Als ich den neunten Band von Gieses Monographie ins Fach zurückstellte, da schien mir der unter der molligen Schaumstoffschicht verborgene Stahl unter den Füßen zu erzittern. Ich hielt reglos inne, aber das Beben wiederholte sich nicht mehr.

Die Bibliothek war vom Rest des Bauwerks bestens isoliert, Schwingungen konnten nur eine Ursache haben. Eine Rakete war aus der Station gestartet. Dieser Gedanke führte mich zur Wirklichkeit zurück. Ich war noch nicht recht entschieden, ob ich fliegen sollte, wie sich Sartorius dies wünschte. Wenn ich mich so verhielt, als ob ich seine Pläne vollauf guthieße, konnte ich die Krise höchstens hinauszögern; ich war fast sicher, daß es zum Zusammenstoß kommen müsse, denn ich hatte beschlossen, mein Möglichstes zu tun, um Harey zu retten. Die Frage war bloß, ob Sartorius eine Erfolgschance hatte. Seine Überlegenheit über mich war enorm, als Physiker kannte er das Problem zehnmal besser als ich, und ich konnte paradoxerweise nur auf die Perfektion der Lösungen setzen, womit der Ozean uns aufwartete. Die nächste Stunde lang brütete ich über den Mikrofilmen und suchte irgend etwas Verständliches aus dem Meer von verteufelter Mathematik herauszufischen, die der Physik der Neutrino-Prozesse als Sprache diente. Anfangs erschien mir das hoffnungslos, zumal es an unheimlich schwierigen Neutrinofeld-Theorien gleich fünf gab – ein klares Zeichen dafür, daß keine davon vollkommen war. Und doch gelang es mir zuletzt, etwas Aussichtsreiches zu finden. Eben schrieb ich mir die Formeln ab, da ertönte ein Klopfen.

Ich trat schnell zur Tür und öffnete, den Spalt mit dem Leib deckend. Snauts schweißglänzendes Gesicht guckte herein. Der Korridor hinter ihm war leer.

– Ach, du bist das – sagte ich und schwenkte die Tür weiter auf.

– Komm herein.

– Ja, ich bin das – entgegnete er. Seine Stimme war heiser, er hatte Säcke unter den geröteten Augen, an elastischen Trägern hatte er eine glänzende Strahlenschutzschürze aus Gummi vorgebunden, darunter schauten die beschmutzten Röhren dieser Hose hervor, die er immer trug. Sein Blick überflog den runden, gleichmäßig erhellten Saal und erstarrte, als er auf Harey traf, die weit hinten neben ihrem Lehnsessel stand. Wir wechselten blitzschnelle Blicke, ich zwinkerte, Snaut verneigte sich daraufhin leicht, und ich legte mir einen Konversationston zurecht und sagte:

– Das ist Doktor Snaut, Harey. Snaut, das... das ist meine Frau.

– Ich bin ... ein sehr wenig sichtbares Mitglied der Belegschaft, und daher ... – die Pause wurde gefährlich lang – ... hatte ich noch nicht die Gelegenheit, Sie kennenzulernen ... – Harey lächelte und reichte ihm die Hand, er drückte sie, einigermaßen verdutzt, wie mir schien, blinzelte ein paarmal, und dann stand er und schaute, bis ich ihn am Arm faßte.

– Sie entschuldigen mich – sagte er nun zu ihr. – Ich wollte etwas mit dir besprechen, Kelvin...

– Selbstverständlich – entgegnete ich mit einer Art von weltmännischer Lässigkeit; das alles klang mir nach einer miesen Komödie, aber dagegen war nichts zu wollen. – Harey, Liebling, laß dich nicht stören. Ich habe mit dem Doktor zu reden, über unsere langweiligen Arbeiten...

Und schon führte ich ihn am Arm zu den kleinen Polsterstühlen auf der entgegengesetzten Seite des Saals. Harey setzte sich in den Lehnsessel, auf dem vorher ich gesessen hatte, aber sie verrückte ihn dabei so, daß sie uns sehen konnte, wenn sie vom Buch aufschaute.

– Was gibt es bei dir? – fragte ich leise.

– Frisch geschieden – antwortete Snaut ebenso flüsternd, nur mit stärkerem Zischen. Möglich, daß ich losgelacht hätte, wenn mir irgendwann jemand diese Geschichte erzählt hätte, und auch diesen Anfang des Gesprächs, aber in der Station war mein Humor einfach amputiert. – Ich habe seit gestern ein paar Jahre durchgemacht, Kelvin – setzte Snaut fort. – Ein paar ausgiebige Jahre. Und du?

– Nichts... – antwortete ich nach einer Weile, da ich nicht wußte, was ich sagen sollte. Ich mochte ihn gern, aber ich fühlte, daß ich jetzt vor ihm auf der Hut sein mußte, oder vielmehr vor dem, was ihn zu mir führte.

– Nichts? – wiederholte er im gleichen Ton wie ich. – Sieh mal an, also gar so...?

– Wovon redest du? – ich tat, als verstünde ich nichts. Er kniff die blutunterlaufenen Augen ein; vorgeneigt, so daß ich seinen warmen Atem im Gesicht spürte, flüsterte er:

– Wir stecken fest, Kelvin. Mit Sartorius kann ich mich nicht mehr verbinden, ich weiß nur, was ich dir geschrieben habe, das sagte er mir noch nach unserer reizenden kleinen Konferenz...

– Er hat das Visofon abgestellt? – fragte ich.

– Nein. Bei ihm gibt es einen Kurzschluß. Es scheint, daß er den absichtlich gebaut hat, oder ... – er machte eine Bewegung mit der Faust, als zerschlüge er etwas. Ich schaute ihn wortlos an. Sein linker Mundwinkel verzog sich zu einem unangenehmen Lächeln.

– Kelvin, ich bin gekommen, weil ... – Snaut sprach nicht aus. – Was hast du vor?

– Du meinst diesen Brief...? – entgegnete ich langsam. – Ich kann das tun, ich sehe keinen Grund zur Weigerung, eben deshalb sitze ich hier, ich wollte mich orientieren...

– Nein – unterbrach er. – Etwas anderes.

– Nein...? – ich stellte mich verblüfft. – Also, schieß los.

– Sartorius – murmelte er nach einer Weile. – Er glaubt, daß er einen Weg gefunden hat, weißt du...

Er ließ kein Auge von mir. Ich saß ruhig und bemühte mich, einen gleichgültigen Gesichtsausdruck anzunehmen.

– Zunächst ist da diese Geschichte mit dem Röntgen. Das, was Gibarian und er gemacht haben, du erinnerst dich. Da ist eine gewisse Abwandlung möglich...

– Was für eine?

– Sie haben einfach ein Bündel Strahlen in den Ozean gesendet und nur die Intensität nach allerlei Mustern moduliert.

– Ja, ich weiß. Das hat schon Nilin gemacht. Und auch sonst eine Menge Leute.

– Ja, aber die haben weiche Strahlung angewendet. Diesmal war es harte, sie feuerten in den Ozean, was sie nur hatten, die volle Leistung.

– Das kann unangenehme Konsequenzen haben – bemerkte

ich. – Verstoß gegen die Konvention der Vier und gegen die der UNO.

– Kelvin ... verstell dich nicht. Das hat doch jetzt nichts zu bedeuten. Gibarian ist tot.

– Aha, Sartorius will alles auf ihn schieben?

– Weiß ich nicht. Ich habe mit ihm nicht darüber gesprochen. Das ist unwichtig. Sartorius meint, da ja immer nur dann ein »Gast« auftaucht, wenn du erwachst, holt der Ozean offensichtlich die Produktionsvorlage aus uns heraus, während wir schlafen. Er findet, daß unser wichtigster Zustand gerade der Schlaf sei. Deshalb geht er so vor. Also will ihm Sartorius unser Wachdasein senden, die Gedanken aus dem Wachen, verstehst du?

– Wie denn? Per Post?

– Deine Witze kannst du dir auf den Hut stecken. Dieses Strahlenbündel soll durch die Gehirnströme eines von uns moduliert werden.

Plötzlich ging mir ein Licht auf.

– Aha – sagte ich. – Dieser »eine« bin ich. Stimmt's?

– Ja. Er hat an dich gedacht.

– Herzlichen Dank.

– Was sagst du dazu?

Ich schwieg. Ohne etwas zu sagen, richtete Snaut langsam die Augen auf Harey, die in die Lektüre vertieft war, und dann wieder auf mein Gesicht. Ich spürte, wie ich erbleichte. Ich hatte das nicht in der Gewalt.

– Also ...? – sagte er.

Ich zuckte die Achseln.

– Diese Röntgenpredigt über die Großartigkeit des Menschen halte ich für läppisch. Und du auch. Oder vielleicht nicht?

– Ja?

– Ja.

– Sehr gut – sagte er und lächelte, als hätte ich ihm einen Wunsch erfüllt. – Also du bist gegen diese Sartoriusgeschichte?

Ich begriff noch nicht, wie das gekommen war, aber ich las ihm aus den Augen ab, daß er mich dorthin gebracht hatte, wo er mich haben wollte. Ich schwieg; was hätte ich jetzt sagen können?

– Ausgezeichnet – sagte er. – Denn es gibt noch ein zweites Projekt. Die Roche-Apparatur umzubauen.

– Annihilator...?

– Ja. Sartorius hat schon die Vorberechnungen durchgeführt, das ist realisierbar. Und wird nicht einmal große Stärken erfordern. Der Apparat wird Tag und Nacht laufen, oder auf unbestimmte Zeit, und ein Anti-Feld erzeugen.

– Wart, wart doch! Wie stellst du dir das vor?

– Sehr einfach. Das wird ein Anti-Feld für Neutrinos. Die gewöhnliche Materie bleibt unverändert. Der Vernichtung unterliegen nur... Neutrino-Gefüge. Verstehst du?

Er lächelte befriedigt. Ich saß mit halb offenem Mund da. Snaut hörte langsam zu lächeln auf. Er runzelte die Stirn, sah mich forschend an und wartete.

– Das erste, das Projekt »Gedanke« verwerfen wir also. Wie? Und das zweite? Sartorius sitzt schon dahinter. Nennen wir es »Freiheit«.

Ich schloß einen Moment die Augen. Plötzlich entschied ich mich. Snaut war kein Physiker. Sartorius hatte das Visofon ausgeschaltet oder zerstört. Sehr gut.

– Ich möchte es lieber »Schlächterei« nennen... – sagte ich langsam.

– Du warst selbst schon Schlächter. Oder vielleicht nicht? Nun aber wird das etwas ganz anderes sein. Keine »Gäste«, keine F-Gebilde, nichts. Schon in dem Moment, wo die Materialisierung erscheint, tritt der Zerfall ein.

– Das ist ein Mißverständnis – entgegnete ich, wiegte den Kopf und lächelte, einigermaßen natürlich, wie ich hoffte. – Das sind keine moralischen Skrupel, sondern Selbsterhaltungsinstinkte. Ich will nicht sterben, Snaut.

– Wie...?

Snaut war verblüfft. Er sah mich argwöhnisch an. Ich zog den zerknitterten Zettel mit den Formeln aus der Tasche.

– Auch ich habe daran gedacht. Wundert dich das? Schließlich habe ich als erster die Neutrino-Hypothese aufgebracht, oder vielleicht nicht? Schau her. Ein Anti-Feld läßt sich erregen. Für gewöhnliche Materie ist es unschädlich. Das stimmt. Aber im Moment der Destabilisierung, wenn das Neutrino-Gefüge zerfällt, wird als Überschuß die Energie seiner Bindungen frei. Wenn wir pro Kilogramm Ruhmasse zehn zur achten erg annehmen, erhalten wir je F-Gebilde fünf bis sieben Mal zehn zur achten. Weißt du, was das bedeutet? Das entspricht einer kleineren Uranladung, die innerhalb der Station explodieren würde.

– Was du nicht sagst! Aber... aber Sartorius muß das in Rechnung gezogen haben...

– Nicht unbedingt – widersprach ich mit boshaftem Lächeln. – Siehst du, die Sache ist die, daß Sartorius zur Schule Frazers und Cajollas gehört. Ihrer Meinung nach wird im Augenblick des Zerfalls die gesamte Energie der Bindungen in Gestalt von Lichtstrahlung freigesetzt. Das wäre einfach ein starker Blitz, vielleicht nicht ganz ungefährlich, aber nicht zerstörend. Es bestehen aber auch andere Hypothesen, andere Theorien des Neutrinofeldes. Laut Cayatt, laut Avalov, laut Siona ist das Emissionsspektrum wesentlich breiter, und das Maximum fällt auf harte Gammastrahlung. Das ist brav, daß Sartorius seinen Meistern und ihrer Theorie glaubt, aber es gibt auch andere, Snaut. Und weißt du, was ich dir sage? – fuhr ich fort, denn ich sah, daß meine Worte Eindruck auf ihn machten. – Es heißt auch den Ozean in Rechnung ziehen. Wenn er getan hat, was er getan hat, dann hat er bestimmt die optimale Methode angewendet. Anders gesagt: seine Aktion scheint mir ein Argument zugunsten dieser zweiten Schule zu sein, und gegen Sartorius.

– Gib mir dieses Papier, Kelvin...

Ich reichte es ihm. Er neigte den Kopf und bemühte sich, mein Gekritzel zu entziffern.

– Was ist das? – Snaut wies mit dem Finger hin.

Ich nahm den Zettel wieder.

– Das? Der Tensor der Transmutation des Feldes.

– Gib mir das...

– Wozu?– fragte ich. Ich wußte Snauts Antwort im voraus.

– Ich muß das Sartorius zeigen.

– Wie du willst – entgegnete ich gleichgültig. – Ich kann dir das geben. Bloß, siehst du, das hat niemand experimentell geprüft, wir haben ja solche Gefüge noch nicht gekannt. Er glaubt an Frazer, und ich habe das nach Siona berechnet. Sartorius wird dir sagen, daß ich kein Physiker bin, und Siona auch nicht, jedenfalls nicht nach seinem Dafürhalten. Aber das ist ein Thema für eine Diskussion. Ich wünsche keine Diskussion, bei der ich im Endeffekt hochgehen kann, um Sartorius' Ehre zu mehren. Dich kann ich überzeugen, ihn nicht. Und ich werde es nicht versuchen.

– Was willst du also tun …? Er arbeitet daran – sagte Snaut mit farbloser Stimme. Er saß gebückt, alle seine Lebhaftigkeit war wieder verschwunden. Ich wußte nicht, ob er mir traute, aber mir war schon alles eins.

– Was ein Mensch tut, den jemand zu töten sucht – antwortete ich leise.

– Ich versuche ihn zu erreichen. Vielleicht denkt er an irgendwelche Absicherungen – murmelte Snaut. Er blickte zu mir auf: – Hör zu, und wenn du doch …? Dieses erste Projekt. Wie? Sartorius wird zustimmen. Gewiß. Das ist … jedenfalls … etwas wie eine Chance …

– Glaubst du an die Sache?

– Nein – entgegnete er sofort. – Aber … was kann das schaden?

Ich wollte nicht allzu schnell zustimmen, gerade darauf kam es mir an. Er wurde zu meinem Verbündeten bei der Verzögerungstaktik.

– Ich werde es mir überlegen – sagte ich.

– Also, dann gehe ich – murmelte er im Aufstehen. Als er sich aus dem Lehnsessel erhob, knackten ihm alle Knochen. – Also läßt du dir ein EEG machen? – fragte er und rieb mit den Fingern die Oberfläche seiner Schürze, als wollte er einen unsichtbaren Fleck von dort wegwischen.

– Gut – sagte ich. Ohne auf Harey zu achten (sie sah diesen

Auftritt schweigend mit an, das Buch auf den Knien), ging Snaut zur Tür. Als sie sich hinter ihm geschlossen hatte, stand ich auf. Ich entfaltete den Zettel, den ich in der Hand hielt. Die Formeln waren seriös. Ich hatte sie nicht gefälscht. Bloß weiß ich nicht, ob sich Siona zu meiner Weiterentwicklung bekannt hätte. Wohl kaum. Ich zuckte zusammen. Harey hatte sich mir von rückwärts genähert und meinen Oberarm berührt.

– Kris!

– Was denn, Liebling?

– Wer war das?

– Ich sagte dir ja, Doktor Snaut.

– Was ist das für ein Mensch?

– Ich kenne ihn nicht näher. Warum fragst du?

– Er hat mich so angeschaut...

– Sicher hast du ihm gefallen.

– Nein – sie schüttelte den Kopf. – Das war nicht diese Art von Blick. Er hat mich angeschaut, wie... wie wenn...

Sie schauderte, blickte zu mir auf und schlug gleich wieder die Augen nieder.

– Gehn wir woanders hin...

Flüssigsauerstoff

Ich lag im dunklen Zimmer, gefühllos, vertieft in das Leuchten des Zifferblattes am Handgelenk, ich weiß nicht, wie lange. Ich lauschte dem eigenen Atem und wunderte mich über etwas, aber all das – das Schauen auf das grünliche Ziffernkränzchen und die Verwunderung –, war in Gleichgültigkeit getaucht, die ich auf die Ermüdung zurückführte. Ich drehte mich auf die Seite, das Bett war seltsam breit, mir ging etwas ab. Ich hielt den Atem an. Völlige Stille trat ein. Ich erstarb. Nicht das leiseste Rascheln drang zu mir. Harey? Warum hörte ich ihren Atem nicht? Ich begann mit den Händen übers Bettzeug zu fahren: ich war allein.

– Harey! – wollte ich rufen, aber ich vernahm Schritte. Da ging jemand Großer, Schwerer, wie...

– Gibarian? – sagte ich ruhig.

– Ja, ich. Dreh das Licht nicht an.

– Nicht?

– Nein, nicht nötig. So wird es für uns beide besser sein.

– Aber du bist doch tot?

– Das macht nichts. Du erkennst doch wohl meine Stimme?

– Ja. Warum hast du das getan?

– Ich mußte. Du bist vier Tage zu spät gekommen. Wenn du früher eingeflogen wärst, dann wäre das vielleicht nicht nötig gewesen, aber mach dir keine Vorwürfe. Ich habe es nicht schlecht.

– Bist du wirklich hier?

– Ach, denkst du, du träumst von mir, wie du es bei Harey gedacht hast?

– Wo ist sie?

– Woher willst du wissen, daß ich das weiß?

– Ich kann es mir denken.

– Behalt das für dich. Sagen wir, daß ich an ihrer Statt hier bin.

– Aber ich will, daß auch sie hier sein soll.

– Das ist nicht möglich.

– Warum nicht? Hör mal, weißt du auch, daß das in Wahrheit nicht du bist, sondern ich?

– Nein. Das bin in Wahrheit ich. Wenn du pedantisch sein willst, kannst du sagen, daß das noch einmal ich bin. Aber wir wollen keine leeren Worte machen.

– Gehst du fort?

– Ja.

– Und dann kommt sie zurück?

– Liegt dir daran? Was ist sie dir?

– Das geht nur mich etwas an.

– Du fürchtest dich doch vor ihr.

– Nein.

– Und ekelst dich...

– Was willst du von mir?

– Bemitleiden kannst du nur dich und nicht sie. Sie wird immer zwanzig bleiben. Stell dich nicht so, als wüßtest du das nicht!

Auf einmal, ich weiß gar nicht, wieso, wurde ich ganz kühl. Ich hörte ihm völlig ruhig zu. Er schien jetzt näher bei mir zu stehen, am Fußende des Bettes, aber weiterhin sah ich nichts in dieser Finsternis.

– Was willst du? – fragte ich leise. Mein Ton schien ihn zu verblüffen. Er schwieg eine Zeitlang.

– Sartorius hat Snaut überzeugt, daß du ihn betrogen hast. Jetzt betrügen sie dich. Unter dem Vorwand, die Röntgenanlage zu montieren, bauen sie einen Feldannihilator.

– Wo ist sie? – fragte ich.

– Hast du nicht gehört, was ich dir sage? Ich habe dich gewarnt!

– Wo ist sie?

– Ich weiß es nicht. Paß auf: du wirst eine Waffe brauchen. Du kannst dich auf niemanden verlassen.

– Auf Harey kann ich mich verlassen – sagte ich. Ich hörte ein rasches, leises Geräusch. Er lachte.

– Kannst du, natürlich. Bis zu einer gewissen Grenze. Letzten Endes kannst du jederzeit dasselbe tun wie ich.

– Du bist nicht Gibarian.

– Sieh mal an. Wer sonst? Etwa ein Traum von dir?

– Nein. Eine Puppe von ihnen. Aber davon weißt du nichts.

– Und woher kannst du wissen, wer DU bist!

Das machte mich betroffen. Ich wollte aufstehen, aber ich konnte nicht. Gibarian sagte etwas. Ich verstand die Worte nicht, hörte nur seine Stimme erklingen, kämpfte verzweifelt gegen die Schwäche meines Körpers an, machte mit äußerster Anstrengung noch einen Ruck... und erwachte. Ich schnappte nach Luft wie ein halb erstickter Fisch. Es war ganz finster. Also nur ein Traum. Ein Alptraum. Halt, Moment mal... »ein Dilemma, das wir nicht zu lösen verstehen. Wir stellen uns selbst nach. Die Polytheria haben nur etwas wie einen selektiven Verstärker unserer Gedanken angewendet. Nach einer Motivierung für dieses Phänomen zu suchen, ist ein Anthropomorphismus. Wo es keine Menschen gibt, dort gibt es auch keine menschlich faßbaren Motive. Um im Forschungsplan fortzufahren, müßten wir entweder die eigenen Gedanken vernichten, oder deren materielle Verkörperung. Das eine liegt nicht in unserer Macht. Und das andere hat allzuviel Ähnlichkeit mit Mord.«

Ich lauschte im Dunkel dieser gleichmäßigen, fernen Stimme, deren Klang ich augenblicklich erkannt hatte: da sprach Gibarian. Ich streckte die Arme aus. Das Bett war leer.

– Ich bin aufgewacht, aber im nächsten Traum – dachte ich.

– Gibarian...? – ließ ich mich hören. Die Stimme brach sofort ab, mitten im Wort. Leise klickte etwas, und ich spürte einen schwachen Hauch im Gesicht.

– Also weißt du, Gibarian – brummte ich gähnend –, einen Menschen so von Traum zu Traum zu verfolgen, na hör mal...

Neben mir raschelte etwas.

– Gibarian! – wiederholte ich lauter.

Im Bett erbebten die Sprungfedern.

– Kris... ich bin's... – flüsterte es dicht neben mir.

– Du, Harey... ja, aber Gibarian?

– Kris... Kris... er ist doch... du hast selbst gesagt, daß er tot ist...

– Im Traum kann er lebendig sein – sagte ich schleppend. Ich war gar nicht mehr so sicher, ob das ein Traum war. – Er hat etwas gesagt. Er war da – versetzte ich. Ich war abscheulich schläfrig. – Wenn ich schläfrig bin, na dann schlafe ich – dachte ich blödsinnig, streifte mit den Lippen Hareys kühlen Arm und legte mich bequemer zurecht. Sie antwortete mir etwas, aber ich sank schon hinab in die Selbstvergessenheit.

Am Morgen im rot erleuchteten Zimmer besann ich mich auf die Geschehnisse dieser Nacht. Das Gespräch mit Gibarian hatte ich geträumt, aber das, was nachher war? Ich hatte seine Stimme gehört, das hätte ich schwören können, allerdings erinnerte ich mich nicht genau, was er gesagt hatte. Das hatte nicht wie ein Gespräch geklungen, eher wie ein Vortrag. Vortrag...?

Harey wusch sich. Ich hörte das Wasser im Bad plätschern. Ich schaute unters Bett, dorthin, wohin ich vor ein paar Tagen das Tonbandgerät geworfen hatte. Es lag nicht dort.

– Harey! – rief ich. Ihr triefnasses Gesicht guckte hinter dem Schrank hervor.

– Hast du nicht vielleicht ein Tonbandgerät unter dem Bett gesehen? Ein kleines Taschengerät?

– Dort lag alles mögliche. Ich habe alles dort hinübergelegt – sie wies auf das Regal beim Arzneischränkchen und verschwand im Bad. Ich sprang aus dem Bett, aber die Suche blieb ergebnislos.

– Du mußt es gesehen haben – sagte ich, als Harey ins Zimmer zurückkam. Sie kämmte sich vor dem Spiegel und antwortete nicht. Jetzt erst sah ich, daß sie blaß war; in ihren Augen war ein prüfender Ausdruck, als sie im Spiegel den meinen begegneten.

– Harey – begann ich wie ein Esel nochmals von vorn – auf dem Regal ist das Bandgerät nicht.

– Etwas Wichtigeres hast du mir nicht zu sagen...?

– Entschuldige, – murmelte ich – du hast recht, das ist Quatsch.

Das hätte gerade noch gefehlt, daß wir zu streiten angefangen hätten!

Wir gingen dann frühstücken. Harey machte an diesem Tag alles anders als sonst, aber ich wußte den Unterschied nicht zu bezeichnen. Sie betrachtete die Umgebung und hörte ein paarmal nicht, was ich zu ihr sagte, wie in plötzlicher Versunkenheit. Einmal, als Harey den Kopf hob, sah ich, daß ihr die Augen glasig wurden.

– Was hast du?– ich senkte die Stimme zum Flüstern. – Du weinst?

– Ach, laß mich. Das sind keine echten Tränen – stammelte sie. Vielleicht hätte ich das nicht auf sich beruhen lassen sollen, aber vor nichts hatte ich solche Angst, wie vor »aufrichtigen

Gesprächen«. Im übrigen hatte ich andere Sorgen; obwohl ich wußte, daß ich die geheimen Ränke von Snaut und Sartorius nur geträumt hatte, begann ich zu überlegen, ob es in der Station überhaupt irgendwelche handliche Waffen gab. Was ich damit tun wollte, bedachte ich gar nicht, ich wollte einfach eine haben. Ich sagte zu Harey, ich müsse in den Laderaum und in die Lager schauen. Sie ging schweigend hinter mir her. Ich durchwühlte die Kisten, stöberte in den Behältern, und als ich unten angelangt war, konnte ich dem Gelüst nicht widerstehen, in den Kühlraum hineinzuschauen. Ich wollte aber nicht, daß Harey dort hineinginge, daher lüpfte ich nur die Tür einen Spalt weit und tastete mit den Blicken den ganzen Raum ab. Das dunkle Bahrtuch bauschte sich, die langgestreckte Form verhüllend, aber von dort, wo ich stand, konnte ich nicht sehen, ob die Schwarze noch lag, wo sie gelegen hatte. Es schien mir, der Platz sei leer.

Ich fand nichts, was mir entsprochen hätte, und so drückte ich mich herum, in immer schlechterer Laune, bis mir plötzlich auffiel, daß ich Harey nicht sah. Im übrigen kam sie gleich, sie war im Korridor zurückgeblieben, aber daß sie auch nur versucht hatte, sich von mir zu entfernen, was ihr doch so schwerfiel, selbst wenn es bloß für einen Augenblick war – das allein hätte mich stutzig machen müssen. Doch weiterhin benahm ich mich wie beleidigt, kein Mensch weiß, von wem, oder einfach wie völlig verblödet. Der Schädel begann mich zu schmerzen, ich konnte keine Tabletten finden, und mit einer Mordswut stellte ich die ganze Apotheke auf den Kopf. In den Operationssaal mochte ich wiederum nicht gehen, ich war an diesem Tag verkorkst wie selten. Harey schlich wie ein Schatten in der Kabine umher und verschwand manchmal für einen Augenblick; am Nachmittag, als wir schon gespeist hatten (im Grunde genommen hatte Harey überhaupt nichts gegessen, und ich, ohne Appetit, weil mir vor Schmerzen der Schädel zersprang, hatte sie gar nicht dazu zu ermuntern versucht), da setzte sie sich plötzlich neben mich und begann mich am Blusenärmel zu zupfen.

– Was gibt's? – brummte ich automatisch. Ich hatte Lust, hinaufzugehen, denn es schien mir, daß die Rohre ein schwaches Echo von Klopflauten übertrugen, ein Zeichen dafür, daß sich Sartorius mit Hochspannungsapparaturen herumraufte, aber auf einmal verging mir die Lust, weil ich bedachte, daß ich ja mit Harey gehen müßte; in der Bibliothek erschien ihre Anwesenheit noch halbwegs gerechtfertigt, aber dort oben zwischen den Maschinen könnte sie Snaut zu irgendeiner unangebrachten Bemerkung Anlaß geben.

– Kris – flüsterte Harey – wie steht es zwischen uns...?

Ich seufzte unwillkürlich; ich kann nicht gut behaupten, daß ich damals einen glücklichen Tag gehabt hätte.

– Bestens. Worum geht es denn jetzt wieder?

– Ich möchte mit dir reden.

– Bitte sehr. Ich höre.

– Aber nicht so.

– Sondern? Schau, ich habe dir doch gesagt, mir tut der Schädel weh, ich habe eine Menge Scherereien...

– Ein bißchen guten Willen, Kris.

Ich zwang mich zu einem Lächeln. Sicher fiel es kläglich aus.

– Ja, Liebling. Sprich nur.

– Aber wirst du mir die Wahrheit sagen?

Ich zog die Brauen hoch. Ein solcher Anfang gefiel mir gar nicht.

– Warum sollte ich lügen?

– Du kannst Gründe haben. Ernstliche. Aber wenn du willst, daß... du weißt schon... dann belüg mich nicht.

Ich schwieg.

– Ich sage dir etwas, und du sagst mir auch etwas. Gut? Das wird die Wahrheit sein. Ohne Rücksicht auf alles, was sich tut.

Ich schaute ihr nicht in die Augen, obwohl sie meinen Blick suchte. Ich tat, als hätte ich das nicht gesehen.

– Ich habe dir schon gesagt, daß ich nicht weiß, wie ich hierhergeraten bin. Aber vielleicht weißt du es. Wart, ich will noch was sagen. Vielleicht weißt du es nicht. Aber wenn du es weißt und wenn du es mir jetzt nicht sagen kannst, dann vielleicht später, irgendeinmal? Das wäre nicht das Schlimmste. Du würdest mir jedenfalls eine Chance geben.

Ich hatte die Empfindung, eisiger Strom laufe mir durch den ganzen Körper.

– Aber Kind, was sagst du da? Was für eine Chance...? – stammelte ich.

– Kris, wer ich auch sein mag, ein Kind bestimmt nicht. Du hast es versprochen. Sag schon.

Bei diesem »wer ich auch sein mag« schnürte es mir so die Kehle zu, daß ich nur imstande war, Harey anzuschauen und alles durch ein dümmliches Kopfschütteln zu verneinen, als wehrte ich mich dagegen, alles zu hören.

– Ich erkläre dir ja eben, daß du es mir nicht sagen mußt. Es genügt, wenn du sagst, daß du nicht kannst.

– Ich habe dir nichts verheimlicht... – antwortete ich heiser.

– Ausgezeichnet – entgegnete sie und stand auf. Ich wollte etwas sagen, ich fühlte, daß ich sie so nicht sich selbst überlassen durfte, aber alle Worte blieben mir in der Kehle stecken.

– Harey...

Sie stand am Fenster, mir den Rücken kehrend. Der blauschwarze, leere Ozean lag unter dem nackten Himmel.

– Harey, wenn du denkst, daß... Harey, du weißt doch, daß ich dich liebe...

– Mich?

Ich ging zu ihr. Ich wollte sie umarmen. Sie befreite sich, stieß meinen Arm zurück.

– So gut bist du... – sagte sie. – Du liebst mich? Lieber wäre mir, du würdest mich schlagen!

– Harey, Liebling!

– Nein! Nein. Besser, du schweigst!

Sie trat zum Tisch und begann die Teller zu stapeln. Ich schaute auf die blauschwarze Öde. Die Sonne neigte sich, und der große Schatten der Station bewegte sich rhythmisch auf den Wellen. Ein Teller rutschte Harey aus der Hand und fiel auf den Fußboden. Am Saum des Himmelsgewölbes ging die Rostfarbe in trübrotes Gold über. – Wenn ich nur wüßte, was ich tun soll.

Oh,wenn ich das wüßte. – Auf einmal wurde es still. Harey blieb dicht hinter mir stehen.

– Nein. Dreh dich nicht um – sagte sie, die Stimme zum Flüstern senkend. – Du kannst nichts dafür, Kris. Ich weiß. Sorg dich nicht.

Ich streckte die Hand nach ihr aus. Sie entfloh ans andere Ende der Kabine, hob einen ganzen Stapel Teller hoch und sagte:

– Schade. Wenn sie nur zerbrechlich wären, ach, zerschlagen würde ich sie, alle, alle zerschlagen!!!

Einen Moment lang dachte ich, sie werde sie wirklich zu Boden schleudern, aber Harey warf einen scharfen Blick auf mich und lächelte.

– Keine Angst, Szenen werde ich nicht machen.

Ich erwachte mitten in der Nacht, augenblicklich angespannt und hellhörig; ich setzte mich auf den Bettrand; das Zimmer war dunkel, durch den Spalt der aufgeklinkten Tür fiel schwaches Licht aus dem Korridor. Etwas zischte giftig, dieses Geräusch steigerte sich, zugleich mit gedämpften, stumpfen Schlägen wie von etwas Großem, das jenseits der Wand heftig poltert. – Ein Meteor! – durchblitzte es mich. – Er hat den Panzer durchschlagen. Jemand ist dort! – Ein langgezogenes Röcheln...

Ich wurde vollauf wach. Das war die Station, nicht die Rakete, und dieses gräßliche Geräusch...

Ich rannte in den Korridor. Die Tür eines kleinen Arbeitsraums stand sperrangelweit offen, drinnen brannte Licht. Ich lief hinein.

Unheimliche Kälte hauchte mich an. Die Kabine war von Nebel erfüllt, der den Atem zu Schnee erstarren ließ. Lauter weiße Flocken kreisten über dem Körper, der in den Bademantel gewickelt schwach auf dem Fußboden zappelte. Sie war kaum zu sehen, in diesem Eisgewölk, ich stürzte zu ihr, faßte sie um die Mitte, der Mantel brannte mir die Hände, sie röchelte, ich lief in den Korridor, an Reihen von Türen vorbei, ich spürte keinen Frost mehr, nur der Atem, der ihr in Nebelwölkchen aus dem Mund drang, brannte mich wie Feuer am Schulterblatt.

Ich legte sie auf den Tisch, riß über den Brüsten den Mantel auf, schaute eine Sekunde lang in das verharschte, bebende Gesicht, Blut gefror ihr am offenen Mund, bedeckte die Lippen mit schwarzem Salz, auf der Zunge glitzerten Eiskristalle...

Flüssigsauerstoff. In dem Arbeitsraum war Flüssigsauerstoff, in Dewar-Gefäßen, ich hatte sprödes Glas zertreten, das hatte ich gespürt, als ich sie aufgehoben hatte. Wieviel konnte sie getrunken haben? Gleichviel. Luftröhre, Kehle, Lungen, alles verbrannt, Flüssigsauerstoff ätzt stärker als konzentrierte Säuren. Der Atem, knirschend, trocken wie das Geräusch beim Zerreißen von Papier, verflachte sich. Sie hatte die Augen zu. Agonie.

Ich blickte auf die großen Glasschränke mit Instrumenten und Arzneien. – Luftröhrenschnitt? Intubation? Aber die Lungen sind ja schon weg! Verbrannt. Arzneien? So viele Arzneien! Reihen bunter Flaschen und Schächtelchen füllten die Fächer. Das Röcheln füllte den ganzen Saal, immer noch stieg ihr der Nebel aus dem offenen Mund.

Thermophore....

Ich begann danach zu suchen, aber ehe ich welche fand, lief ich zum anderen Schrank, warf mit Ampullenschächtelchen herum, jetzt eine Spritze, wo, in den Sterilisatoren, mit den steifgefrorenen Händen konnte ich die Spritze nicht zusammenkriegen, die Finger waren starr und wollten sich nicht abbiegen. Ich begann die Hand wie rasend gegen den Sterilisatordeckel zu dreschen, aber ich spürte nichts davon, die einzige Reaktion war ein schwaches Kribbeln. Die Liegende röchelte lauter. Ich lief zu ihr. Sie hatte die Augen offen.

– Harey!

Das war nicht einmal geflüstert. Ich brachte keinen Ton hervor. Ich hatte ein fremdes Gesicht, wie aus Gips, das mich behinderte. Unter ihrer weißen Haut jagten ihr die Rippen. Das Haar, feucht von schmelzendem Schnee, flutete über das Kopfkissen. Sie schaute mich an.

– Harey!

Mehr konnte ich nicht sagen. Ich stand da wie ein Klotz, mit diesen fremden hölzernen Händen, immer stärker begannen mich Füße, Lippen und Lider zu brennen, aber ich fühlte das kaum, die Wange hinab rann ihr ein Tropfen Blut, der sich im Warmen verflüssigte, einen schrägen Strich ziehend. Die Zunge zuckte ihr und verschwand, sie aber röchelte immer noch.

Ich faßte ihr Handgelenk, es war ohne Puls, ich zog die Mantelschöße auseinander und legte knapp unter der Brust das Ohr an den beklemmend kalten Körper. Durch knatterndes Rauschen wie von einem Brand hörte ich es pochen, galoppierende Töne, zu schnell, als daß sie sich hätten zählen lassen. Ich stand tief hinabgeneigt, mit geschlossenen Augen, da berührte mich etwas am Kopf. Sie schob mir die Finger ins Haar. Ich schaute ihr in die Augen.

– Kris – röchelte sie. Ich ergriff ihre Hand, die Antwort war ein Druck, der mir fast den Handteller zerquetschte, das Bewußtsein entfloh aus dem gräßlich verzerrten Gesicht, das Augenweiß blitzte zwischen den Lidern, im Hals schnarrte es, und den ganzen Körper rüttelten Brechkrämpfe. Sie hing über den Tischrand, ich konnte sie kaum festhalten. Sie polterte mit dem Kopf gegen den Rand des Porzellantrichters. Ich stützte sie und preßte sie gegen den Tisch, bei jeder neuen Zuckung riß sie sich los, blitzschnell überströmte mich der Schweiß, und die Beine wurden mir wie aus Watte. Als die Brechkrämpfe schwächer wurden, versuchte ich den Körper hinzulegen. Sie krähte beim Luftschnappen. Plötzlich leuchteten in diesem furchtbaren, blutigen Gesicht Hareys Augen auf.

– Kris – krächzte sie – wie... wie lange noch, Kris?

Sie begann zu würgen, Schaum trat ihr vor den Mund, die Brechkrämpfe beutelten sie wieder. Ich hielt sie mit letzten Kräften. Sie fiel auf den Rücken, daß die Zähne aneinanderklirrten, und keuchte.

– Nein, nein, nein – stieß sie rasch bei jedem Atemzug hervor, und jeder schien der letzte zu sein. Aber die Brechkrämpfe kehrten nochmals wieder, und neuerlich zappelte sie in meinen

Armen, und in den kurzen Pausen rang sie nach Atem mit solcher Anstrengung, daß ihr alle Rippen hervortraten. Endlich schoben sich ihr die Lider halb vor die offenen, blinden Augen. Sie erstarrte. Ich dachte: Aus. Ich versuchte ihr nicht einmal den rosigen Schaum vom Mund zu wischen, ich stand über sie gebeugt und hörte eine ferne große Glocke läuten und wartete auf den letzten Atemzug, um danach auf den Fußboden hinzufallen, sie aber atmete immerfort, fast nicht röchelnd, immer leiser, und die Brustspitze, die schon fast gänzlich zu zittern aufgehört hatte, bewegte sich im schnellen Rhythmus des arbeitenden Herzens. Ich stand gebückt, und ihr wurde allmählich das Gesicht rosiger. Ich begriff noch nichts. Nur die Innenflächen beider Hände wurden mir feucht, und ich meinte taub zu werden, etwas Weiches, Elastisches schien mir die Ohren auszufüllen, doch immerfort hörte ich noch dieses Glockenläuten, jetzt dumpf, wie mit einem Sprung im Klöppel.

Sie hob die Lider, und unsere Blicke begegneten einander.

– Harey – wollte ich sagen, aber mir blieb gleichsam der Mund weg, das Gesicht war eine tote, schwere Maske, und ich konnte nur schauen.

Hareys Augen überflogen das Zimmer, ihr Kopf bewegte sich. Es war ganz still. Hinter mir in irgendeiner anderen fremden Welt tropfte gleichmäßig das Wasser aus dem schlecht zugedrehten Hahn. Harey richtete sich auf den Ellbogen auf. Setzte sich auf. Ich wich zurück. Sie beobachtete mich.

– Was – sagte sie – was...? Ist es... nicht gelungen? Warum...? Warum schaust du so...?

Und plötzlich, in einem furchtbaren Schrei:

– Warum schaust du so!!!

Es wurde still. Sie besah ihre Hände. Bewegte die Finger.

– Das bin ich...? – sagte sie.

– Harey – ich sprach es ohne einen Hauch aus, nur mit den Lippen. Sie hob den Kopf.

– Harey...? – sagte sie nach. Sie senkte langsam die Füße auf den Boden, sie stand. Sie schwankte, fand das Gleichgewicht wieder, machte ein paar Schritte. Das alles tat sie in einer Art von Benommenheit, schaute auf mich und schien mich nicht zu sehen.

– Harey?– wiederholte sie langsam noch einmal. – Aber ... ich bin nicht Harey. Aber ... wer bin ich? ... Harey? Und du, du?!

Plötzlich weiteten sich ihre Augen und funkelten auf, und eine Spur von einem Lächeln, von äußerstem Erstaunen, hellte ihr Gesicht auf.

– Vielleicht du auch? Kris! Vielleicht du auch?!

Ich schwieg, mit dem Rücken gegen den Schrank gelehnt, dort, wo der Schreck mich hingedrängt hatte.

Ihr sanken die Hände.

– Nein – sagte sie. – Nein, denn du fürchtest dich. Aber hör mal, ich kann ja nicht. So geht das nicht. Ich habe nichts gewußt. Ich verstehe jetzt auch nichts, noch immer nicht. Das ist doch wohl nicht möglich? Ich – sie drückte die zusammengekrampften, erblaßten Hände gegen die Brust – ich weiß nichts, nichts als Harey! Du denkst vielleicht, ich verstelle mich? Ich verstelle mich nicht, auf mein heiliges Wort, ich verstelle mich nicht.

Die letzten Worte gingen in ein Stöhnen über. Sie fiel zu Boden und schluchzte, dieser Schrei zerbrach gleichsam etwas in mir, mit einem Satz sprang ich auf sie zu, packte sie bei den Schultern, sie wehrte sich, sie stieß mich weg und schluchzte ohne Tränen und schrie:

– Laß los! Laß los! Du ekelst dich! Ich weiß! Ich will das nicht so! Ich will nicht! Du siehst ja, du siehst selbst, das bin nicht ich, nicht ich, nicht ich ...

– Schweig! – schrie ich und schüttelte sie, wir knieten voreinander, und beide schrien wir besinnungslos, Hareys Kopf sauste hin und her und schlug gegen meine Schulter, mit aller Kraft drückte ich Harey an mich. Wir hielten plötzlich inne, schwer keuchend. Regelmäßig tropfte das Wasser aus dem Hahn.

– Kris ... – lallte sie und preßte das Gesicht an meine Schulter – sag doch, was ich tun soll, damit ich weg bin, Kris ...

– Hör auf! – schrie ich. Harey hob den Kopf. Sah mich fest an.

– Wie ...? Du weißt es auch nicht? Da hilft nichts? Nichts?

– Harey... erbarm dich...

– Ich wollte ja... du hast es ja gesehen. Nein. Nein. Laß los, ich will nicht, daß du mich anfaßt! Du ekelst dich.

– Gar nicht wahr!

– Du lügst. Du mußt dich ekeln. Ich... ich selbst... auch. Wenn ich könnte. Wenn ich nur könnte...

– Dann brächtest du dich um.

– Ja.

– Aber ich will nicht, verstehst du? Ich will nicht, daß du dich umbringst. Ich will, du sollst hier sein, mit mir, und sonst brauche ich nichts!

Riesige graue Augen sogen mich ein.

– Wie du lügst! – sagte sie ganz leise.

Ich ließ sie los und stand von den Knien auf. Sie setzte sich auf dem Fußboden hin.

– Harey, sag doch, was ich tun soll, damit du mir glaubst, daß ich das sage, was ich denke? Daß es die Wahrheit ist. Das und nichts anderes.

– Du kannst nicht die Wahrheit sagen. Ich bin nicht Harey.

– Sondern?

Sie schwieg längere Zeit. Ein paarmal bebte ihr das Kinn, endlich senkte sie den Kopf und flüsterte:

– Harey... aber... aber ich weiß, das ist nicht wahr. Nicht mich... hast du drüben geliebt, früher...

– Ja – sagte ich. – Was war, das ist vorbei. Das ist tot. Aber dich, hier, dich liebe ich. Verstehst du?

Sie schüttelte den Kopf.

– Du bist gut. Denk nicht, daß ich das alles nicht zu schätzen weiß, was du getan hast. Du hast das getan, so gut du nur konntest. Aber da hilft nichts. Als ich vor drei Tagen in der Früh bei deinem Bett saß und wartete, bis du aufwachtest, da wußte ich nichts. Es kommt mir vor, als wäre das sehr, sehr lange her. Ich benahm mich wie nicht recht bei Verstand. Ich hatte so etwas wie so einen Nebel im Kopf. Ich erinnerte mich nicht, was früher und was später war, und ich wunderte mich über nichts, etwa so wie nach einer Narkose oder nach einer langen Krankheit. Und ich dachte sogar, vielleicht bin ich krank gewesen, nur willst du mir das nicht sagen. Aber immer mehr Sachen gaben mir dann zu denken. Du weißt schon, was für Sachen. Dann dämmerte mir schon etwas nach deinem Gespräch dort in der Bibliothek mit diesem, wie heißt er gleich, Snaut. Aber weil du nichts sagen wolltest, stand ich in der Nacht auf und ließ dieses Tonband laufen. Nur dieses eine Mal habe ich gelogen, denn das Gerät habe ich nachher versteckt, Kris. Der gesprochen hat, wie hat der geheißen?

– Gibarian.

– Ja, Gibarian. Da verstand ich schon alles, wenn ich auch, um die Wahrheit zu sagen, noch immer nichts verstehe. Eins wußte ich nicht, daß ich mich nicht... daß ich nicht zu... daß das so enden muß... ohne Ende. Davon hat er nichts gesagt. Im übrigen hat er es vielleicht gesagt, aber du bist aufgewacht, und ich habe das Bandgerät abgeschaltet. Aber auch so habe ich genug gehört, um zu erfahren, daß ich kein Mensch bin, sondern ein Instrument.

– Was du nicht sagst!

– Ja. Um deine Reaktionen zu untersuchen, oder so was in dieser Art. Jeder von euch hat so ein, so eine wie mich. Das beruht auf Erinnerungen oder auf Vorstellungen, etwas Abgedämpftes. So irgendwie. Im übrigen weißt du das alles besser als ich. Er hat so furchtbare, unwahrscheinliche Sachen gesagt, und wenn nicht alles so gestimmt hätte, dann hätte ich es wohl nicht geglaubt!

– Was hat gestimmt?

– Na halt daß ich keinen Schlaf brauche und daß ich ständig bei dir sein muß. Gestern früh dachte ich noch, daß du mich haßt, und war deshalb unglücklich. Gott, war ich dumm! Aber sag doch, sag selbst, hätte ich mir das vorstellen können? Er hat ja diese Seinige überhaupt nicht gehaßt, und wie hat er doch von ihr gesprochen! Da verstand ich erst, daß es völlig gleichgültig ist, was ich auch tue, denn ob ich will oder nicht, für dich muß das wie eine Folter sein. Eigentlich noch ärger, denn ein Folterwerkzeug ist tot und unschuldig wie ein Stein, der herunterfallen und jemanden erschlagen kann. Aber daß ein Werkzeug einem Gutes wünschen kann, lieben, das konnte ich mir nicht vorstellen. Ich wollte dir wenigstens sagen, was da in mir vorging, dann, als ich verstand, als ich dieses Tonband anhörte. Vielleicht könntest du davon wenigstens einen Nutzen haben. Ich versuchte das sogar aufzuschreiben ...

– Deshalb hast du Licht gemacht? – fragte ich, mit Mühe brachte ich den Laut aus der plötzlich zusammengeschnürten Kehle.

– Ja. Aber es kam nichts dabei heraus. Denn ich suchte in mir, weißt du ... *die anderen,* dieses andere, ich war völlig rasend, sag ich dir! Eine Zeitlang kam es mir vor, als hätte ich keinen Körper unter der Haut, als wäre in mir was anderes, als wäre ich nur, nur Oberfläche. Um dich zu betrügen. Verstehst du?

– Versteh ich.

– Wenn man so stundenlang liegt, in der Nacht, dann kann man mit den Gedanken sehr weit geraten und in sehr seltsame Richtungen, weißt du ...

– Weiß ich.

– Aber ich spürte das Herz, und im übrigen erinnerte ich mich, wie du mein Blut untersucht hast. Wie ist mein Blut, sag es mir, sag die Wahrheit. Jetzt kannst du ja.

– Ebenso wie meines.

– Wirklich?

Ich schwöre es dir.

– Was bedeutet das? Weißt du, dann dachte ich, vielleicht ist *das* irgendwo in mir versteckt, vielleicht ist es da ... es kann ja sehr klein sein. Aber ich wußte nicht, wo. Jetzt denke ich, das waren im Grunde genommen Ausflüchte von mir, denn ich fürchtete mich sehr vor dem, was ich tun wollte, und suchte irgendeinen anderen Ausweg. Aber, Kris, wenn ich das gleiche Blut habe ... wenn das so ist, wie du sagst, dann ... Nein, das ist unmöglich. Dann wäre ich ja schon tot, stimmt's? Das heißt, daß doch etwas da ist, aber wo? Vielleicht im Kopf? Aber ich denke doch ganz gewöhnlich ... und nichts weiß ich ... Wenn ich *damit* dächte, dann müßte ich von Anfang an alles wissen und dich nicht lieben, sondern mich verstellen und wissen, daß ich mich verstellte... Kris, bitte, sag mir alles, was du weißt, vielleicht gelingt es doch irgendwie?

– Was soll gelingen?

Sie schwieg.

– Du willst sterben?

– Ja, ich glaube schon.

Wieder kam Stille auf. Ich stand über der geduckten Harey und schaute die leere Saaleinrichtung an, die weißen Platten der emaillierten Geräte, die blitzenden, verstreuten Instrumente, so, als suchte ich etwas sehr Nötiges, und ich konnte es nicht finden.

– Harey, darf ich auch etwas sagen?

Sie wartete.

– Es ist wahr, daß du nicht ganz so wie ich bist. Aber das heißt nicht, du wärest etwas Schlechteres. Im Gegenteil. Im übrigen kannst du darüber denken, wie du willst, aber daher... bist du nicht gestorben.

Ein kindliches, klägliches Lächeln erfaßte ihr Gesicht.

– Soll das heißen, daß ich... unsterblich bin?

– Weiß ich nicht. Jedenfalls bist du weit weniger sterblich, als ich.

– Das ist furchtbar – flüsterte sie.

– Vielleicht nicht so sehr, wie es dir vorkommt.

– Aber du beneidest mich nicht...

– Harey, das ist eher eine Frage deiner... Bestimmung, so würde ich das nennen. Weißt du, hier, in der Station, ist deine Bestimmung im Grunde genommen genau so im dunklen wie meine und die eines jeden von uns. Die anderen werden Gibarians Experiment fortsetzen, und es kann alles geschehen...

– Oder nichts.

– Oder nichts, und ich sage dir, mir wäre es lieber, wenn nichts geschähe, nicht einmal wegen der Angst (obwohl die wohl auch irgendeine Rolle spielt, das weiß ich nicht), sondern deshalb, weil das zu nichts führt. Das ist das einzige, dessen ich völlig sicher bin.

– Das führt zu nichts, warum denn? Es dreht sich um diesen … Ozean? – Sie schauderte.

– Ja. Um den Kontakt. Ich denke, das ist im Grunde ungemein einfach. Kontakt bedeutet einen Austausch von Erfahrungen, Begriffen, zumindest von Resultaten, von irgendwelchen Zuständen, aber wenn es nichts auszutauschen gibt? Wenn der Elefant kein sehr großes Bakterium ist, dann kann der Ozean kein sehr großes Gehirn sein. Von beiden Seiten her können natürlich gewisse Aktionen vor sich gehen. Im Effekt einer solchen Aktion schaue ich jetzt auf dich und versuche dir klarzumachen, daß du mir mehr wert bist als diese zwölf Lebensjahre, die ich der Solaris gewidmet habe, und daß ich weiter mit dir beisammen sein will. Vielleicht sollte dein Erscheinen eine Folter sein, vielleicht eine Gefälligkeit, vielleicht nur eine mikroskopische Untersuchung. Ein Ausdruck der Freundschaft, ein tückischer Schlag, vielleicht Spott? Vielleicht alles auf einmal, oder, was mir am wahrscheinlichsten vorkommt, überhaupt etwas völlig anderes; aber was könnten mich und dich die Absichten unserer Eltern angehen, so verschieden die auch voneinander gewesen sein mögen? Du kannst sagen, daß von diesen Absichten unsere Zukunft abhängt, und dem stimme ich zu. Ich vermag nicht vorauszusehen, was sein wird. Genausowenig wie du. Ich kann dir nicht einmal dafür bürgen, daß ich dich immer lieben werde. Wenn schon so viel geschehen ist, dann kann alles geschehen. Vielleicht werde ich morgen zu einer grünen Meduse? Das hängt nicht von uns ab. Aber in allem, was von uns abhängt, werden wir zusammen sein. Ist das zu wenig?

– Hör zu … – sagte sie. – Da ist noch etwas. Bin ich … ihr … sehr ähnlich?

– Du warst ihr sehr ähnlich – sagte ich. – Aber jetzt weiß ich es schon nicht mehr.

– Wieso …?

– Du hast sie schon überdeckt.

– Und du bist sicher, daß du nicht sie, sondern mich …? Mich?

– Ja. Dich. Ich weiß nicht. Ich fürchte, wenn du wirklich sie wärest, dann könnte ich dich nicht lieben.

– Warum nicht?

– Weil ich etwas Gräßliches getan habe.

– Ihr?

– Ja. Als wir...

– Sag es nicht.

– Warum?

– Weil ich will, daß du wissen sollst, ich bin nicht sie.

Das Gespräch

Am nächsten Tag, als ich vom Mittagessen zurückkam, fand ich auf dem Tisch beim Fenster einen Zettel von Snaut. Er berichtete, Sartorius sehe von der Arbeit am Annihilator vorläufig ab, um als letzten Versuch die Belichtung des Ozeans durch ein Bündel harter Strahlen durchzuführen.

– Liebling – sagte ich – ich muß zu Snaut gehen.

Der rote Sonnenuntergang flammte in den Scheiben und teilte das Zimmer in zwei Teile. Wir waren in bläulichem Schatten. Außerhalb seiner Grenze erschien alles wie aus Kupfer, man konnte meinen, jedes Buch müßte klingen, wenn es vom Regal fiele.

– Es handelt sich um dieses Experiment. Bloß weiß ich nicht, wie wir das machen. Lieber wäre mir, verstehst du... – ich verstummte.

– Du mußt dich nicht rechtfertigen, Kris. Ich möchte ja so... Wenn das nicht lange dauert?

– Ein bißchen dauern muß es – sagte ich. – Hör zu, und wenn du mitgehst und im Korridor wartest?

– Gut. Aber was ist, wenn ich es nicht aushalte?

– Wie ist das eigentlich? – fragte ich und knüpfte schnell an: – Ich frage nicht aus Neugier, verstehst du, aber vielleicht kannst du das selbst in die Gewalt bekommen, sobald du dich damit auskennst.

– Das ist Angst – sagte sie. Sie erbleichte etwas. – Ich weiß nicht einmal zu sagen, was ich fürchte, denn eigentlich fürchte ich mich nicht, sondern, sondern verliere mich. Im letzten Augenblick empfinde ich noch solche Scham, ich kann dir gar nicht sagen, wie. Und dann nichts mehr. Deshalb dachte ich, das sei irgendeine Krankheit... – endigte sie leiser und schauderte.

– Vielleicht ist das nur hier so, in dieser verdammten Station – sagte ich. – Ich für mein Teil werde alles tun, damit wir sie schleunigst verlassen.

– Du meinst, daß das möglich ist? – sie öffnete die Augen.

– Warum denn nicht? Ich bin hier letzten Endes nicht angekettet... im übrigen hängt das auch davon ab, was ich mit Snaut vereinbaren werde. Was glaubst du, kannst du lange allein sein?

– Das kommt drauf an... – sagte sie langsam. Sie senkte den Kopf. – Wenn ich deine Stimme höre, werde ich es wohl schaffen.

– Lieber wäre mir, du hörtest nicht, was wir reden werden. Nicht daß ich etwas vor dir zu verbergen hätte, aber ich weiß nicht, ich kann nicht wissen, was Snaut sagen wird.

– Sprich nicht weiter. Ich verstehe. Gut... Ich werde mich so hinstellen, daß ich nur den Klang deiner Stimme höre. Das wird mir genügen.

– Dann rufe ich ihn jetzt vom Arbeitsraum aus an. Ich lasse die Tür offen. – Harey nickte. Ich ging durch die Wand roter Sonnenstrahlen in den Korridor hinaus; der Kontrast ließ ihn fast schwarz erscheinen, trotz der künstlichen Beleuchtung. Die Tür des kleinen Arbeitsraums stand offen. Die Spiegelscherben einer Dewar-Thermosflasche auf dem Fußboden unter der Reihe großer Flüssigsauerstoffbehälter waren die letzte Spur der nächtlichen Vorfälle. Der kleine Bildschirm erhellte sich, als ich den Hörer abgenommen und die Nummer der Funkstation gewählt hatte. Dann platzte das bläuliche Lichthäutchen, das von innen her das matte Glas zu überziehen schien, und seitlich über die Lehne eines hohen Stuhls geneigt blickte Snaut mir geradewegs in die Augen.

– Grüß dich – sagte er.

– Ich habe den Zettel gelesen. Ich möchte mit dir sprechen. Kann ich kommen?

– Kannst du. Jetzt gleich?

– Ja.

– Bitte. Kommst du... mit Begleitung?

– Nein.

Sein braungebranntes, mageres Gesicht mit dicken Querfalten auf der Stirn, schräg geneigt in dem vorgewölbten Glas – so, als guckte er durch die Scheibe aus einem Aquarium, das er als seltsamer Fisch bewohnte – nahm einen mehrdeutigen Ausdruck an.

– Schau, schau – sagte Snaut. – Also dann erwarte ich dich.

– Wir können gehen, Liebling – begann ich mit nicht ganz natürlicher Munterkeit und betrat die Kabine durch die roten Lichtstreifen, hinter denen ich nur Hareys Umrisse flimmern sah. Die Stimme versagte mir; Harey saß da, in den Lehnstuhl verkeilt, die Ellbogen unter den Armstützen durchgefädelt. Hatte sie nun meine Schritte zu spät gehört oder nicht schnell genug diesen entsetzlichen Krampf lockern können, um sich normal zurechtzusetzen, jedenfalls sah ich eine Sekunde lang, wie sie gegen diese unverständliche Kraft ankämpfte, die in ihr verborgen war, und blinder rasender Zorn mit daruntergemischtem Mitleid drückte mir das Herz zusammen. Wir gingen schweigend durch den langen Korridor, wir passierten seine Abschnitte, deren verschiedenfarbiger Email-Überzug nach Absicht der Architekten den Aufenthalt innerhalb der Panzerschale abwechslungsreicher gestalten sollte. Schon von weitem sah ich die aufgeklinkte Tür der Funkstation. Ein langer Streifen Rot fiel von dort in den Hintergrund des Korridors, denn auch dorthin drang die Sonne. Ich blickte zu Harey hin, die nicht einmal zu lächeln versuchte; ich sah, wie sie sich den ganzen Weg lang gesammelt auf den Kampf gegen sich selbst vorbereitete. Die nahende Anstrengung hatte ihr schon jetzt das Gesicht verändert, es war blasser und wie verkleinert. An die zwanzig Schritt vor der Tür hielt sie an, ich wandte mich ihr zu, nur mit den Fingerspitzen stupste sie mich leicht, ich solle gehen, und meine Pläne, Snaut, das Experiment, die ganze Station, das alles schien mir auf einmal nichts gegen die Qual, der Harey hier entgegenging, um sie zu bestehen. Ich fühlte mich als Schinder und wollte schon kehrtmachen, da wurde der breite, an der Wand des Korridors geknickte Sonnenstreifen von einem menschlichen Schatten verdunkelt. Schneller ausschreitend betrat ich die Kabine. Snaut war gleich jenseits der Schwelle, als strebte er mir entgegen. Die rote Sonne stand gerade hinter ihm, und das purpurne Schimmern schien von seinem weißen Haar auszustrahlen. Eine hübsche Weile lang schauten wir einander an und sagten nichts. Er studierte gleichsam mein Gesicht. Wie er dreinblickte, sah ich nicht, mich blendete das Glänzen aus dem Fenster. Ich ging um ihn herum und blieb neben dem hohen Pult stehen, von dem die biegsamen Halme der Mikrofone wegragten. Er drehte sich langsam auf derselben Stelle um und folgte mir ruhig mit den Blicken, mit dieser leichten ihm eigentümlichen Mundverzerrung, die, fast ohne sich wirklich zu ändern, bald zum Lächeln wurde und bald zu einer Grimasse der Ermüdung. Ohne mich aus den Augen zu lassen, trat er zu dem wandgroßen Metallschrank, vor dem sich zu beiden Seiten kunterbunt wie in Eile herausgeworfene Haufen von Radio-Ersatzteilen, Werkzeuge und thermische Akkumulatoren auftürmten, zog sich einen Stuhl dorthin und setzte sich, den Rücken gegen die lackierte Tür gelehnt.

Das Schweigen, das wir bislang wahrten, wurde bereits zumindest merkwürdig. Ich horchte hinein, ich konzentrierte meine Aufmerksamkeit auf die Stille, die den Korridor erfüllte, worin Harey zurückgeblieben war; aber von dort drang nicht das leiseste Rascheln herüber.

– Wann werdet ihr soweit sein? – fragte ich.

– Wir könnten sogar heute anfangen, aber die Aufzeichnung wird noch ein wenig Zeit erfordern.

– Die Aufzeichnung? Du meinst das EEG?

– Ja doch, du hast ja zugestimmt. Und? – Snaut hielt inne.

– Nein, eh nichts.

– Sprich nur, ich höre – rührte sich Snaut, als zwischen uns das Schweigen wieder anzuwachsen begann.

– Sie weiß schon ... über sich – ich senkte die Stimme fast bis zum Flüstern. Er zog die Brauen hoch.

– Ja?

Ich hatte die Empfindung, er sei nicht wirklich überrascht. Warum verstellte er sich also? In einem Augenblick verging mir die Lust, zu reden, aber ich überwand mich. – Soll es Fairneß sein – dachte ich – wenn es schon sonst nichts ist.

– Etwas zu ahnen begann sie, scheint's, seit unserem Gespräch in der Bibliothek, sie beobachtete mich, fügte eins zum anderen, dann fand sie Gibarians Tonbandgerät und hörte das Band an ...

Er änderte seine Haltung nicht, lehnte noch immer am Schrank, aber in den Augen zeigte sich ein schwaches Funkeln. Ich stand beim Pult und hatte gerade vor mir den Flügel der Tür, die leicht zum Korridor hin geöffnet war. Ich senkte die Stimme noch mehr:

– Heute nacht, als ich schlief, versuchte sie sich umzubringen. Flüssigsauerstoff ...

Da raschelte etwas, wie Zugluft in losen Papieren. Ich erstarrte, horchte auf das, was im Korridor war, aber die Quelle des Geräusches war näher. Das knisterte wie eine Maus ... Eine Maus! Unsinn. Hier gab es keine Mäuse. Unter den Lidern hervor beobachtete ich den Sitzenden.

– Sprich nur – sagte er ruhig.

– Versteht sich, es ist ihr nicht gelungen ... Jedenfalls weiß sie, wer sie ist.

– Warum sagst du mir das? – fragte er plötzlich. Ich wußte nicht gleich, was ich antworten sollte.

– Ich will, daß du Bescheid weißt ... daß du weißt, wie es ist – murmelte ich.

– Ich habe dich gewarnt.

– Du willst sagen, du hast es gleich gewußt! – Wider Willen erhob ich die Stimme.

– Nein, selbstverständlich nicht. Aber ich habe dir erklärt, wie das ist. Wenn er erscheint, ist jeder »Gast« fast ein Phantom. Bis auf ein ungeordnetes Gemisch von Erinnerungen und Bildern, die aus seinem ... Adam ... geschöpft sind, ist er eigentlich – leer. Je länger er hier ist, mit dir, desto mehr vermenschlicht er sich. Verselbständigt sich auch, bis zu gewissen Grenzen, versteht sich. Deshalb wird es um so schwieriger, je länger das dauert...

Er verstummte. Schielte unter der gesenkten Stirn hervor nach mir und warf beiläufig hin: – Sie weiß alles?

– Ja, das habe ich dir schon gesagt.

– Alles? Auch, daß sie schon einmal hier war, und daß du...

– Nein!

Er lächelte.

– Kelvin, hör mal, wenn das bis zu diesem Grad ... was hast du eigentlich vor? Die Station zu verlassen?

– Ja.

– Mit ihr?

– Ja.

Er schwieg, er schien die Antwort zu überlegen, aber da war noch etwas in seinem Schweigen ... was? Wiederum raschelte dieser nicht spürbare Windhauch, als wäre es gleich hier, hinter einer dünnen Wand. Snaut bewegte sich auf dem Stuhl.

– Ausgezeichnet – sagte Snaut. – Was schaust du so? Hast du gedacht, ich könnte mich dir in den Weg stellen? Du wirst es machen, wie du willst, mein Lieber. Schön würden wir aussehen, wenn wir zu allem Überfluß noch anfingen, hier Zwang anzuwenden! Ich habe nicht vor, dich zu überreden, nur so viel sage ich dir: Du versuchst dich in einer unmenschlichen Situation wie ein Mensch zu benehmen. Vielleicht ist das ja schön, aber fruchtlos. Im übrigen, ob das schön ist, bin ich auch nicht sicher, denn was dumm ist, kann das schön sein? Aber darum geht es nicht. Du verzichtest auf weitere Experimente, willst fortgehen und die Deinige mitnehmen. Stimmt's?

– Ja.

– Aber das ist auch ein ... Experiment. Nicht wahr?

– Wie meinst du das? Wird sie ... können ...? Wenn sie mit mir zusammen ist, sehe ich nichts, was ...

Ich sprach immer langsamer, bis ich verstummte. Snaut seufzte leicht.

– Wir alle betreiben hier eine Vogel-Strauß-Politik, Kelvin, aber wir wissen das wenigstens und spielen nicht die Edelmütigen.

– Ich spiele gar nichts.

– Gut, ich wollte dich nicht verletzen. Ich nehme zurück, was ich über den Edelmut gesagt habe, aber die Vogel-Strauß-Politik bleibt in Kraft. Du betreibst sie in besonders gefährlicher Form. Du belügst dich, und sie, und wieder dich. Kennst du die Bedingungen der Stabilisierung eines Gefüges, das aus Neutrino-Materie aufgebaut ist?

– Nein. Und du auch nicht. Die kennt niemand.

– Selbstverständlich. Aber wir wissen das eine, daß ein solches Gefüge unbeständig ist und nur dank unentwegtem Energiezufluß existieren kann. Das weiß ich von Sartorius. Diese Energie erzeugt ein stabilisierendes Wirbelfeld. Also: ist dieses Feld nun äußerlich im Verhältnis zum »Gast«? Oder befindet sich die Quelle für dieses Feld in seinem Körper? Begreifst du den Unterschied?

– Ja – sagte ich langsam. – Wenn es äußerlich ist, wird sie ... wird so ein ...

– Wird bei Entfernung von der Solaris das Gefüge zerfallen – endigte er an meiner statt. – Vorhersehen können wir das nicht, aber du hast ja das Experiment schon durchgeführt. Die kleine Rakete, die du abgeschossen hast ... die kreist noch immerzu, weißt du. Einmal in einem Viertelstündchen Freizeit habe ich sogar die Elemente ihrer Bewegung ausgerechnet. Du kannst ausfliegen, in die Bahn einschwenken, dich nähern und feststellen, was aus dem ... Fahrgast geworden ist ...

– Du bist verrückt! – zischte ich.

– Findest du? So ... und wenn wir ... sie kommen ließen, diese Rakete? Das läßt sich machen. Sie ist ferngesteuert. Wir holen sie von der Bahn und ...

– Hör auf!

– Auch nicht? Dann gibt es noch eine Möglichkeit, sehr einfach. Die Rakete muß nicht einmal in der Station landen. Soll sie nur weiterkreisen. Wir verbinden uns nur per Funk mit ihr; wenn die drinnen noch lebt, meldet sie sich und…

– Aber… aber dort ist längst der Sauerstoff aus! – stammelte ich…

– Vielleicht kommt sie ohne Sauerstoff aus. Also, versuchen wir's?

– Snaut… Snaut…

– Kelvin… Kelvin… spottete er mir zornig nach. – Überleg doch, was bist du für ein Mensch? Wen willst du beglücken? Erlösen? Dich? Sie? Welche? Die oder die andere? Für beide reicht dir schon nicht mehr der Mut? Du siehst selbst, wohin das führt! Ich sage dir zum letzten Mal: das hier, das ist eine außermoralische Situation.

Auf einmal hörte ich das gleiche Knistern wie zuvor, so, als kratzte jemand mit den Fingernägeln über die Wand. Ich weiß nicht, warum, aber mich umfing etwas wie träge, schlammige Ruhe. Es war, als betrachtete ich diese ganze Situation, ihn, mich und alles aus großer Entfernung durch ein umgekehrtes Fernglas: etwas Kleines, ein bißchen Lächerliches, wenig Wichtiges.

– Also gut – sagte ich. – Und was sollte ich deiner Ansicht nach tun? Sie beseitigen? Morgen erscheint genau die gleiche, stimmt's? Und nochmals? Und täglich so? Wie lange? Wozu? Was habe ich davon? Und du? Sartorius? Die Station?

– Nein, erst antworte mir du. Du startest mit ihr und wirst, sagen wir, Zeuge der folgenden Verwandlung. In ein paar Minuten siehst du vor dir…

– Nun, was denn? – sagte ich bissig. – Ein Ungeheuer? Einen Dämon, was?

– Nein. Die gewöhnlichste, simpelste Agonie. Glaubst du wirklich schon, daß sie unsterblich sind? Ich versichere dir, sie kommen um… Was wirst du dann tun? Zurückkommen… um die Reserve?

– Hör auf!!! – donnerte ich und ballte die Faust. Er sah

mir zu, nachsichtigen Spott in den zusammengekniffenen Augen.

– Ich, meinst du, soll aufhören? Weißt du, an deiner Stelle ließe ich ab von diesem Gespräch. Da mach schon lieber irgendwas anderes, zum Beispiel kannst du mit Ruten den Ozean auspeitschen, als Rache. Worum geht es dir? Also wenn du – Snaut beschrieb mit der Hand eine schelmische Abschiedsgebärde und richtete gleichzeitig den Blick zur Decke empor, wie um irgendeine entschwindende Gestalt dort zu verfolgen – dann wärst du ein Schuft? Und so bist du keiner? Lächeln, wenn du Lust hast, zu brüllen, Freude und Ruhe vortäuschen, wenn du die Finger zerbeißen möchtest, und dann bist du kein Schuft? Und wenn einer hier nichts anderes sein kann? Was dann? Dann tobst du Snaut etwas vor, denn der ist an allem schuld, ja? Na dann bist du noch obendrein ein Idiot, mein Lieber...

– Du redest von dir – sagte ich mit gesenktem Kopf. – Ich... liebe sie.

– Wen? Deine Erinnerung.

– Nein. Sie. Ich habe dir gesagt, was sie tun wollte. So hätte kaum ein.... echter Mensch gehandelt.

– Du gibst es ja selbst zu, wenn du sagst...

– Laß die Wortklauberei.

– Gut. Dann liebt sie dich also. Und du willst sie lieben. Das ist nicht dasselbe.

– Du irrst dich.

– Tut mir leid, Kelvin, aber du selbst hast deine Intimangelegenheiten zur Sprache gebracht. Du liebst nicht. Du liebst. Sie ist bereit, das Leben dahinzugeben. Du auch. Sehr ergreifend, sehr schön, erhaben, alles, was du nur willst. Aber für das alles ist kein Platz hier. Da ist keiner. Verstehst du? Nein, du willst das nicht verstehen. Durch Zutun von Kräften, über die wir keine Gewalt haben, bist du in einen Ringprozeß verwickelt, und sie ist ein Teil davon. Eine Phase. Ein wiederkehrender Rhythmus. Wäre sie... würdest du von einem Scheusal verfolgt, das alles für dich zu tun bereit wäre, so würdest du keinen Augenblick zögern, es zu beseitigen. Stimmt's?

– Stimmt.

– Demnach, demnach ist sie vielleicht gerade deshalb *kein* solches Scheusal! Das bindet dir die Hände? Darum geht es eben, daß sie dir gebunden sein sollen!

– Das ist noch eine Hypothese zu der Million von anderen, drüben in der Bibliothek. Snaut, gib's auf, sie ist… Nein. Darüber will ich mit dir nicht sprechen.

– Gut. Du hast selbst angefangen. Aber denk nur daran, daß sie im Grunde genommen ein Spiegel ist, worin sich ein Teil deines Gehirns spiegelt. Wenn sie großartig ist, dann deshalb, weil deine Erinnerung großartig war. Du hast die Rezeptur geliefert. Ein Ringprozeß, vergiß das nicht!

– Also was willst du von mir? Daß ich sie… daß ich sie beseitige? Ich habe dich schon gefragt: Wozu sollte ich das tun? Du hast nicht geantwortet.

– Dann antworte ich dir jetzt. Ich habe dich zu diesem Gespräch nicht eingeladen. Ich habe nicht an deine Angelegenheiten gerührt. Ich gebiete dir nichts und verbiete dir auch nichts, und ich täte es nicht, selbst wenn ich könnte. Du, du bist hergekommen und hast alles vor mir ausgebreitet, und weißt du, warum? Nein? Um das loszuwerden. Von dir abzuwälzen. Ich kenne diese Last, mein Lieber! Ja, ja, unterbrich mich nicht! Ich hindere dich an nichts, du aber, du willst, daß ich dich behindern soll. Wollte ich dir den Weg vertreten, so schlügest du mir vielleicht den Schädel ein, dann hättest du mit mir zu tun, mit einem, der aus ebensolchem Lehm und Blut geknetet ist, wie du, und selbst könntest du dich wie ein Mensch fühlen. So aber… kannst du damit nicht fertig werden, und deshalb diskutierst du mit mir… aber eigentlich mit dir selbst! Jetzt sag mir nur noch, du würdest dich krümmen vor Leid, wenn sie plötzlich verschwände, nein, sag gar nichts.

– Also weißt du! Ich bin hergekommen, um dir aus bloßer Fairneß zu sagen, daß ich vorhabe, mit ihr die Station zu verlassen – wehrte ich den Angriff ab, aber das klang für mich selbst nicht überzeugend. Snaut zuckte die Achseln.

– Sehr leicht möglich, daß du auf dem Deinigen beharren

mußt. Wenn ich mich überhaupt zu dieser Sache geäußert habe, dann nur deshalb, weil du dich immer höher versteigst, und der Sturz aus der Höhe, du verstehst selbst... Komm morgen früh etwa um neun hinauf zu Sartorius... Kommst du?

– Zu Sartorius? – Ich wunderte mich. – Er läßt doch niemanden ein, du hast gesagt, daß er nicht einmal anzurufen ist.

– Jetzt hat er sich irgendwie geholfen. Wir reden darüber nicht, weißt du. Du bist... das ist ganz etwas anderes. Na, egal. Kommst du in der Früh?

– Ich komme – murmelte ich. Ich schaute Snaut an. Seine linke Hand war wie von ungefähr hinter der Schranktür verborgen. Wann war die aufgesprungen? Wohl vor ziemlich langer Zeit, aber in der Hitze dieses für mich gräßlichen Gesprächs hatte ich das nicht beachtet. Wie unnatürlich das aussah... So, als... versteckte er etwas dort. Oder als hielte ihn jemand bei der Hand. Ich leckte mir die Lippen.

– Snaut, was treibst du?...

– Geh hinaus – sagte er leise, sehr ruhig. – Geh.

Im letzten roten Widerschein ging ich fort und schloß die Tür hinter mir. Harey saß auf dem Fußboden, etwa zehn Schritte weiter, dicht an der Wand. Als ich mich zeigte, sprang Harey auf.

– Siehst du...? – sagte sie und sah mich mit blitzenden Augen an. – Es ist gelungen, Kris... Ich freue mich so... Vielleicht... vielleicht wird es nun immer besser...

– Aber ja, gewiß – entgegnete ich zerstreut. Wir gingen wieder heim, und ich zerbrach mir den Kopf über diesen idiotischen Schrank. Also... also Snaut versteckte dort...? Und dieses ganze Gespräch...? Die Wangen fingen mir so zu brennen an, daß ich sie unwillkürlich rieb. Gott, was für ein Irrsinn. Und was hatten wir eigentlich abgemacht? Gar nichts? Richtig, morgen früh...

Und plötzlich packte mich die Angst, fast solche, wie vorige Nacht. Mein EEG. Übersetzt in die Schwingungen eines Strahlenbündels, sollte die vollständige Aufzeichnung aller Gehirnprozesse hinabgesendet werden. In die Tiefe dieses unermeßlichen, uferlosen Monstrums. Wie hatte Snaut gesagt? »Du littest ganz gräßlich, wenn sie verschwände, was...?« Das EEG ist die vollständige Aufzeichnung. Auch der unbewußten Prozesse. – Wenn ich nun will, daß sie verschwinden soll, umkommen? Hätte mich sonst so erschüttert, daß sie diesen gräßlichen Versuch überlebt hat? Gibt es das: Verantwortlichkeit für das eigene Unterbewußtsein? Wenn nicht ich dafür verantwortlich bin, wer dann?... Welche Idiotie! Warum zum Teufel habe ich zugestimmt, daß gerade mein, mein... Natürlich kann ich sie vorher durchstudieren, diese Aufzeichnung, aber ich entziffere sie ja doch nicht. Das vermag niemand. Die Spezialisten können nur bestimmen, worüber der Untersuchte nachgedacht hat, aber in ganz groben Zügen: daß er zum Beispiel gerade eine mathematische Aufgabe löste, aber was für eine, das können sie schon nicht mehr beurteilen. Sie erklären das für unmöglich, denn das EEG ist ja die Resultierende, das Gemengsel aus einer ganzen Vielzahl gleichzeitig ablaufender Prozesse, und nur manche davon sind psychisch »unterlegt«... Und die unterbewußten... Von denen wollen die Fachleute gar nicht reden, und wie sollten sie gar jemandes Erinnerungen entziffern wollen, unterdrückte oder nicht unterdrückte... Aber warum fürchte ich mich so? Selbst habe ich doch in der Früh zu Harey gesagt, dieses Experiment werde zu nichts führen. Klar, denn wenn unsere Neurophysiologen die Aufzeichnung nicht zu entziffern verstehen, woher sollte dann dieser zutiefst fremde, schwarze, flüssige Gigant...

Aber er ist in mich eingetreten, ich weiß nicht, wie, um all mein Gedächtnis zu durchmessen und das Atom mit dem wundesten Punkt aufzufinden. Wie ließe sich daran zweifeln. Und das ohne alle Hilfe, ohne jede »Übertragung per Ausstrahlung«; er ist durch den doppelt hermetisierten Panzer gedrungen, durch die schweren Verschalungen der Station, hat in ihrem Innenraum meinen Körper herausgesucht und von dort die Beute davongetragen...

– Kris...? – meldete sich Harey leise. Ich stand beim Fenster; mit Augen, die nichts sahen, starrte ich in die beginnende Nacht. Zarter, auf dieser geographischen Breite ganz schwacher Flor verschleierte die Sterne: eine einheitliche, wenn auch dünne Wolkenhülle, so hoch oben, daß ihr die Sonne aus den Tiefen jenseits des Horizonts ganz feinen rosig-silbrigen Schimmer verlieh.

... Wenn Harey danach verschwunden sein wird, dann wird das bedeuten, daß ich es so gewollt habe. Daß ich sie getötet habe. Nicht hingehen? Zwingen können sie mich nicht. Aber was sage ich ihnen? Das – nicht. Ich kann nicht. Ja, es heißt sich verstellen, es heißt lügen, in einem fort und immer. Ja, aber deshalb, weil in mir vielleicht Gedanken sind, Vorsätze, Hoffnungen, grausame, großartige, mörderische, ich aber weiß nichts davon. Der Mensch ist anderen Welten entgegengezogen, anderen Zivilisationen, ohne die eigenen Winkel durch und durch kennengelernt zu haben, Sackgassen, Schächte, dunkle verrammelte Türen. Harey preisgeben... aus Beschämung? Preisgeben, nur weil mir der Mut fehlt?

– Kris... – flüsterte Harey noch leiser als zuvor. Sie trat lautlos zu mir, ich spürte es mehr, als ich es hörte, und ich tat, als wüßte ich nichts davon. In diesem Augenblick wollte ich allein sein. Ich mußte allein sein. Noch hatte ich mich zu nichts aufgerafft, zu keiner Entscheidung, kein Beschluß war gefaßt. Ich stand reglos, vertieft in den nachdunkelnden Himmel, in die Sterne, die nur der schemenhafte Schatten irdischer Sterne waren. Und in der Öde, die den Gedankentrubel von vorhin abgelöst hatte, erwuchs ohne Worte die tote, gleichgültige Gewißheit, daß dort, wohin ich nicht reichen konnte, meine Wahl schon getroffen war. Und während ich vorgab, daß nichts geschehen sei, hatte ich nicht einmal Kraft genug, um mich zu verachten.

Die Denker

– Kris, ist das wegen dieses Experiments?

Ich fuhr zusammen, als sie sprach. Schon stundenlang lag ich schlaflos, vertieft in das Dunkel, ganz allein, denn ich hörte sie nicht einmal atmen, und in den wirren Labyrinthen irrlichternder, nur halb sinnvoller und dadurch neue Dimension und Bedeutung gewinnender Nachtgedanken vergaß ich sie.

– Was... woher weißt du, daß ich nicht schlafe...? – fragte ich. In meiner Stimme war Angst.

– Danach, wie du atmest – sagte Harey leise, irgendwie schuldbewußt. – Ich wollte dich nicht stören... Wenn du es nicht sagen kannst, sag nichts...

– Aber nein, warum? Ja, das ist dieses Experiment. Du hast es erraten.

– Was erhoffen sie sich davon?

– Das wissen sie selbst nicht. Irgendwas. Die Aktion sollte nicht »Gedanke« heißen, sondern »Verzweiflung«. Jetzt tut nur eins not, ein Mensch, der Mut genug hat und die Verantwortung für die Entscheidung auf sich nimmt, aber in dieser Art von Mut sehen die meisten simple Feigheit, denn das ist ein Rückzug, verstehst du, Resignation, Flucht, des Menschen nicht würdig. Als ob es des Menschen würdig wäre, zu tappen und steckenzubleiben und unterzusinken in etwas, was er nicht begreift und niemals begreifen wird!

Ich verstummte, aber bevor sich der beschleunigte Atem beruhigt hatte, drängte mir neu aufwallender Zorn das Weitere über die Lippen:

– Natürlich, es fehlt nie an Typen mit einem Blick für das Praktische. Sie haben gesagt, selbst wenn man keinen Kontakt wird anknüpfen können, hilft uns das Studium dieses Plasmas – aller dieser irren lebendigen Städte, die für einen Tag daraus hervorspringen und wieder verschwinden –, Geheimnisse der Materie zu erkennen; als ob diese Leute nicht wüßten, daß das ein Selbstbetrug ist, das Herumgehen in einer Bibliothek, die in unverständlicher Sprache geschrieben ist! Soll heißen, man geht ja nur die Farben der Buchrücken anschauen... Na und wie!

– Gibt es sonst keine solchen Planeten?

– Das weiß man nicht. Vielleicht gibt es welche, wir kennen nur diesen einen. Jedenfalls ist das etwas überaus Seltenes, nicht so wie die Erde. Wir, wir sind alltäglich, wir sind das Gras des Weltalls und rühmen uns dieser unserer Alltäglichkeit, die sei ja so universal, und wir haben gedacht, in ihr lasse sich alles unterbringen. Das war so ein Schema, womit die Leute kühn und freudig in die Ferne zogen: Andere Welten! Also los, was ist das schon, diese anderen Welten? Wir unterwerfen sie oder werden unterworfen, sonst war nichts drin in diesen unglückseligen Gehirnen, ach, es hat keinen Sinn. Keinen Sinn hat es.

Ich stand auf, ertastete die Hausapotheke, das platte Gläschen mit den Schlaftabletten.

– Ich werde schlafen, Liebling – sagte ich und wandte mich um, zu der Finsternis, worin hoch oben der Ventilator surrte. – Ich muß schlafen. Andernfalls weiß ich selbst nicht...

Ich setzte mich aufs Bett. Harey berührte meine Hand. Ich erfaßte die Unsichtbare und hielt sie reglos fest, bis der Schlaf die Stärke dieser Umarmung lockerte.

Am Morgen, als ich frisch und ausgeruht erwachte, erschien mir das Experiment als etwas Geringfügiges, ich verstand nicht, wie ich es in der Nacht hatte so wichtig nehmen können. Auch daß Harey mit mir ins Laboratorium gehen mußte, bekümmerte mich wenig. Nach ein paar Minuten meiner Abwesenheit im Zimmer wurden alle Anstrengungen Hareys vergeblich, also sah ich ab von den weiteren Versuchen, auf die sie drängte (sie war sogar bereit, sich irgendwo einsperren zu lassen), und riet ihr, sich irgendein Buch zum Lesen mitzunehmen.

Mehr als die Prozedur selbst interessierte es mich, was ich im Laboratorium vorfinden sollte. Bis auf ziemlich beträchtliche Lücken in den Regalen und Schränken mit Laborglasgerät (überdies fehlten Scheiben an manchen Schränken, und die Glasplatte der einen Tür war strahlenförmig zersprungen, als hätte sich hier vor kurzem ein Kampf abgespielt, dessen Spuren eilig, aber gewissenhaft entfernt worden waren) gab es weiter nichts Auffälliges in diesem großen weiß-blauen Saal. Snaut, der bei der Apparatur herumwerkte, verhielt sich äußerst korrekt, nahm Hareys Erscheinen als etwas ganz Gewöhnliches hin und verneigte sich von weitem leicht vor ihr; während er mir Schläfen und Stirn mit physiologischer Lösung anfeuchtete, tauchte Sartorius auf. Er trat aus der kleinen Tür, die zur Dunkelkammer führte. Er trug einen weißen Mantel und hatte darüber eine schwarze Strahlenschutz-Schürze umgehängt, die bis an die Knöchel reichte. Sartorius begrüßte mich, sachlich, zakkig, so, als gehörten wir zu den hundert Mitarbeitern eines großen irdischen Instituts und hätten uns erst tags zuvor getrennt. Erst jetzt bemerkte ich, daß er den toten Gesichtsausdruck von den Haftschalen hatte, die er unter den Lidern trug, anstatt Brillen zu tragen.

Die Arme über der Brust gekreuzt, stand er und sah zu, wie mir Snaut die an den Kopf gelegten Elektroden mit einer Binde umwand, die so etwas wie eine weiße Haube formte. Sartorius überflog mit den Blicken mehrmals den ganzen Saal, gleichsam ohne Harey überhaupt wahrzunehmen, die geduckt und unglücklich an der Wand auf einem kleinen Schemel saß und vorgab, ein Buch zu lesen; als Snaut von meinem Lehnstuhl wegtrat, bewegte ich den Kopf mit der Last von Metall und Leitungen, um das Einschalten der Apparatur mit anzusehen, aber da reckte Sartorius unvermutet die Hand hoch, und salbungsvoll hob er an:

– Herr Doktor Kelvin! Ich bitte um einen Augenblick der Aufmerksamkeit und Konzentration! Ich möchte Ihnen nichts aufzwingen, da dies nicht zum Ziel führen würde, aber Sie müssen aufhören, an sich zu denken, an mich, an Herrn Kollegen Snaut, an jedwede andere Person, um die Zufälligkeit der Einzelindividualitäten auszuschalten und sich ganz auf die Angelegenheit einzustellen, die wir hier repräsentieren. Die Erde und die Solaris, die Forschergenerationen, die ein Ganzes bilden, wenn auch die einzelnen Menschen ihren Beginn und ihr Ende haben, unsere Unnachgiebigkeit in dem Bestreben nach der Anknüpfung eines intellektuellen Kontakts, die Ausmaße des von der Menschheit durchlaufenen historischen Weges, die Gewißheit, daß er in der Zukunft weiter verlängert werden wird, die Bereitschaft zu allen Opfern und Mühen, zur Hingabe aller persönlichen Gefühle an diese unsere Sendung – dies ist die Reihe der Themen, die Ihnen genauestens das Bewußtsein auszufüllen haben. Der Assoziationsablauf hängt zwar nicht zur Gänze von

Ihrem Willen ab, doch der Umstand, daß Sie sich hier befinden, sichert die Authentizität der von mir dargelegten Abfolge. Falls Sie nachher nicht sicher sind, die Aufgabe bewältigt zu haben, werden Sie es bitte sagen, und Herr Kollege Snaut wird die Aufzeichnung wiederholen. Wir haben ja Zeit...

Die letzten Worte äußerte er mit einem blassen, dürren Lächeln, das ihm den durchbohrend stutzigen Augenausdruck nicht nahm. Mich schüttelte es inwendig bei diesem Wust so ernst und mit solcher Würde vorgebrachter Phrasen, zum Glück unterbrach Snaut die gedehnte Stille.

– Kann es losgehen, Kris? – fragte er; in lässiger und zugleich vertraulicher Haltung stützte er den Ellbogen auf das hohe Pult des Elektroenkephalographen, als wäre es eine Stuhllehne. Ich war Snaut dafür dankbar, daß er mich beim Vornamen genannt hatte.

– Kann losgehen – sagte ich und senkte die Lider. Plötzlich wich die Nervosität, die meinen Verstand leergefegt hatte, als Snaut die Elektroden fertig befestigt und die Finger an den Schalter gelegt hatte; zwischen den Wimpern hindurch erblickte ich auf der schwarzen Platte des Apparats den rosigen Widerschein der Kontrollämpchen. Zugleich verging die feuchte, unangenehme Kühle der metallenen Elektroden, das Gefühl, als umkränzten mir den Kopf lauter kalte Münzen. Ich war wie eine graue, nicht beleuchtete Arena. Von allen Seiten wohnte dieser Öde ein Gewimmel unsichtbarer Zuschauer bei, das wie in einem Ring von Tribünen hochwogte, rund um das Schweigen, worin die ironische Verachtung für Sartorius und für »unsere Sendung« sich verflüchtigte. Bei den inneren Beobachtern, die darauf brannten, in nicht eingeplanter Rolle mitzuspielen, verebbte die Anspannung. – Harey? – Ich dachte dieses Wort probeweise, mit flauer Unruhe, bereit, es sofort zurückzunehmen. Aber diese meine wachsame, blinde Zuschauerschaft protestierte nicht. Eine Weile war ich nichts als reine Empfindsamkeit, aufrichtiger Kummer, bereit zu geduldigen, langwierigen Opfern. Ohne Formen, ohne Züge, ohne Gesicht füllte Harey mich aus, und durch ihren unpersönlichen, verzweifelte

Zärtlichkeit atmenden Begriff hindurch erschien mir auf einmal im grauen Dunkel mit aller Würde seines Professorenantlitzes der Vater der Solaristik und der Solaristen, Giese. Aber nicht an jene Schlamm-Eruption dachte ich, an die stinkende Abgrundtiefe, die seine goldene Brille und den sorgfältig gebürsteten weißen Schnurrbart verschlungen hat; ich sah nur den Kupferstich auf dem Titelblatt der Monographie, den dicht geschrafften Hintergrund, womit der Künstler Gieses Haupt umrahmt hatte, so daß es nichtsahnend fast im Glorienschein stand; nicht den Zügen nach, sondern durch solide, altväterische Bedachtsamkeit war es dem Gesicht meines Vaters so ähnlich, und zuletzt wußte ich nicht, welcher von beiden mich ansah. Beide hatten kein Grab, wie dies heutzutage viel zu häufig und gewöhnlich ist, um noch besondere Gemütsbewegungen wachzurufen.

Das Bild verging schon, und für diese eine Weile, ich weiß nicht, wie lange, vergaß ich die Station, das Experiment, Harey, den schwarzen Ozean, alles, ich flutete über von der blitzhaft spontanen Gewißheit, daß diese zwei schon nicht mehr existierenden, unendlich geringen, längst in vertrockneten Schlamm verwandelten Leute im Leben alles gemeistert hatten, was ihnen widerfahren war, und Ruhe strömte von dieser Entdeckung aus und machte das formlose Gewimmel zunichte, das im Kreis um die graue Arena stumm mein Versagen erwartete. Die Apparatur schnappte zweimal beim Ausschalten, zugleich drang mir das künstliche Licht in die Augen. Ich kniff die Lider ein. Sartorius, immer noch in der gleichen Haltung, sah mich prüfend an; Snaut kehrte ihm den Rücken zu, werkte am Apparat herum und schlurrte wie absichtlich mit den verrutschenden Pantinen.

– Herr Doktor Kelvin, nehmen Sie an, daß es gelungen ist? – Sartorius ließ seine abstoßende Näselstimme verklingen.

– Ja – sagte ich.

– Sind Sie sicher? – versetzte Sartorius mit einem Unterton von Verwunderung oder gar Argwohn.

– Ja.

Die Sicherheit und der rauhe Tonfall meiner Antwort brachten einen Moment lang Sartorius' steife Würde ins Wanken.

– Ja dann ... gut – murmelte er und blickte um sich, als wüßte er nicht, was er nun anfangen sollte. Snaut trat zum Lehnstuhl und begann die Binden abzuwickeln.

Ich stand auf und spazierte durch den Saal, inzwischen kam Sartorius, der in der Dunkelkammer verschwunden war, mit dem bereits entwickelten und getrockneten Film zurück. Den weit über zehn Meter langen Streifen durchliefen zitternde, weißlich gezahnte Linien, als zögen sich Schimmelpilze oder Spinnweben das schwarze glitschige Zelluloidband entlang.

Ich hatte nichts mehr zu tun, aber ich ging nicht fort. Die beiden anderen führten den Film in den oxydierten Modulatorkopf ein, Sartorius betrachtete das Endstück nochmals, mißtrauisch verfinstert, als suchte er den in dieses Liniengezack eingeflossenen Inhalt zu entschlüsseln.

Der Rest des Experiments war schon unsichtbar. Ich wußte nur, was vorging, als sie an der Wand bei den Schaltpulten standen und die benötigte Apparatur in Gang setzten. Der Strom regte sich mit schwachem Baßbrummen in der Umdämmung der Spulen unter dem gepanzerten Fußboden, dann liefen nur in den senkrechten verglasten Röhrchen der Kontrollgeräte die Lichter abwärts, sie zeigten an, daß der große Tubus des Röntgengeschützes den senkrechten Schacht hinabsank, um in seiner geöffneten Ausmündung stillzustehen. Nun kamen die Lichter bei den untersten Streifen der Skala zur Ruhe, und Snaut begann die Spannung zu erhöhen, bis die Zeiger, oder vielmehr die weißen Streifchen, die deren Stelle vertraten, flatternd eine halbe Drehung nach rechts durchgeführt hatten. Das Geräusch des Stroms war kaum hörbar, nichts geschah, die Trommeln mit dem Film drehten sich unter dem Deckel, so daß nicht einmal das zu sehen war, der Laufmeterzähler tickte ganz leise, wie ein Uhrwerk.

Harey schaute über ihr Buch hinweg bald auf mich, bald auf die anderen. Ich ging zu ihr hinüber. Sie blickte fragend. Das

Experiment endete schon, Sartorius ging langsam zum großen kegelförmigen Kopf des Apparats.

– Gehen wir…?– fragte Harey, nur die Lippen bewegend. Ich nickte. Sie stand auf. Ohne mich von jemandem zu verabschieden (das hätte mir gar zu unsinnig ausgesehen), ging ich an Sartorius vorbei.

Die hohen Fenster des oberen Korridors erfüllte ein Sonnenuntergang von ausnehmender Schönheit. Das war nicht die übliche düstere, verquollene Röte, das waren alle Abschattierungen von lichtvoll gedämpftem, wie mit feinstem Silber überstreutem Rosa. Die schwere, schlaff gewellte Schwärze der unendlichen Ozeanfläche schien durch flirrend braunvioletten, weichen Widerschein diesen sanften Schimmer zu beantworten. Nur ganz im Zenit war der Himmel noch hitzig rostrot.

Mitten im unteren Korridor hielt ich plötzlich an. Ich konnte es einfach nicht ausdenken, daß wir wieder wie in einer Gefängniszelle in der Kabine eingeschlossen sein sollten, mit Ausblick auf den Ozean.

– Harey – sagte ich – weißt du… ich möchte in die Bibliothek schauen… Hast du nichts dagegen…?

– Oh, sehr gern, ich suche mir etwas zum Lesen – antwortete sie mit leicht gekünstelter Munterkeit.

Ich fühlte: seit gestern gab es zwischen uns einen nicht zugeschütteten Riß; ein bißchen herzlich müßte ich Harey wenigstens begegnen; aber restlose Apathie umfing mich. Ich weiß nicht, was da hätte geschehen müssen, damit ich mich daraus aufgerüttelt hätte. Wir gingen den Korridor wieder zurück und erreichten über eine Schrägstrecke den kleinen Vorraum, drei Türen gab es hier, dazwischen Blumen hinter geschliffenen Scheiben, wie in Schaukästen ausgestellt.

Die Tür zur Bibliothek, die mittlere, war beiderseits mit vorgebauchtem Kunstleder bezogen; beim Öffnen bemühte ich mich immer, es nicht zu berühren. Drinnen, im runden großen Saal unter der blaßsilbernen Decke mit Sonnenornamenten, war es etwas kühler.

Ich fuhr mit der Hand die Buchrücken der klassischen Solariana-Sammlung entlang und wollte schon Gieses ersten Band herausgreifen, den mit diesem Kupferstich-Bildnis unter Seidenpapier auf dem Frontispiz, als ich unvermutet etwas entdeckte, was mir voriges Mal entgangen war: den klobigen Oktavband Gravinskys.

Ich setzte mich auf einen Polsterstuhl. Es war völlig still. Einen Schritt hinter mir blätterte Harey in einem Buch, ich hörte, wie ihr die Blätter locker durch die Finger glitten. Gravinskys Handbuch, das meist beim Studium als gewöhnliche »Klatsche« benützt wurde, ist eine Sammlung von Solaris-Hypothesen, in alphabetischer Reihenfolge, von »Abartigkeits-« bis »Zweckentfremdungs-«. Der Kompilator, der die Solaris nie auch nur gesehen zu haben scheint, hat alle Monographien, Expeditionsprotokolle, Teilarbeiten und Zwischenberichte durchgeackert, sogar die Zitate in den Werken der mit anderen Globen beschäftigten Planetologen ausgeschöpft und einen Katalog geliefert, dessen karge Formulierungen ein wenig beängstigen, weil sie sich oftmals zu Plattheiten vergröbern, so völlig herausgelöst aus der subtilen Verschlungenheit der Gedanken, die ihnen einst zur Entstehung verholfen haben; im übrigen hatte dieses der Absicht nach enzyklopädische Ganze bereits eher den Wert eines Kuriosums; seit dem Erscheinen des Bandes waren zwanzig Jahre verstrichen, in dieser Zeit hatte sich ein Berg neuer Hypothesen aufgetürmt, die ein einzelnes Buch nicht mehr gefaßt hätte. Das alphabetische Autorenregister sah ich durch, wie eine Gefallenenliste: kaum jemand lebte noch, aktiv betätigte sich in der Solaristik wohl keiner mehr. All dieser in sämtliche Richtungen zersplitterte geistige Reichtum erregte den Eindruck, irgendeine dieser Hypothesen müsse ganz einfach richtig sein, es sei unmöglich, daß die Wirklichkeit völlig fremdartig wäre, wieder anders als diese Myriaden auf sie losgelassener Denk-Ansätze. Gravinsky hat der Sache eine Vorrede vorausgeschickt, worin er die nahezu sechzig Jahre der vor ihm schon bekannten Solaristik in Perioden einteilt. In der ersten – die er von der einleitenden Untersuchung der Solaris an datiert –, hat eigentlich niemand bewußtermaßen Hypothesen aufgestellt. Irgendwie intuitiv, der »gesunden Vernunft« zufolge, legte man sich damals darauf fest, der Ozean sei ein totes chemisches Konglomerat, ein ungeheuerlicher Klumpen aus Gallerte, die den ganzen Globus überflutend die wundersamsten Gebilde infolge von »quasi-vulkanischer« Tätigkeit hervorbringe und die unbeständige Planetenbahn durch naturgegeben automatische Prozesse stabilisiere, so, wie ein Pendel die Ebene der ihm einmal verliehenen Bewegung unverändert beibehält. Zwar behauptete drei Jahre später schon Magenon den belebten Charakter der »Gallertmaschine«, aber Gravinsky setzt den Beginn der Periode biologischer Hypothesen erst neun Jahre danach an; damals begann der vorher isolierte Standpunkt Magenons eine immer größere Zahl von Anhängern zu gewinnen. Im Überfluß erbrachten die folgenden Jahre sehr verschlungene, durch biomathematische Analysis gestützte, ausführliche Modelle des lebenden Ozeans. Die dritte Periode war die des Zerfalls der bis dahin fast einheitlichen Wissenschaftlermeinung.

Nun tauchte eine Vielzahl einander oft erbittert bekämpfender Schulen auf. Das war die Zeit, in der Panmaller, Strobla, Freyhouss, le Greuille und Osipowicz wirkten; Gieses ganzes Erbe wurde damals zermalmender Kritik unterworfen. Zu jener Zeit entstanden die ersten Atlanten und Kataloge, die Stereoaufnahmen der Asymmetriaden, die bis dahin als nicht untersuchbare Gebilde gegolten hatten; zum Umschwung kam es dank neuen ferngesteuerten Vorrichtungen, die ins stürmische Innere der Kolosse ausgesendet wurden, während diese von Sekunde zu Sekunde zu explodieren drohten. Damals begannen am Rande tobender Diskussionen vereinzelte, verächtlich totgeschwiegene Minimalprogramme anzufallen: selbst wenn es nicht gelingen sollte, den berühmten »Kontakt« mit dem »vernunftbegabten Monstrum« anzuknüpfen, so werde auch ohnedies die Untersuchung der verknöchernden Mimoid-Städte und jener sich blähenden Berge, die der Ozean auswirft, um sie wieder einzusaugen, bestimmt wertvolles chemisches und chemisch-physikalisches Wissen und neue Erfahrungstatsachen auf dem Gebiet des Aufbaus von Riesenmolekülen liefern; aber mit den Verkündern solcher Programmsätze ließ sich niemand auch nur auf eine Polemik ein. Das war ja die Periode, in der die bis heute geltenden Kataloge der typischen Metamorphosen entstanden, oder etwa Francks bioplasmatische Mimoidtheorie, die zwar später als falsch fallengelassen wurde, aber ein großartiges Muster gedanklicher Schwungkraft und logischen Konstruierens geblieben ist.

Diese zusammen einige dreißig Jahre umfassenden »Gravinskyschen Perioden« waren die naive Jugend, die unbändig optimistische Romantik und endlich die von ersten skeptischen Äußerungen gezeichnete Reife der Solaristik. Schon vor der Mitte des dritten Jahrzehnts lebte die erste, die kolloidmechanistische Denkweise wieder auf, denn als deren späte Nachkommenschaft wurden Hypothesen über die nichtpsychische Natur des solarischen Ozeans laut. Jedwede Suche nach Bekundungen bewußten Willens, nach Zweckbestimmtheit der Prozesse, nach Handlungen, die durch innere Bedürfnisse des Ozeans motiviert wären, all das wurde nahezu allgemein als eine Art von Verirrung einer ganzen Forschergeneration gewertet. Der publizistische Eifer, ihre Behauptungen zu widerlegen, bereitete den Boden für die nüchternen, analytisch ausgerichteten, auf emsiges Faktensammeln konzentrierten Untersuchungen der Gruppe Holden–Eonides–Stoliwa; das war die Zeit der gewaltsam schwellenden und auseinanderwuchernden Archive und Mikrofilmkarteien, der Expeditionen, die reich mit allen erdenklichen Apparaten ausgestattet waren, mit Registrierautomaten, Feinanzeigern, Sonden und allem, was die Erde nur hergab. In manchen Jahren beteiligten sich damals an den Forschungen über tausend Leute zugleich, aber während das Tempo der Zunahme des unentwegt gesammelten Materials sich immer noch steigerte, war der Geist, der die Wissenschaftler belebte, bereits am Veröden, und es begann die schwer eindeutig abgrenzbare Endzeit dieser trotz allem noch optimistischen Phase der solarischen Forschungen.

Sie war vor allem geprägt durch die großen, in der theoretischen Vorstellungskraft oder auch in der Negation mutigen Persönlichkeiten solcher Leute, wie Giese, wie Strobla, oder wie Sevada, dieser letzte der großen Solaristen, der in der Gegend um den Südpol des Planeten unter rätselhaften Umständen umgekommen ist, indem er etwas getan hat, was nicht einmal einem Anfänger unterläuft. Er flog seinen knapp über dem Ozean dahingleitenden Apparat vor den Augen hunderter Beobachter in den Schlund eines Schnellers hinein, der ihm deutlich auswich. Man sprach von irgendeiner plötzlichen Schwäche, einer Ohnmacht, oder auch von einem Defekt an den Steuern; ich denke, in Wirklichkeit war das der erste Selbstmord, der erste plötzliche, offene Ausbruch der Verzweiflung.

Jedoch nicht der letzte. Aber Gravinskys Band enthält keine solchen Angaben, ich selbst fügte dazu Daten, Fakten und Einzelheiten aneinander, während ich seine vergilbten, mit dichtem kleinem Druck übersäten Seiten betrachtete.

So pathetische Anschläge auf das eigene Leben kamen im übrigen später nicht mehr vor, es fehlte auch an jenen großen Persönlichkeiten. Die Rekrutierung der Forscher, die sich einem bestimmten Bereich der Planetologie widmen, ist eigentlich ein von niemandem erforschtes Phänomen. Leute von großer Begabung und großer Charakterstärke kommen mit mehr oder weniger gleichbleibender Häufigkeit zur Welt, nur ihre Wahl treffen sie unterschiedlich. Ihr Vorhandensein oder Fehlen in einem bestimmten Forschungsbereich erklärt sich wohl durch die Aussichten, die er eröffnet. Die Klassiker der Solaristik werden verschiedentlich beurteilt, aber Größe und oftmals Genie kann ihnen niemand absprechen. Die besten Mathematiker, Physiker, Spitzenkräfte auf dem Gebiet der Biophysik, der Informationstheorie, der Elektrobiologie, hat ganze Jahrzehnte lang der schweigende solarische Gigant an sich gezogen. Mit einem Mal wurde das Heer der Forscher von einem Jahr aufs andere gleichsam der Führer beraubt. Übrig blieb die farblose, namenlose Schar von geduldigen Sammlern, Kompilatoren, Schöpfern so mancher Experimente von originellem Zuschnitt, aber es fehlte bereits an Massenexpeditionen nach Plänen in globaler Größenordnung, und es fehlte an kühnen, ganzheitlichen Hypothesen.

Die Solaristik fing gleichsam zu zerbröckeln an, und gleichsam die Begleitstimme, die Parallele zu ihrem absinkenden Flug, bildeten die massenhaft gezeugten, kaum durch zweitrangige Einzelheiten voneinander unterschiedenen Hypothesen über die Degeneration, Abartigkeit oder Rückbildung der Solarismeere. Dann und wann tauchte eine kühnere, interessantere Konzeption auf, aber in allen wurde der Ozean gleichsam abgeurteilt, für das Endprodukt einer Entwicklung erklärt, das einst, vor Jahrtausenden, die Periode höchster Organisiertheit durchlaufen habe und jetzt, nur mehr physisch geeint, in ein Gewimmel nutzloser, sinnloser Agoniegebilde zerfalle. Also bereits monumentale Agonie, die sich durch Jahrhunderte hinzieht: so sah man die Solaris. Man wollte in den Längichten und Mimoiden Anzeichen von Krebswucherung wahrnehmen, deutete die Prozesse, die den flüssigen Fleischberg bewegten, als Äußerungen des Chaos und der Anarchie, bis diese Richtung zur fixen Idee wurde, so daß die ganze wissenschaftliche Literatur der nächsten sieben, acht Jahre (obwohl klarerweise keinerlei Formulierungen darin die Gefühle der Verfasser offen ausdrücken) gleichsam eine einzige Flut von Beleidigungen bildet, die Rache der verlassenen, ihrer Anführer beraubten farblosen Solaristenscharen an dem fortwährend gleichermaßen teilnahmslosen, ihre Gegenwart ignorierenden Objekt der angestrengten Forschungen.

Ich kannte die originellen, meiner Ansicht nach zu Unrecht nicht in diese Sammlung klassischer Solariana aufgenommenen Arbeiten einer Gruppe von über zehn europäischen Psychologen, die insofern mit der Solaristik zu schaffen hatten, als sie über einen langen Zeitraum hinweg die Reaktion der öffentlichen Meinung untersucht hatten, durch das Sammeln der allerdurchschnittlichsten Aussagen, der Laienstimmen. Solcherart haben sie den erstaunlich engen Zusammenhang zwischen den Wandlungen dieser Meinung und den gleichzeitig innerhalb des Wissenschaftlermilieus ablaufenden Prozessen aufgezeigt.

Auch innerhalb der Koordinationsgruppe des Planetologischen Instituts, dort, wo über die materielle Unterstützung der Forschungen entschieden wurde, liefen Wandlungen ab; sie äußerten sich in stetiger, wenn auch allmählicher Beschneidung des Budgets für die solaristischen Institute und Stützpunkte und der Zuwendungen an die Teams, die zum Planeten abreisten.

Die Aussagen über die Notwendigkeit, die Forschungen einzuschränken, vermischten sich mit den Auftritten derer, die den Einsatz von Mitteln mit energischerer Wirkung verlangten, aber wohl niemand ging weiter als der Verwaltungsdirektor des Gesamtirdischen Kosmologischen Instituts, der beharrlich verkündete, der lebende Ozean ignoriere die Menschen keineswegs, sondern er nehme sie nicht wahr, wie ein Elefant die Ameise, die ihm über den Rücken läuft, und um seine Aufmerksamkeit zu erregen und auf uns zu konzentrieren, müsse man gewaltige Impulse und Monstermaschinen im Maßstab des ganzen Planeten anwenden. Eine drollige Einzelheit daran war, wie die Presse boshaft hervorhob, daß so kostspielige Unternehmungen der Direktor des Kosmologischen Instituts forderte und nicht der des Planetologischen, das die Solariserkundung finanzierte; das war also Freigebigkeit aus fremder Tasche.

Und dann folgte der Ringeltanz der Hypothesen: die alten wurden aufgefrischt, mit unwesentlichen Änderungen versehen, zugespitzt oder im Gegenteil ins Vieldeutige gewendet, all dies verwandelte die bislang trotz ihres Umfangs so übersichtliche Solaristik in ein immer mehr verwickeltes, sackgassenreiches Labyrinth. In der Atmosphäre allgemeiner Abstumpfung, Stockung und Lustlosigkeit schien ein zweiter Ozean aus tot bedrucktem Papier den solarischen durch die Zeit zu begleiten.

Etwa zwei Jahre, bevor ich mich als Institutsabsolvent der Arbeitsgruppe Gibarians angeschlossen hatte, war die Mett-Irving-Stiftung entstanden, die hochdotierte Preise für die Erfinder vorsah, welche die Energie der Ozeanmasse für den menschlichen Bedarf nutzbar zu machen wüßten. Dies war auch vorher schon angestrebt worden, und die Raumschiffe hatten so manche Ladung Plasma-Gallerte auf die Erde transportiert.

Auch arbeitete man lange und geduldig an Frischhaltemethoden für das Plasma, verwendete hohe, beziehungsweise niedrige Temperaturen, den Solarisverhältnissen angenäherte künstliche Mikroatmosphäre und Mikroklimatisierung, konservierende Bestrahlungen, endlich tausenderlei chemische Rezepte, und all dies nur, damit ein mehr oder weniger schleppender Zerfallsprozeß beobachtet werden konnte; versteht sich, daß auch er, wie alles andere, oft und oft mit höchster Genauigkeit in allen seinen Stadien beschrieben wurde: Autolyse, Auslaugung, dann die Primär- oder Frühverflüssigung und die späte, die sekundäre. Die Probe-Entnahmen aus allen Ausblühungen und Gebilden des Plasmas traf ein vergleichbares Los. Es unterschieden sich nur die Wege zum Ende, das sich als metallisch glänzende, wie Asche leichte, durch Selbstgärung dünngelockerte Schwammstruktur darbot. Ihre Zusammensetzung, das Verhältnis der Elemente und die chemischen Formeln konnte jeder Solarist aus dem Schlaf heraus angeben.

Da es völlig mißlang, kleine oder große Teilchen des Monstrums außerhalb seines planetaren Organismus am Leben oder auch nur in einem Zustand stillgelegten Vegetierens, in einer Art Kühlschlaf, zu erhalten, entsprang hieraus die Überzeugung (entwickelt von der Schule Meuniers und Prorochs), zu enträtseln sei eigentlich nur ein einziges Geheimnis, und schlössen wir es erst mit dem passend gewählten Interpretationsschlüssel auf, so werde sich auf einen Schlag alles aufklären ...

Leute, die vielfach nichts mit der Wissenschaft zu schaffen hatten, wandten Zeit und Energie an die Suche nach diesem Schlüssel, nach diesem solarischen Stein der Weisen, und die Zahl der Spekuliersüchtigen, die außerhalb wissenschaftlicher Kreise erwuchsen, aller dieser Besessenen, die ihre einstigen Vorgänger, etwa die Propheten des »Perpetuum mobile« oder der »Quadratur des Zirkels«, an Fanatismus übertrafen, nahm im vierten Jahrzehnt solaristischer Geschichte die Ausmaße einer Epidemie an, was manche Psychologen geradezu beunruhigte. Diese Leidenschaft erlosch jedoch nach einigen Jahren, und zur Zeit meiner Vorbereitungen auf die Solarisreise war sie längst aus Zeitungsspalten und Gesprächen verschwunden, ähnlich wie im übrigen die ganze Ozean-Frage.

Als ich Gravinskys Band zurückstellte, entdeckte ich daneben, da die Bücher alphabetisch gereiht waren, die winzige, zwischen den dicken Buchrücken fast verschwindende Broschüre Grattenstroms, eine der wunderlichsten Blüten solarischen Schrifttums. Das ist eine Arbeit, die sich – im Kampf um die Einsicht in Außermenschliches – gegen die Menschheit selbst wendet, gegen den Menschen, eine eigentümliche, auf uns als Gattung gemünzte Schmähschrift, wütend in ihrer kahlen Mathematik, die Arbeit eines Autodidakten, der nach etlichen Veröffentlichungen ungewöhnlicher Beiträge zu gewissen hochspeziellen und eher entlegenen Zweigen der Quantenphysik schließlich in diesem seinem allerungewöhnlichsten und wichtigsten, wenn auch kaum ein Dutzend Seiten starken Werk aufzuzeigen sucht, daß sogar die scheinbar abstraktesten, extrem theoretischen, mathematisierten Leistungen der Wissenschaft in Wirklichkeit kaum ein, zwei Schritte über die vorgeschichtliche, plump sinnenhafte, vermenschlichende Umwelt-Erkenntnis hinausgehen. In den Formeln der Relativitätstheorie und des Kraftfeldertheorems, in der Parastatik, in Annahmen eines einzigen kosmischen Feldes spürt er die Prägung durch den Körper auf, all das, was durch die Existenz unserer Sinne, durch den Aufbau unseres Organismus, durch die Beschränkungen und Gebrechen der tierischen Leiblichkeit des Menschen bestimmt und bedingt ist; so gelangt Grattenstrom zu der abschließenden Folgerung, ein »Kontakt« des Menschen zu irgendeiner ahumanoiden, nicht menschenartigen Zivilisation könne nicht und werde nicht in Betracht kommen. Diese Schmähschrift auf die ganze Gattung erwähnt mit keinem Wort den lebenden Ozean, aber seine Gegenwart in Gestalt verächtlich triumphierenden Schweigens ist unter fast jedem Satz herauszuspüren. So hatte ich das zumindest bei der ersten Begegnung mit Grattenstroms Broschüre empfunden. Im übrigen ist diese Arbeit eher ein Kuriosum, als ein Solarianum in normalem Sinne; hier in der Klassikersammlung schien sie auf, weil Gibarian selbst sie hineingestellt hatte; von ihm hatte ich sie im übrigen zu lesen bekommen.

Mit merkwürdigem, der Hochachtung ähnlichem Gefühl schob ich den dünnen, nicht einmal eingebundenen Abzug vorsichtig zwischen die Bücher auf dem Brett. Ich berührte mit den Fingerspitzen den grünlichbraunen »Solaris-Almanach«. Bei all dem Chaos, bei aller Hilflosigkeit, die uns eingekesselt hielt, ließ sich nicht bestreiten, daß wir durch die Erlebnisse zweier Wochen Gewißheit in einigen Grundfragen erlangt hatten, um derentwillen jahrelang ein Meer von Tinte vergeudet worden war; sie hatten nämlich die Themen nichtssagender, weil unentscheidbarer Auseinandersetzungen gebildet.

Jemand, der Gefallen an Paradoxa fand und hartnäckig genug war, konnte wohl weiterhin anzweifeln, daß der Ozean ein Lebewesen sei. Jedoch die Existenz seiner Psyche ließ sich unmöglich abstreiten, gleichviel, was auch immer unter jenem Wort zu verstehen sein sollte. Es war offenkundig geworden, daß er unsere Anwesenheit über seinem Bereich nur allzu gut wahrnahm... Diese eine Feststellung tilgte einen ganzen ausgebauten Flügel der Solaristik aus, der darauf bestanden hatte, der Ozean wäre »eine Welt in sich selbst«, »in sich ruhendes Sein«, er hätte durch nachträglichen Schwund die einst vorhanden gewesenen Sinnesorgane eingebüßt, er wüßte nichts von der Existenz irgendwelcher Phänomene oder Objekte der Außenwelt, eingeschlossen in den Ringeltanz gigantischer Denkströmungen, deren Sitz und Rahmen und Schöpfer sein eigener unter zwei Sonnen wirbelnder Abgrund sei.

Ferner hatten wir folgendes erfahren: er vermochte künstlich zusammenzusetzen, was wir selbst nicht zustandebrachten, unsere Körper, und sie sogar zu vervollkommnen, indem er in ihre subatomare Struktur unfaßliche Änderungen einführte, sicherlich im Zusammenhang mit den Zwecken, die er verfolgte.

Er existierte also, lebte, dachte, betätigte sich; die Aussicht, das »Problem Solaris« auf etwas Widersinniges oder auf null zu reduzieren, das Urteil, wir hätten es nicht mit einem Wesen zu tun, und unsere Niederlage wäre demnach gar keine Niederlage – das alles versank ein für allemal. Ob sie wollten oder nicht, mußten die Menschen jetzt eine Nachbarschaft zur Kenntnis nehmen, eine, die ihnen bei ihrer Expansion auf dem Weg lag, wenn auch hinter Billionen Kilometern luftleeren Raums, ganze Lichtjahre weit abgelegen, eine Nachbarschaft, die schwerer zu fassen war als das übrige Weltall.

– Vielleicht sind wir an einem Wendepunkt der Geschichte überhaupt – dachte ich. Der Entschluß, zu resignieren, kehrtzumachen, sofort oder in unferner Zukunft, konnte sich durchsetzen; sogar die Auflassung der Station selbst hielt ich nicht für etwas Unmögliches oder auch nur Unwahrscheinliches. Doch glaubte ich nicht, daß sich auf diese Weise etwas werde retten lassen: – Die bloße Existenz des denkenden Kolosses wird die Menschen nie mehr zur Ruhe kommen lassen. Selbst wenn sie Galaxien durchmessen, selbst wenn sie sich mit anderen Zivilisationen uns ähnlicher Wesen verbinden, bleibt doch die Solaris eine ewige Herausforderung an den Menschen.

Und ein schmächtiger Lederband hatte sich da auch noch zwischen die »Almanach«-Jahrgänge verirrt. Eine Weile betrachtete ich den Deckel, der vom Abgreifen schon ganz dunkel war, erst dann schlug ich ihn auf. Das war ein altes Buch, diese »Einführung in die Solaristik« von Muntius; ich erinnerte mich noch an die Nacht, die ich darüber verbracht hatte, und an Gibarians Lächeln, als er mir dieses Exemplar, sein eigenes, mitgegeben hatte, und an das irdische Morgengrauen im Fenster, als ich bis zu dem Wort »Ende« gelangt war. – Die Solaristik – schreibt Muntius – ist die Ersatzreligion des Weltraumzeitalters, sie ist Glaube, eingehüllt in das Gewand der Wissenschaft; der Kontakt, das Ziel, dem sie entgegenstrebt, ist ebenso nebelhaft und dunkel wie die Gemeinschaft der Heiligen oder die Herabkunft des Messias. Die Erkundung kommt einem in methodologischen Formeln existierenden Liturgie-System gleich; die demütige Arbeit der Forscher ist das Warten auf Erfüllung, auf die Verkündigung, denn Brücken zwischen Solaris und Erde gibt es nicht und kann es nicht geben. Aber diese Selbstverständlichkeit wird wie andere, wie das Fehlen gemeinsamer Erfahrungen, wie das Fehlen von Begriffen, die man übermitteln könnte, von den Solaristen zurückgewiesen, so ähnlich, wie von den Gläubigen die Argumente zurückgewiesen wurden, die ihres Glaubens Grundlage umstürzten. Im übrigen, was erwarten sich Menschen, was können Menschen sich vom »Anknüpfen einer Nachrichtenverbindung« mit denkenden Meeren versprechen? Ein Register der Erlebnisse im Zusammenhang mit zeitlich endloser Existenz, die so alt ist, daß sie sich bestimmt nicht an den eigenen Anfang erinnert? Eine Beschreibung der Begierden, Leidenschaften, Hoffnungen und Leiden, die sich in spontanen Geburten lebender Berge freisetzen, der Umwandlung aus der Mathematik in die Existenz, aus Einsamkeit und Resignation – in die Fülle? Aber das alles ist doch unübertragbares Wissen, und wenn ihr es in eine beliebige unter den irdischen Sprachen zu übersetzen versucht, dann gehen alle die gesuchten Werte und Bedeutungen verloren, bleiben drüben auf der anderen Seite. Im übrigen, nicht diese Art von sensationellen Erkenntnissen, wie sie eher eines poetischen Systems als einer Wissenschaft würdig wäre, erwarten sich die »Bekenner«, nein, denn ohne sich selbst darüber klar zu werden, harren sie der Offenbarung, die ihnen den Sinn des Menschen selbst auseinandersetzen soll! Die Solaristik ist also ein Spätling längst verstorbener Mythen, eine Ausblühung mystischer Sehnsüchte, die offen, in voller Lautstärke, kein menschlicher Mund mehr auszusprechen wagt; und ihr Grundstein, tief in den Fundamenten ihres Gebäudes verborgen, ist die Hoffnung auf Erlösung...

Aber die Solaristen sind nicht fähig, zuzugeben, daß es in Wahrheit so ist, emsig weichen sie jeder Erläuterung des Kontakts aus, so daß er in ihrer aller Schriften zu etwas Letztgültigem wird, und während er der ursprünglichen, noch nüchternen Auffassung nach ein Anfang sein sollte, eine Einleitung, das Betreten eines neuen Weges, eines unter vielen, ist er nach Jahren, sakralisiert, zur Ewigkeit und zum Himmel für sie alle geworden...

Einfach und bitter ist die Analyse von Muntius, diesem

»Ketzer« der Planetologie, jäh erhellend in der Negation, indem sie den Mythos der Solaris zertrümmert, oder eher den der ›Sendung des Menschen‹. Die erste Stimme, die sich erkühnte, in einer noch von Zuversicht und Romantik erfüllten Entwicklungsphase der Solaristik laut zu werden, wurde mit vollkommenem, ignorierendem Schweigen aufgenommen. Das ist nur zu verständlich, denn die Worte von Muntius aufzunehmen wäre gleichbedeutend gewesen mit dem Austilgen der Solaristik in der Form, wie sie bestand. Die Anfänge einer anderen, nüchternen, resignierenden warteten vergebens auf ihren Stifter. Fünf Jahre nach dem Tod von Muntius, als sein Buch längst zur bibliographischen Rarität, zum Unikum geworden war und sich weder in Solariana-Sammlungen noch in philosophischen Bibliotheken auftreiben ließ, entstand eine Schule, die sich auf Muntius berief, der Norwegische Kreis. Aufgespalten zwischen die Einzelpersönlichkeiten der Denker, die Muntius' Hinterlassenschaft aufgriffen, verwandelte sich dort die Ruhe seiner Darlegung in die ätzende, verbissene Ironie des Erle Ennesson und, in gleichsam versimpelter Fassung, in Phaelangas Gebrauchssolaristik oder »Utilaristik«. Letzterer forderte dazu auf, das Hauptaugenmerk auf die konkreten Vorteile zu richten, die sich aus den Forschungen ziehen lassen, ohne Seitenblicke auf ein mit Hirngespinsten ausgeschmücktes, aus falschen Hoffnungen entsprungenes Streben nach dem Zivilisationskontakt, nach geistiger Verbundenheit zweier Zivilisationen. Gegen die unerbittliche Klarheit der Analyse von Muntius sind jedoch die Schriften aller seiner Geistesjünger nicht mehr als Fleißarbeiten, wenn nicht gar gewöhnliche Populärfassungen, außer den Werken Ennessons und vielleicht noch Takatas. Muntius hat eigentlich alles schon selbst vollendet: die erste Phase der Solaristik bezeichnet er als »Stadium der Propheten«, unter die er Giese, Holden, Sevada gerechnet hat, die zweite hat er »Das Große Schisma« genannt, als den Zerfall der einen solarianischen Kirche in eine Menge einander befehdender Konfessionen, und eine dritte Phase hat er vorausgesagt: die der Dogmatisierung und scholastischen Verknöcherung, die eintreten werde, sobald alles erforscht sein werde, was es zu erforschen gibt. Doch ist es nicht so gekommen. – Gibarian – dachte ich – hatte doch recht, wenn er den Muntiusschen Abrechnungsdiskurs für eine monumentale Vergröberung hielt, die alles unbeachtet lasse, was an der Solaristik den Elementen eines Glaubens zuwiderlaufe; denn in ihr entscheidet ja die nicht nachlassende irdische Zeitlichkeit der Arbeiten, die nichts verheißt als einen konkreten, körperlichen, um zwei Sonnen kreisenden Erdball.

In dem Buch von Muntius steckte mittendurch gefaltet ein ganz vergilbter Sonderdruck aus der Vierteljahrsschrift »Parerga Solariana«, eine der ersten Arbeiten, die Gibarian verfaßt hatte, noch vor Übernahme der Institutsleitung. Auf den Titel – »Warum ich Solarist bin« – folgte kurzgefaßt, beinahe wie ein Gliederungsentwurf, eine Aufzählung von konkreten Phänomenen, Beweisgründen für das Bestehen realer Chancen eines Kontakts. Denn Gibarian hatte zu der wohl letzten Generation jener Forscher gehört, die den Mut gehabt haben, an die frühen Jahre des Glanzes und des Optimismus anzuknüpfen, und die dabei einen eigentümlichen, alle von der Wissenschaft gesteckten Grenzen überschreitenden Glauben nicht verleugnet haben, einen äußerst materiellen Glauben: denn er vertraute auf den Erfolg von Anstrengungen, sofern sie nur beharrlich genug und unablässig wären.

Gibarian ging aus von den klassischen, so wohlbekannten Untersuchungen der Bioelektronikergruppe mit eurasischer Marke (Cho En Min, Ngyalla und Kavakadze). Sie ergaben Elemente von Ähnlichkeit zwischen dem Bild der gehirnelektrischen Arbeit und gewissen Entladungen im Bereich des Plasmas, die vor sich gehen, ehe aus ihm solche Gebilde entstehen, wie etwa die frühstadialen Polymorpha oder die Zwillings-Solaride. Gibarian wies allzu vermenschlichende Deutungen zurück, alle diese mystifizierenden Thesen psychoanalytischer, psychiatrischer oder neurophysiologischer Schulen, die in die Ozeanmasse die einzelnen menschlichen Krankheitsbilder hineinzuinterpretieren suchten, zum Beispiel das der Epilepsie (deren Entsprechung die krampfigen Eruptionen der Asymmetriaden sein sollten), denn unter den Verfechtern des Kontakts war er einer der vorsichtigsten und nüchternsten, und nichts war ihm so zuwider wie die Sensationen, die der einen oder anderen Entdeckung – nun freilich schon ungemein selten – das Geleit gaben. Eine Welle derartigen billigsten Interesses war im übrigen durch meine Diplomarbeit ausgelöst worden. Auch sie befand sich hier, natürlich nicht als Druckwerk, sie steckte irgendwo in einem der Mikrofilmbehälter. Ich hatte mich da auf die bahnbrechenden Studien von Bergmann und Reynolds gestützt, denen es gelungen war, aus dem Mosaik der Rindenprozesse diejenigen Komponenten zu isolieren und »abzufiltern«, welche die stärksten Emotionen begleiten, Verzweiflung, Schmerz, Lust; meinerseits hatte ich diese Aufzeichnungen den Entladungen von Ozeanströmen gegenübergestellt und Schwingungen und Kurvenprofilierungen entdeckt, die eine bemerkenswerte Analogie aufwiesen (an gewissen Partien der Symmetriadenkappen, am Fundament unreifer Mimoide, u. a.). Dies hatte genügt, um meinen Namen schleunigst in der Regenbogenpresse auftauchen zu lassen, unter läppischen Titeln wie etwa: »Die Gallerte verzweifelt«, oder: »Planet im Orgasmus«. Aber das war mir zum Guten ausgeschlagen (zumindest hatte ich bis vor kurzem so gedacht), denn Gibarian, der wie jeder andere Solarist nicht alle die zu Tausenden erscheinenden Arbeiten gelesen hatte, und schon gar nicht die der Anfänger, war auf mich aufmerksam geworden, und so hatte ich einen Brief von ihm erhalten. Dieser Brief hatte einen Abschnitt in meinem Leben beendet und einen neuen eröffnet.

Träume

Nach sechs Tagen bewog uns das Fehlen jeder Reaktion, das Experiment zu wiederholen; die Station, die bisher regungslos am Schnittpunkt des dreiundvierzigsten Breitegrades und des hundertsechzehnten Längengrades verharrt hatte, trieb dabei unter Beibehaltung der Höhe von vierhundert Metern über dem Ozean in Richtung nach Süden, denn dort hatte sich die Plasmaaktivität erheblich belebt, wie die Radiogramme des Satelloids und die Radaranzeigegeräte meldeten.

Zwei Tage lang schlug das mit meinem EEG modulierte Röntgenbündel unsichtbar in mehrstündigen Abständen auf die fast völlig glatte Ozeanoberfläche ein.

Gegen Ende des zweiten Tages waren wir dem Pol schon so nahe, daß, sobald sich die blaue Sonnenscheibe fast ganz hinter dem Horizont verborgen hatte, purpurnes Anschwellen der Wolken an seiner gegenüberliegenden Seite den Aufgang der roten Sonne ankündigte. Die schwarze Weite des Ozeans und den leeren Himmel darüber erfüllte nun ein blendend heftiger Kampf harter, metallisch erglühter, giftiges Grün sprühender Farben gegen gedämpfte, stumpfe Flammen aus Purpur; den Ozean selbst durchschnitten die Widerspiegelungen zweier entgegengesetzter Scheiben, zweier heftiger Flammenherde, eines quecksilbernen und eines aus Scharlach; nun genügte das kleinste Wölkchen im Zenit, und die Lichter, die zusammen mit schwerem Schaum an den Wellenhängen hinabströmten, bereicherten sich um unwahrscheinliches, irisierendes Geflimmer. Knapp nach dem Untergang der blauen Sonne zeigte sich am nordwestlichen Horizont, zunächst von den Signalgeräten angekündigt, fast ununterscheidbar mit dem rostrot blutenden Nebel verschmolzen und nur durch vereinzeltes Spiegelblitzen daraus hervortauchend, wie eine dort an der Grenzlinie zwischen Himmel und Plasma entsprießende gigantische Blume aus Glas – eine Symmetriade. Die Station änderte jedoch den Kurs nicht, und der Koloß, der rot zuckte wie eine ausbrennende Lampe aus Rubinen, verbarg sich nach etwa einer Viertelstunde wieder hinter dem Horizont. Noch einige Minuten, und eine hohe, schlanke Säule, deren Basis bereits durch die Krümmung des Planeten unseren Blicken entzogen war, schlug einige Kilometer weit empor, in der Atmosphäre lautlos anwachsend. Dieses offenkundige Zeichen vom Ende der zuvor gesichteten Symmetriade, zur Hälfte blutig entbrannt, in der anderen Hälfte hell leuchtend wie eine Säule aus Quecksilber, wucherte auseinander zum zweifarbigen Baum; dann flossen die Enden seiner stärker und stärker aufquellenden Zweige zu einer einzigen pilzförmigen Wolke zusammen, deren oberer Teil im Feuer zweier Sonnen mit dem Wind auf weite Wanderschaft zog, während der untere in schweren, traubigen Trümmern, die ein Drittel des Horizonts durchflockten, überaus langsam absank. Nach einer Stunde war die letzte Spur von diesem Schauspiel verschwunden.

Und wieder vergingen zwei Tage, das Experiment wurde zum letzten Mal wiederholt, die Röntgenstiche hatten schon ein beträchtliches Stück Plasmafläche erfaßt, im Süden zeigten sich, von unserer Erhöhung aus trotz der Entfernung von dreihundert Kilometern bestens sichtbar, die Arrheniden, eine sechsfache felsige Kette wie mit Schnee überfrorener Gipfel; in Wirklichkeit ist der Belag organischer Herkunft und bezeugt, daß diese Formation einst den Grund des Ozeans gebildet hat.

Nun änderten wir den Kurs auf Südost und glitten eine Zeitlang parallel zu der Bergbarriere dahin; sie war mit Wolken durchmengt, wie sie für den rostroten Tag typisch sind; schließlich verschwanden auch sie. Seit dem ersten Experiment waren schon zehn Tage verstrichen.

Während all dieser Zeit geschah in der Station eigentlich nichts; nachdem Sartorius die Programmierung des Experiments einmal ausgearbeitet hatte, wiederholte es die automatische Apparatur, und ich bin nicht einmal sicher, ob irgend jemand ihre Tätigkeit kontrollierte. Aber zugleich geschah in der Station weit mehr, als wünschenswert sein konnte. Nicht von Mensch zu Mensch. Ich befürchtete, Sartorius werde die Wiederaufnahme der Arbeiten am Annihilator fordern; ich wartete auch auf eine Reaktion Snauts: der andere konnte ihn ja darüber aufklären, daß ich ihn in gewissem Grade betrogen hatte, durch Übertreiben der Gefahren, die das Vernichten von Neutrino-Materie nach sich zieht. Doch nichts dergleichen erfolgte, aus zunächst für mich völlig rätselhaften Gründen; selbstverständlich zog ich auch eine Hinterlist der beiden in Betracht, die

Geheimhaltung von Vorbereitungen und Arbeiten; daher warf ich täglich einen Blick in den fensterlosen Raum dicht unter dem Fußboden des Hauptlaboratoriums, dorthin, wo sich der Annihilator befand. Nie traf ich dort jemanden an, und daß seit vielen Wochen niemand den Apparat auch nur berührt hatte, davon zeugte die Staubschicht, die seine Panzer und Kabel bedeckte.

Snaut wurde zu jener Zeit ebenso unsichtbar wie Sartorius und noch ungreifbarer als er, denn auch das Visofon in der Funkstation antwortete nicht mehr auf Anrufe. Die Bewegungen der Station muß jemand gelenkt haben, aber ich kann nicht sagen wer, denn das kümmerte mich einfach nicht, obwohl das vielleicht sonderbar klingt. Das Fehlen einer Reaktion seitens des Ozeans ließ mich auch gleichgültig, in solchem Grade, daß ich nach zwei, drei Tagen nicht bloß aufhörte, auf eine zu rechnen oder sie zu befürchten, sondern sie und den Versuch gänzlich vergaß. Ganze Tage versaß ich entweder in der Bibliothek oder in der Kabine mit Harey, die mich wie mein Schatten umschlich. Ich sah, daß es ungut zwischen uns stand, und daß sich dieser apathische und besinnungslose Schwebezustand nicht ins Unendliche hinziehen konnte. Ich hatte ihn irgendwie zu überwinden, an unseren Beziehungen etwas zu ändern, aber den bloßen Gedanken irgendeiner Änderung schob ich von mir, ich war unfähig, irgendeine Entscheidung zu treffen; ich weiß das nicht anders zu erklären, jedenfalls schien mir alles in der Station, und schon besonders das, was zwischen Harey und mir war, im Zustand ungemein labilen, halsbrecherisch aufgetürmten Gleichgewichts zu verweilen, so daß jedes Antasten alles zum Einsturz bringen konnte. Warum? Das weiß ich nicht. Das Merkwürdigste war, daß auch sie, zumindest in gewissem Grad, etwas Derartiges verspürte. Wenn ich jetzt an all das denke, scheint es mir, daß diese Empfindung der Ungewißheit, der Schwebe, des Augenblicks vor dem nahenden Erdbeben, hervorgerufen wurde durch jene auf keine andere Weise spürbare, alle Decks und Räumlichkeiten der Station erfüllende Präsenz. Allerdings gab es da vielleicht noch eine andere Weise, sie zu erahnen: die Träume. Da ich solche Gesichte nie zuvor gehabt hatte – ebensowenig wie danach –, beschloß ich, jeweils ihren Inhalt aufzuschreiben, und nur dies ermöglicht mir, irgend etwas über diese Träume aus mir herauszuquetschen, aber das ist auch nur Stückwerk, das fast alle ihre erschütternde Fülle eingebüßt hat. In Verhältnissen, die sich eigentlich nicht ausdrükken lassen, in Räumen ohne Himmel, Erde, Fußböden, Decken oder Wände verweilte ich, wie eingeschrumpft oder eingekerkert in einer Substanz, die mir äußerlich fremd war, so, als wäre mir der ganze Körper hineinverwachsen in einen halb leblosen, trägen, formlosen Klumpen, oder eher, als wäre ich er selbst und ohne Körper, umgeben von zunächst undeutlichen Flecken in Blaßrosa, die in einem Medium mit anderen optischen Eigenschaften als die Luft in Schwebe waren; demnach wurden erst aus allernächster Nähe die Dinge deutlich, sogar übermäßig und übernatürlich deutlich, denn meine unmittelbarste Umgebung übertraf in diesen Träumen an Dinglichkeit und Körperhaftigkeit die Eindrücke des Wachdaseins. Beim Aufwachen hatte ich das paradoxe Gefühl, daß das Wachdasein, das echte Wachdasein eben jenes vorige gewesen sei – und was ich nach Öffnen der Augen sah, das sei nur ein vertrockneter Schatten davon.

So war also das erste Bild, der Anfang, woraus der Traum sich entspann. Rings um mich wartete etwas auf Genehmigung, auf mein Einverständnis, auf ein innerliches Beifallnicken, indessen wußte ich, oder eher wußte etwas in mir, daß ich der unverständlichen Versuchung nicht erliegen durfte, denn je mehr ich – schweigend – verspräche, um so furchtbarer werde das Ende sein. Aber eigentlich wußte ich das nicht, sonst hätte ich mich wohl gefürchtet, Angst jedoch empfand ich nie. Ich wartete. Aus dem rosigen Nebel, der mich umgab, tauchte die erste Berührung hervor, und ich, unbeweglich wie ein Klotz, irgendwo tief drinnen feststeckend in dem, was mich gleichsam einsperrte, konnte weder zurückweichen, noch mich rühren, und das andere untersuchte meinen Kerker durch blinde und zugleich sehende Berührungen, und schon war das gleichsam eine

Hand, die mich schuf; bis dahin hatte ich nicht einmal das Augenlicht gehabt, und nun sah ich; unter Fingern, die tastend mein Gesicht entlangwanderten, tauchten aus dem Nichts meine Lippen, meine Wangen hervor, und in dem Grad, wie sich diese in unendlich kleine Bruchteile zerlegte Berührung ausweitete, hatte ich schon Gesicht und atmenden Oberkörper, alles ins Dasein gerufen durch diesen – symmetrischen – Schöpfungsakt: denn auch ich, im Geschaffenwerden, schuf meinerseits, und es erschien ein Gesicht, wie ich es nie gesehen hatte, fremd, bekannt, ich suchte ihm in die Augen zu schauen, aber das konnte ich nicht, weil fortwährend alles in den Proportionen vertauscht war, weil es hier keine Richtungen gab, und nur in einer Art von inbrünstigem Schweigen entdeckten wir einander und wurden, wechselweise, und ich war schon ich in voller Lebendigkeit, ich, aber gleichsam grenzenlos gesteigert, und jenes Wesen – jene Frau? – verharrte mit mir zusammen in Reglosigkeit. Puls erfüllte uns, und wir waren eins, doch in die Langsamkeit dieser Szene, außer der es nichts gab und gleichsam nichts geben konnte, schlich sich nun plötzlich etwas unaussprechlich Grausames, Unmögliches und Widernatürliches ein. Ebendiese Berührung, die uns erschuf und sich als unsichtbarer goldener Mantel um unsere Körper schmiegte, begann zu kribbeln. Unsere Körper, nackt und weiß, fingen zu fließen an, schwärzten sich zu Strömungen sich windenden Gewürms, das uns entströmte wie die Luft; und ich war – wir waren – ich war glänzende, sich verflechtende und entflechtende fiebrige Masse spulwurmhafter Bewegung, nicht endend, unendlich; und in dieser Uferlosigkeit – nein! – ich, diese Uferlosigkeit, winselte schweigend um das Erlöschen, um das Ende, aber gerade dann breitete ich mich nach allen Richtungen auf einmal aus und schwoll an von verhundertfachtem, über alles Wachsein hinaus grell deutlichem, in schwarzen und roten Fernen gebündeltem, bald zu Fels erstarrendem, bald irgendwo im Strahlenglanz einer anderen Sonne oder Welt gipfelndem Leiden.

Das war der einfachste der Träume, die anderen vermag ich nicht zu schildern, denn die Quellen des Entsetzens, die dort entsprangen, hatten bereits keinerlei Entsprechung im wachenden Bewußtsein. Vom Dasein Hareys wußte ich in den Träumen nichts, aber ich konnte darin auch keinerlei Erinnerungen oder Tageserlebnisse wiederfinden.

Da waren auch andere Träume, worin ich mich in leblos erstarrter Finsternis als Gegenstand fleißiger, langsamer, keinerlei Sinneswerkzeug gebrauchender Untersuchungen fühlte; das war Eindringen, Zerkleinern, da verlor ich mich, bis es völlig leer war, und die letzte Stufe, der Boden dieser schweigenden, vernichtenden Überschneidungen war Angst, solche, daß allein die Erinnerung daran untertags den Herzschlag beschleunigte.

Die Tage aber waren alle gleich, wie ausgebleicht, voll öder Lustlosigkeit an allem schleppten sie sich schläfrig in äußerster Gleichgültigkeit dahin, nur die Nächte fürchtete ich und wußte nicht, wie ich mich vor ihnen retten sollte; ich wachte gemeinsam mit Harey, die gar keinen Schlaf brauchte, ich küßte und liebkoste sie, aber ich wußte, daß ich das nicht um ihretwillen tat und nicht um meinetwillen, sondern alles aus Furcht vor dem Schlaf, sie aber muß etwas vermutet haben, obwohl ich ihr kein Wort von diesen zerrüttenden Alpträumen gesagt hatte – denn in ihrem Erstarren fühlte ich das Bewußtsein unausgesetzter Demütigung, und ich konnte daran nichts ändern. Wie gesagt, traf ich mit Snaut und Sartorius die ganze Zeit hindurch nicht zusammen. Snaut ließ jedoch alle paar Tage von sich hören, manchmal durch einen Zettel, doch öfter durch einen Telefonanruf. Snaut fragte, ob ich nicht irgendein neues Phänomen wahrgenommen hätte, eine Änderung, etwas, was sich als Reaktion deuten ließe, die durch das so oft wiederholte Experiment ausgelöst worden sei. Ich antwortete mit nein und stellte selbst die gleiche Frage. Snaut verneinte nur durch ein Kopfschütteln, tief hinten im Bildschirm.

Am fünfzehnten Tag nach dem Abbruch der Versuche erwachte ich früher als gewöhnlich, so zermürbt vom Alptraum, als öffnete ich die Augen nach einer Betäubung infolge tiefer Narkose. Durch das unverdunkelte Fenster gewahrte ich im ersten Glanz der roten Sonne, deren riesige Verlängerung als Strom purpurnen Feuers den Ozeanspiegel entzweischnitt, daß diese bislang leblose Fläche sich unmerklich eintrübte. Ihr Schwarz verblaßte zunächst, wie von einer feinen Nebelschicht bedeckt, aber dieser Nebel hatte überaus körperhafte Konsistenz. Stellenweise entstanden darin Unruhezentren, bis unbestimmte Bewegung die ganze sichtbare Weite erfaßt hatte. Das Schwarz verschwand, zugedeckt und verwischt von Häutchen, die an den Ausbauchungen blaßrosa und in den Mulden perlschimmernd braun waren. Die zunächst abwechselnden Farben, die diesen seltsamen Vorhang des Ozeans zu langen Reihen gleichsam mitten in der Schwingung erstarrter Wellen ausformten, vermengten sich nun, und schon war der ganze Ozean mit dickblasigem Schaum bedeckt, der in ungeheuren Fetzen aufstieg, unter der Station selbst wie auch ringsherum. Von allen Seiten zugleich stiegen zum rostroten leeren Himmel hautflügelige Schaumgewölke auf, waagrecht ausgebreitet, mit verdickten, wie aufgeblasenen Rändern, ohne jede Ähnlichkeit mit Wolken. Die einen, die als waagrechte Streifen die tiefstehende Sonnenscheibe überzogen, erschienen durch den Kontrast zu ihrem Brand schwarz wie Kohle, andere, in der Nähe der Sonne, liefen rostrot an, entbrannten kirschfarben, amarantfarben, je nachdem, unter welchem Winkel die Strahlen des Sonnenaufgangs sie trafen; und dieser Prozeß dauerte an, als schuppte sich der Ozean in blutigen Schichten, ließe manchmal seine schwarze Oberfläche darunter hervorscheinen und verdeckte sich dann wieder mit einem neuen Anflug verfestigten Schaums. Manche dieser Gebilde segelten in nächster Nähe auf, gleich hinter den Fensterscheiben, im Abstand von kaum ein paar Metern, und einmal streifte eines mit der seidig aussehenden Oberfläche das Glas, während die Schwärme, die als erste ins Weite aufgestiegen waren, kaum noch wie versprengte Vögel hoch im Himmel sichtbar waren und als durchsichtiger Belag im Zenit verflossen.

Die Station stand still, sie war angehalten worden; so verharrte sie etwa drei Stunden, und das Schauspiel hörte nicht auf. Zuletzt, als die Sonne hinter dem Horizont versunken war, und den Ozean unter uns schon Dunkelheit bedeckte, schwebten tausenderlei Schwärme schlanker Umrisse rot überhaucht immer höher und höher in den Himmel auf, glitten in unendlichen Kolonnen wie an unsichtbar gespannten Saiten entlang, reglos, schwerelos – und diese hoheitsvolle Himmelfahrt von Gebilden wie zerfetzte Flügel dauerte fort, bis völliges Dunkel sie umfing.

Dieses ganze Schauspiel war erschütternd in seinem ruhigen Unmaß, Harey war darüber entsetzt, aber ich wußte davon nichts zu sagen, für mich, den Solaristen, war das ebenso neu und unbegreiflich wie für sie. Aber Formen und Gebilde, die noch kein Katalog verzeichnete, konnte man auf der Solaris ungefähr zwei- oder dreimal pro Jahr beobachten, mit ein wenig Glück sogar noch öfter.

In der nächsten Nacht, etwa eine Stunde vor dem erwarteten Aufgang der blauen Sonne, waren wir Zeugen eines anderen Phänomens: der Ozean phosphoreszierte. Zunächst tauchten auf seiner vom Dunkel verborgenen Oberfläche vereinzelte Flecken von Licht auf, oder eher von weißlichem, diffusem Aufdämmern, und bewegten sich nach dem Wellenrhythmus. Sie flossen ineinander und weiteten sich aus, bis die schemenhafte Helligkeit alle Horizonte einnahm. Etwa fünfzehn Minuten lang stieg die Intensität des Leuchtens; dann endete das Phänomen auf erstaunliche Weise: der Ozean begann zu erlöschen, in breiter Front von wohl Hunderten Meilen zog von Westen her eine Zone der Finsternis auf, und als sie bis zur Station gelangt und über sie hinweggeschritten war, erschien der noch phosphoreszierende Teil des Ozeans als hoch in die Nacht hinaufreichender Lichtschein, der sich immer weiter gegen Osten entfernte. Am Horizont selbst eingetroffen, wurde er einem riesigen Nordlicht ähnlich und verschwand sofort. Als bald darauf die Sonne aufging, erstreckte sich wieder nach allen Richtungen die leere, leblose Fläche, kaum vom Kräuseln der Wellen gezeichnet, die quecksilbriges Blitzen in die Fenster der Station entsandten. Die Phosphoreszenz des Ozeans war ein bereits beschriebenes Phänomen; in einem bestimmten Prozentsatz der Fälle war sie vor dem Ausbruch von Asymmetriaden beobachtet worden, außerdem war sie ein eher typisches Anzeichen örtlich verstärkter Plasmaaktivität. Doch während der nächsten zwei Wochen ereignete sich nichts, weder draußen, noch in der Station. Nur einmal, mitten in der Nacht, hörte ich einen fernen Schrei, der überallher und zugleich nirgendsher zu kommen schien, ungemein hoch, scharf und langgezogen, eigentlich ein übermenschlich gesteigertes Wimmern; aus einem Alptraum aufgerüttelt, lag ich lange Zeit und lauschte dem Schrei, nicht völlig sicher, ob er nicht auch ein Traum sei. Tags zuvor waren aus dem Laboratorium, das zum Teil über unserer Kabine lag, gedämpfte Geräusche herabgedrungen, etwas wie das Verrükken großer Lasten oder Apparate; dieser Schrei schien mir auch von oben zu kommen, im übrigen auf unbegreifliche Weise, denn die beiden Stockwerke trennte eine schalldichte Decke. Fast eine halbe Stunde lang dehnte sich diese Agoniestimme aus. Schweißgebadet, halb wahnsinnig, wollte ich schon hinauflaufen, so zerrte sie an den Nerven. Doch zuletzt verstummte sie, und wieder war nur das Verrücken von Lasten zu hören.

Zwei Tage später, am Abend, als ich mit Harey in der kleinen Küche saß, kam unvermutet Snaut herein. Er trug einen Anzug, einen echten irdischen Anzug, der ihn veränderte. Er sah größer aus und gealtert. Er schaute uns kaum an, trat zum Tisch, beugte sich darüber und begann, ohne sich hinzusetzen, das kalte Fleisch direkt aus der Dose zu essen und Brot dazwischen einzuschieben. Dabei ließ er den Ärmel in die Dose hängen und beschmutzte ihn mit Fett.

– Du beschmierst dich – sagte ich.

Mit vollem Mund machte Snaut nur: – Hm? – Er aß, als hätte er seit Tagen nichts zu kauen gehabt, schenkte sich ein halbes Glas Wein ein, trank in einem Zug aus, wischte sich den Mund, atmete auf und blickte mit den blutunterlaufenen Augen um sich. Nun schaute Snaut zu mir herüber und murmelte:

– Du hast dir den Bart wachsen lassen...? Schau schau...

Harey warf mit Gepolter das Geschirr ins Spülbecken. Snaut

begann sich leicht auf den Absätzen zu wiegen, verzog das Gesicht und schmatzte laut, als er mit der Zunge die Zähne reinigte. Ich hatte den Eindruck, daß er das absichtlich tat.

– Das Rasieren freut dich nicht, wie? – fragte er und starrte mich hartnäckig an. Ich sagte nichts.

– Gib acht! – versetzte er nach einer Weile. – Ich rate es dir. Er hat auch zuerst aufgehört, sich zu rasieren.

– Geh schlafen – murmelte ich.

– Wie? Du hältst mich wohl für blöd! Warum sollen wir nicht miteinander plaudern? Hör zu, Kelvin, es kann doch auch sein, daß er uns wohlwill? Vielleicht will er uns beglücken, bloß weiß er noch nicht wie. Er liest uns die Wünsche von den Hirnen ab, und nur zwei Prozent der Nervenprozesse sind ja bewußt. Also kennt er uns besser, als wir selbst. Also haben wir auf ihn zu hören. Beizupflichten. Hörst du? Du willst nicht? Warum – seine Stimme überschlug sich weinerlich – warum rasierst du dich nicht?

– Hör auf – knurrte ich. – Du bist betrunken.

– Wie? Betrunken? Ich? Na und? Ein Mensch, der seine Kotfladen von einem Ende der Galaxis ans andere geschleppt hat, um zu erfahren, wieviel er wert ist, darf sich der nicht betrinken? Warum? Du glaubst an die Sendung des Menschen, was, Kelvin? Gibarian hat mir von dir erzählt, bevor er sich den Bart wachsen ließ... Du bist genau so, wie Gibarian gesagt hat... Nur geh nicht ins Laboratorium, sonst verlierst du noch den Glauben... dort schafft Sartorius, unser umgedrehter Doktor Faust, er sucht ein Mittel gegen die Unsterblichkeit, weißt du? Das ist der letzte Ritter vom heiligen Kontakt, so einer, wie wir ihn eben aufbringen können... sein voriger Einfall war auch nicht übel – prolongierte Agonie. Ist doch gut, oder? Agonia perpetua... Strohhalme... Strohhüte... wie kannst du nur nicht trinken, Kelvin?

Seine Augen, fast nicht zu sehen zwischen den aufgeschwollenen Lidern, blieben auf Harey ruhen, die regungslos an der Wand stand.

– O weiße Aphrodite, ozeangeboren.

Mit Göttlichkeit geschlagen, deine Hand – begann er zu rezitieren und verschluckte sich vor Lachen.

– Fast aufs Haar... was... Kel... vin...? – würgte er hustend hervor.

Ich war immer noch ruhig, aber diese Ruhe begann sich zu kalter Wut zu verdichten.

– Hör auf! – zischte ich. – Hör auf und geh!

– Du wirfst mich hinaus? Du auch? Läßt den Bart wachsen und wirfst mich hinaus? Du willst nicht mehr, daß ich dich warne, dich berate, wie ein rechtschaffener Sternkamerad den anderen? Kelvin, machen wir die unteren Luken auf, wir rufen ihn, rufen dort hinunter, vielleicht hört er uns? Aber wie heißt er? Denk nur, wir haben alle Sterne und Planeten benannt, aber vielleicht hatten die schon Namen? Welch ein Übergriff! Hör zu, gehen wir hin. Wir werden schreien ... wir sagen ihm, was er aus uns gemacht hat, bis er entsetzt ist... dann erbaut er uns silberne Symmetriaden und betet für uns mit seiner Mathematik und überschüttet uns mit blutenden Engeln, und seine Qual wird unsere Qual sein, und seine Angst unsere Angst, und er wird uns anflehen um das Ende. Denn das alles, was er sein mag und tun mag, das ist Flehen um das Ende. Warum lachst du nicht? Ich mache doch nur Spaß. Wenn wir als Rasse genommen mehr Humor hätten, wäre es vielleicht nicht soweit gekommen. Weißt du, was der dort tun will? Er will ihn bestrafen, diesen Ozean, will ihn soweit bringen, daß er schreit, aus allen Bergen auf einmal... Meinst du, der wird nicht den Mut haben, diesen Plan dem verkalkten Rat der Alten zur Genehmigung vorzulegen, der uns hierhergeschickt hat als Sühnopfer für anderer Leute Schuld? Du hast recht, der wird zu feig sein... aber nur des Hütchens wegen. Das Hütchen wird er niemandem verraten, so mutig ist er nicht, unser Faust...

Ich schwieg. Snaut stand immer wackliger auf den Beinen. Die Tränen flossen ihm übers Gesicht und fielen auf den Anzug.

– Wer hat das getan? Wer hat das aus uns gemacht? Gibarian? Giese? Einstein? Plato? Das waren Verbrecher, weißt du. Denk nur, in der Rakete kann der Mensch zerplatzen wie eine Blase, oder gerinnen, oder sich zerkochen, oder so schnell das Blut aus sich ausschleudern, daß er gar nicht mehr schreit, und dann trommeln nur noch die Knöchelchen ans Blech, drehen sich auf Newtonschen Bahnen mit Einsteinscher Korrektur, diese unsere Kinderklappern des Fortschritts! Wir aber, mit Freuden, denn das ist ein schöner Weg... bis wir angelangt waren, und in diesen Zellen, mit diesen Tellern vor uns, hier inmitten unsterblicher Tellerwäscher, mit einem Heerhaufen treuer Schränke, ergebener Klosette, hier ist unsere Erfüllung... schau doch, Kelvin. Wenn ich nicht betrunken wäre, würde ich nicht so reden, aber letzten Endes muß das jemand sagen. Letzten Endes muß das jemand? Da sitzt du, du Kind in der Schlächterei, und die Haare wachsen dir... Wer ist schuld? Gib dir selbst die Antwort...

Snaut wandte sich langsam um und ging, auf der Schwelle hielt er sich an der Tür fest, um nicht hinzufallen, dann war noch das Echo der Schritte zu hören, aus dem Korridor kam es zu uns zurück. Ich wich Hareys Augen aus, aber unsere Blicke trafen plötzlich zusammen. Ich wollte zu ihr gehen, sie umarmen, ihr übers Haar streichen, aber ich konnte nicht. Ich konnte nicht.

Der Erfolg

Die nächsten drei Wochen waren gleichsam ein und derselbe Tag, der sich wiederholte, fortwährend gleich; die Fensterklappen schoben sich herab und hoben sich, nachts wälzte ich mich aus einem Alptraum in den anderen, morgens standen wir auf, und das Spiel begann, aber war das ein Spiel? Ich gab Ruhe vor, und Harey gab dasselbe vor; dieses stillschweigende Einverständnis, das Wissen um den wechselseitigen Betrug, wurde zu unserer letzten Zuflucht. Denn wir sprachen viel davon, wie wir auf der Erde leben wollten, irgendwohin in die Nähe einer großen Stadt ziehen und nie wieder den blauen Himmel und die grünen Bäume verlassen, und wir dachten uns gemeinsam die Einrichtung unseres künftigen Hauses aus, des Gartens... und wir stritten sogar über Einzelheiten... über die Hecke, über eine Sitzbank... glaubten wir an das alles auch nur eine Sekunde lang? Nein. Ich wußte, daß es unmöglich war. Ich wußte das. Denn selbst wenn Harey die Station verlassen konnte – und leben –, dann konnte auf der Erde nur ein Mensch landen, und der Mensch besteht in seinen Papieren. Die erste Kontrolle mußte diese Flucht beenden. Die Leute würden Harey zu identifizieren suchen, also würden wir zuallererst getrennt, und dies verriete sie sofort. Die Station war der einzige Platz, wo wir miteinander leben konnten. Ob Harey das wußte? Gewiß. Ob es ihr jemand gesagt hatte? Es scheint so, im Lichte alles dessen, was noch geschah.

Einmal in der Nacht hörte ich im Schlaf, daß Harey leise aufstand. Ich wollte sie an mich ziehen. Nur mehr schweigend, nur mehr in der Finsternis konnten wir noch für Augenblicke frei werden, in Selbstversunkenheit, die nichts als das momentlange Stillstehen der Folter war, so sehr hielt uns die Verzweiflung von allen Seiten eingekesselt. Harey hatte wohl nicht bemerkt, daß ich erwacht war. Ehe ich den Arm ausstreckte, war sie aus dem Bett draußen. Noch immer kaum halbwach hörte ich das Geräusch bloßfüßiger Schritte. Unklare Furcht erfaßte mich.

– Harey? – flüsterte ich. Ich wollte laut rufen, aber ich traute mich nicht. Ich setzte mich im Bett auf. Die Tür zum Korridor war nur angelehnt. Als feine Nadel zog sich ein Lichtstrahl schräg durch die Kabine. Ich meinte gedämpfte Stimmen zu hören. Harey sprach mit jemandem? Mit wem?

Ich sprang aus dem Bett, aber mich packte so gräßliche Angst, daß die Beine den Dienst versagten. Ich stand eine Weile lang und horchte – es war still. Langsam schleppte ich mich zum Bett. Der Puls hämmerte mir im Kopf. Ich begann zu zählen. Bei tausend brach ich das ab, die Tür schob sich geräuschlos auf, Harey glitt herein und hielt inne, als lauschte sie meinem Atem. Ich suchte ihn regelmäßig zu machen. – Kris...? – flüsterte sie ganz leise. Ich meldete mich nicht. Sie schlüpfte schnell ins Bett. Ich spürte, wie sie da ausgestreckt lag, und ich lag neben ihr, leblos, ich weiß nicht, wie lange. Ich versuchte, Fragen zurechtzulegen, aber je mehr Zeit verstrich, um so besser verstand ich, daß ich nicht als erster sprechen sollte. Nach einiger Zeit, vielleicht nach einer Stunde, schlief ich ein.

Der Morgen war so wie immer. Nur wenn es Harey nicht sehen konnte, schaute ich sie argwöhnisch an. Nach dem Mittagessen saßen wir nebeneinander dem gewölbten Fenster gegenüber, tief fliegende rostrote Wolken glitten daran vorbei. Die Station segelte zwischen ihnen wie ein Schiff. Harey las ein Buch, und ich verharrte in solchem selbstvergessenem Schauen, wie es nun so oft zur einzigen Erholung wurde. Ich bemerkte, daß ich, bei ganz bestimmter Neigung des Kopfes, in der Scheibe unser beider Spiegelbild sehen konnte, durchsichtig, doch deutlich. Ich nahm die Hand von der Stuhllehne. Harey – ich sah das in der Glasscheibe – Harey vergewisserte sich durch einen raschen Blick, daß ich auf den Ozean schaute, neigte sich über die Stuhllehne und berührte sie mit den Lippen an der Stelle, die vorhin ich berührt hatte. Ich blieb weiterhin sitzen, unnatürlich steif, und Harey neigte den Kopf über das Buch.

– Harey – sagte ich leise – wohin bist du heute nacht weggegangen?

– Heute nacht?

– Ja.

– Da... hast du etwas geträumt, Kris. Ich bin nirgends hingegangen.

– Du bist nicht weggegangen?

– Nein. Das mußt du geträumt haben.

– Möglich – sagte ich. – Ja, kann sein, daß ich das geträumt habe...

Am Abend, als wir schon zu Bett gingen, begann ich wieder von unserer Reise zu sprechen, von der Rückkehr auf die Erde.

– Ach, davon mag ich nichts hören – sagte Harey. – Sprich nicht davon, Kris. Du weißt ja...

– Was?

– Nein, nichts.

Als wir schon lagen, sagte sie, sie wolle etwas zu trinken.

– Dort auf dem Tisch ist ein Glas mit Fruchtsaft, bitte reich es mir herüber.

Sie trank es halb aus und reichte es mir. Ich hatte keinen Appetit darauf.

– Auf mein Wohl – lächelte sie. Ich trank den Fruchtsaft aus, er kam mir ein wenig salzig vor, aber ich achtete nicht darauf.

– Wenn du nicht willst, daß wir von der Erde reden, wovon denn sonst? – fragte ich, als sie das Licht löschte.

– Würdest du heiraten, wenn ich nicht wäre?

– Nein.

– Nie?

– Nie.

– Warum nicht?

– Weiß ich nicht. Ich war zehn Jahre allein und heiratete nicht. Sprechen wir nicht davon, Liebling...

Mir sauste der Kopf, als hätte ich mindestens eine Flasche Wein getrunken.

– Doch, sprechen wir davon, genau davon. Und wenn ich dich darum bäte?

– Daß ich heiraten soll? Unsinn, Harey. Ich brauche niemanden als dich.

Sie neigte sich über mich. Ich spürte ihren Atem auf den Lippen, sie umschlang mich so fest, daß die unüberwindliche Schläfrigkeit, die mich umfing, einen Augenblick lang zurückwich.

– Sag das noch anders.

– Ich liebe dich.

Sie schlug mit der Stirn gegen meine Schulter, ich spürte das Beben angespannter Augenlider und die Feuchtigkeit von Tränen.

– Harey, was hast du?

– Nichts. Nichts. Nichts – wiederholte Harey immer leiser. Ich suchte die Augen zu öffnen, aber sie schlossen sich mir von selbst. Ich weiß nicht, wann ich einschlief.

Das rote Morgendämmern weckte mich. Mein Kopf war bleiern, und das Genick so steif, als wären alle Wirbel zu einem einzigen Knochen verwachsen. Die rauhe, widerwärtige Zunge konnte ich im Mund nicht bewegen. – Ich muß mich mit irgend etwas vergiftet haben – dachte ich und hob mit Anstrengung den Kopf. Ich streckte den Arm nach Harey aus. Er traf auf das kalte Bettuch.

Ich fuhr hoch.

Das Bett war leer, in der Kabine war niemand. Als rote Kreisflächen wiederholten sich im Fensterglas die Spiegelungen der Sonnenscheibe. Ich sprang auf den Fußboden. Komisch muß ich ausgesehen haben, denn ich torkelte wie im Rausch. Ich hielt mich an den Gerätschaften fest, ereilte den Schrank – das Badezimmer war leer. Der Korridor ebenfalls. Auch im Arbeitsraum war niemand.

– Harey!!! – rief ich mitten im Korridor, besinnungslos mit den Armen rudernd. – Harey... – krächzte ich noch einmal; da wußte ich es schon.

Ich weiß nicht mehr genau, was dann geschah. Ich muß durch die ganze Station gelaufen sein, halbnackt, ich erinnere mich, daß ich sogar in den Kühlraum hineinplatzte und dann ins letzte Magazin, und daß ich mit den Fäusten gegen die verriegelte Tür drosch. Vielleicht war ich dort sogar einige Male. Die Treppen dröhnten, ich plumpste hin, fuhr wieder hoch, raste wieder irgendwohin, bis ich die durchsichtige Sperre erreichte, hinter der sich der Ausgang nach draußen befindet, eine doppelte Panzertür. Ich drückte sie aus aller Kraft auf und schrie, das solle ein Traum sein. Und jemand war seit einiger Zeit bei mir und zerrte an mir, zog mich irgendwohin. Dann war ich im kleinen Arbeitsraum, hatte das Hemd naß von eisigem Wasser, das Haar war verklebt, die Nasenlöcher und die Zunge ätzte Spiritus, ich lag halb aufgerichtet und keuchend auf etwas Kaltem, Metallenem, und Snaut in seiner fleckigen Leinenhose werkte beim Arzneischränkchen herum, warf etwas durcheinander, die Instrumente und das Glaszeug machten gräßlichen Lärm.

Auf einmal sah ich Snaut über mir, er schaute mir in die Augen, gebückt, aufmerksam...

– Wo ist sie?

– Weg ist sie.

– Aber, aber Harey...

– Harey gibt es nicht mehr – sagte er langsam und deutlich und näherte sein Gesicht dem meinen, als hätte er mir einen Schlag versetzt und beobachte nun die Wirkung.

– Sie kommt wieder... – flüsterte ich und schloß die Augen. Und zum ersten Mal fürchtete ich mich davor wirklich nicht. Ich fürchtete die schemenhafte Wiederkunft nicht. Ich verstand nicht, wie ich mich jemals davor hatte fürchten können!

– Trink das aus.

Snaut reichte mir ein Glas mit einer warmen Flüssigkeit. Ich besah es, und auf einmal schwappte ich den ganzen Inhalt Snaut ins Gesicht. Er wich zurück, wischte sich die Augen. Als er sie öffnete, stand ich über ihm. Er war so klein.

– Das warst du?!

– Wovon redest du?

– Lüg nicht, du weißt, wovon. Du warst das, du hast letzte Nacht mit ihr gesprochen? Und ihr befohlen, mir für diese Nacht ein Schlafmittel zu geben...? Was hast du mit ihr gemacht!? Sag schon!!!

Er suchte auf der Brust herum. Zog einen zerknüllten Briefumschlag hervor. Den entriß ich ihm. Der Umschlag war zugeklebt. Außen stand nichts. Ich riß das Papier auf. Ein doppelt gefalteter Zettel fiel heraus. Eine große, etwas kindliche Handschrift in ungleichen Zeilen. Ich erkannte die Schrift.

»Liebster, ich habe ihn zuerst darum gebeten. Er ist gut. Gräßlich, daß ich Dich anlügen mußte; ging aber nicht anders. Eines kannst Du für mich tun: hör auf ihn und tu Dir nichts zuleid. Du warst großartig.«

Darunter war ein einzelnes durchgestrichenes Wort, ich konnte es entziffern: »Harey« hatte Harey geschrieben, dann hatte sie das überschmiert, da war noch ein Buchstabe, ein H vielleicht oder ein K, verwandelt in einen Klecks. Ich las einmal und dann wieder. Und wieder. Ich war schon zu nüchtern, um Getue zu machen, ich konnte nicht einmal stöhnen, irgendeinen Laut hervorbringen.

– Wie? – flüsterte ich. – Wie?

– Später, Kelvin. Bleib fest.
– Ich bleibe fest. Sag schon. Wie?
– Annihilation.
– Wieso? Aber der Apparat?! – Es riß mich hoch.
– Der Roche-Apparat war nicht geeignet. Sartorius hat einen anderen gebaut, einen eigenen Destabilisator. Einen kleinen. Er wirkt nur im Umkreis von einigen Metern.
– Und sie, was war...?
– Verschwunden. Ein Blitz und ein Luftstoß. Ein schwacher Luftstoß. Sonst nichts.
– In kleinem Umkreis, sagst du?
– Ja. Für einen großen war das Material nicht da.

Auf einmal begannen sich die Wände auf mich herabzuneigen. Ich schloß die Augen.

– Mein Gott... sie... kommt wieder, sie kommt ja wieder...
– Nein.
– Was heißt nein...?
– Nein, Kelvin. Erinnerst du dich an diesen aufschwebenden Schaum? Seither kommt niemand mehr wieder.
– Niemand mehr?
– Nein.
– Du hast sie getötet – sagte ich leise.
– Ja. Du hättest das nicht getan? An meiner Stelle?

Ich sprang auf und begann schneller und schneller zu gehen. Von der Wand in die Ecke, und zurück. Neun Schritte. Kehrtwendung. Neun Schritte.

Ich blieb vor Snaut stehen.

– Hör zu, wir geben einen Bericht ab. Wir verlangen direkte Verbindung mit dem Rat. Das läßt sich machen. Die stimmen zu. Die müssen. Der Planet wird aus der Viererkonvention ausgeschlossen. Alle Mittel sind zugelassen. Wir schaffen Antimateriegeneratoren herauf. Denkst du, es gibt etwas, was der Antimaterie widersteht? Nichts gibt es! Nichts! Nichts! – schrie ich triumphierend, blind von Tränen.
– Willst du ihn zerstören? – sagte er. – Wozu?
– Geh. Laß mich!

– Ich gehe nicht.

– Snaut!

Ich sah ihm in die Augen. »Nein«, sagte er durch eine Kopfbewegung.

– Was willst du? Was willst du von mir?

Er wich zurück bis zum Tisch.

– Gut, wir geben einen Bericht ab.

Ich wandte mich um und begann zu gehen.

– Setz dich.

– Laß mich in Ruh.

– Da sind zwei Angelegenheiten. Die erste, das sind die Tatsachen. Die zweite, das sind unsere Forderungen.

– Jetzt sollen wir darüber reden?

– Ja, jetzt.

– Ich will nicht. Verstehst du? Das kümmert mich nicht.

– Zum letzten Mal haben wir vor Gibarians Tod ein Bulletin abgeschickt. Das ist über zwei Monate her. Wir müssen festhalten, wie der genaue Verlauf des Erscheinens ...

– Hörst du noch nicht auf? – ich packte ihn an der Schulter.

– Du kannst mich schlagen – sagte er – aber reden werde ich doch.

Ich ließ ihn los.

– Tu, was du willst.

– Es geht darum, daß Sartorius versuchen wird, gewisse Tatsachen zu verheimlichen. Dessen bin ich so gut wie sicher.

– Und du nicht?

– Nein. Jetzt nicht mehr. Das ist nicht nur unsere Angelegenheit. Es handelt sich, du weißt, worum es sich handelt. Er hat intelligentes Handeln bekundet. Die Fähigkeit zu organischer Synthese höchster Ordnung, wie wir sie nicht kennen. Er kennt den Aufbau, die Feinstruktur, den Stoffwechsel unserer Körper ...

– Gut – sagte ich. – Warum hast du zu sprechen aufgehört? Er hat an uns eine Serie ... eine Serie ... von Experimenten vollzogen. Psychische Vivisektion. An Hand von Wissen, das er aus unseren Köpfen gestohlen hat, ohne Rücksicht auf das, was wir anstreben.

– Das sind bereits keine Tatsachen und nicht einmal mehr Schlußfolgerungen. Das sind Hypothesen. In gewissem Sinne hat er berücksichtigt, was in unserem Geist ein geschlossener, verborgener Teil gewollt hat. Das waren vielleicht... Geschenke...

– Geschenke! Du lieber Gott!

Ich begann zu lachen.

– Hör auf! – rief er und faßte mich bei der Hand. Ich drückte seine Finger zusammen. Ich drückte immer fester, bis die Knochen krachten. Er schaute mich mit eingekniffenen Augen an und zuckte nicht. Ich ließ ihn los und ging fort in die Ecke. Mit dem Gesicht zur Wand stehend, sagte ich:

– Ich werde mich bemühen, kein Getue zu machen.

– Lassen wir das alles. Was fordern wir an?

– Sag du es. Ich kann jetzt nicht. Hat sie etwas gesagt, bevor...?

– Nein. Nichts. Ich für mein Teil meine, daß jetzt eine Chance entstanden ist.

– Chance? Was für eine Chance? Worauf? Ah... – sagte ich leiser, ihm in die Augen schauend, denn ich hatte plötzlich verstanden. – Der Kontakt? Schon wieder der Kontakt? Haben wir noch nicht genug, du, du selbst, und dieses ganze Irrenhaus... Kontakt? Nein, nein, nein. Ohne mich.

– Warum? – fragte er völlig ruhig. – Kelvin, fortwährend, und jetzt noch mehr denn je, behandelst du ihn instinktiv als Menschen. Du haßt ihn.

– Und du nicht...?– versetzte ich.

– Nein. Kelvin, er ist ja blind...

– Blind? – wiederholte ich, nicht sicher, ob ich recht gehört hatte.

– Versteht sich, in unserem Sinne. Wir existieren für ihn nicht so wie füreinander. Die Oberfläche unseres Gesichts, unseres Körpers, bewirkt, daß wir einander als Individuen erkennen.

Das ist für ihn eine durchsichtige Glasscheibe. Er ist doch ins Innere unserer Gehirne eingedrungen.

– Also gut. Aber was folgt daraus? Worauf willst du hinaus? Wenn er es zuwegebrachte, einen Menschen zu beleben, zu schaffen, der nicht existiert, außer in meinem Gedächtnis, und dies so, daß ihre Augen, die Bewegungen, die Stimme … die Stimme …

– Sprich weiter! Sprich weiter, hörst du!!!

– Ich spreche … ich spreche ja … Gut. Also … die Stimme … so folgt daraus, daß er in uns lesen kann wie in einem Buch. Weißt du, was ich sagen will?

– Ja. Daß er sich mit uns verständigen könnte, wenn er wollte?

– Natürlich. Ist das nicht selbstverständlich?

– Nein. Ganz und gar nicht. Er kann ja auch nur die Produktionsanleitung genommen haben, die nicht aus Wörtern besteht. Als fixierte Gedächtnisaufzeichnung ist sie eine Eiweißstruktur. Wie der Kopf einer Samenzelle oder das Ei. Dort, im Gehirn, gibt es ja keine Wörter, keine Gefühle, die Erinnerung an einen Menschen ist ein Bild, das in der Sprache der Nukleinsäuren auf großmolekularen asynchronen Kristallen aufgezeichnet ist. Er also hat das genommen, was am deutlichsten in uns eingeätzt war, am geschlossensten, am vollständigsten, und am tiefsten eingeprägt, verstehst du? Aber er muß durchaus nicht gewußt haben, was das für uns ist, welche Bedeutung das hat. Das ist so, als verstünden wir eine Symmetriade zu schaffen, und würfen sie in den Ozean, und wüßten dabei Bescheid über die Architektur, die Techniken und die Baumaterialien, ohne doch zu verstehen, wozu, zu welchem Zweck sie dient, was das für ihn ist …

– Das ist möglich – sagte ich. – Ja, das ist möglich. In diesem Fall hat er gar nicht … hat er uns vielleicht gar nicht so zertreten und zerquetschen wollen. Kann sein. Und nur unabsichtlich …

Die Lippen begannen mir zu flattern.

– Kelvin!

– Ja, gut. Gut. Eh nichts mehr. Du bist gut. Er auch. Alle sind gut. Aber warum? Erklär mir das. Warum? Wozu hast du das getan? Was hast du ihr gesagt?

– Die Wahrheit.

– Die Wahrheit, die Wahrheit! Was?

– Das weißt du doch. Komm jetzt zu mir. Wir schreiben den Bericht. Komm.

– Wart einmal. Was willst du eigentlich? Du hast doch nicht vor, in der Station zu bleiben...?

– Ich will bleiben. Ja.

Das alte Mimoid

Ich saß am großen Fenster und schaute in den Ozean hinaus. Ich hatte nichts zu tun. Der Bericht, den wir in fünf Tagen ausgearbeitet hatten, war nun eine Bündelung von Wellen, die irgendwo jenseits des Sternbilds Orion durch den leeren Raum preschte. Hatte sie erst den aus Staub bestehenden Dunkelnebel erreicht, der sich über einen Bereich von acht Trillionen Kubikmeilen ausbreitet und jedes Signal und jeden Lichtstrahl verschluckt, so traf sie auf die erste aus einer Kette von Relaisstationen. Von dort sollte sie von Funkboje zu Funkboje in milliardenkilometerweiten Sprüngen die Krümmung eines riesigen Bogens entlangflitzen, bis die letzte Relaisstation – ein Metallblock voll dicht aneinandergepackter Präzisionsinstrumente und mit gelängter Schnauze, der Richtantenne – die Nachricht nochmals sammelte und weiter in den Raum schleuderte, der Erde entgegen. Dann, nach dem Verstreichen von Monaten, sollte ein ebensolches Energiebündel, hinter sich drein eine Furche von stoßbedingten Deformationen des Gravitationsfeldes der Galaxis ziehend, von der Erde abgeschossen die Front der kosmischen Wolke erreichen, hindurchschlüpfen, längs der Perlenschnur aus langsam dahintreibenden Bojen immer wieder verstärkt, und mit unverminderter Schnelligkeit den Zwillingssonnen der Solaris entgegenflitzen.

Der Ozean unter der hohen roten Sonne war schwärzer als jemals. Rostfarbener Nebel verschmolz seine Grenzlinien mit dem Himmel, dieser Tag war ausnehmend schwül, so, als verhieße er eines jener ungemein seltenen und unvorstellbar heftigen Gewitter, die einige Male im Jahr den Planeten heimsuchen. Es bestehen Grundlagen zu der Annahme, sein einziger Bewohner kontrolliere das Klima und führe diese Gewitter selbst herbei.

Noch einige Monate lang sollte ich aus diesen Fenstern schauen, aus der Höhe die Spiele von weißem Gold und ermatteter Röte beobachten, die sich ab und zu in irgendeiner flüssigen Eruption, in der silbrigen Blase einer Symmetriade spiegelten, die Wanderschaft der schlanken, gegen den Wind geneigten Schneller beobachten, halbverwitterte, abbröckelnde Mimoide antreffen. Eines Tages sollten alle Visofonschirme von Licht zu schwirren anfangen, das ganze seit langem tote elektronische Signalsystem sollte aufleben, in Betrieb gesetzt durch einen Impuls, der aus einer Entfernung von Hunderttausenden Kilometern ausgesendet wurde, und das Nahen eines Metallkolosses ankündigen, der sich mit langgezogenem Donnern der Gravitoren über den Ozean herabsenken sollte: der Ulysses oder der Prometheus oder ein anderer der großen Fernkreuzer. War ich erst vom Flachdach der Station aus über das Fallreep hinaufgestiegen, so bekam ich auf den Decks die Reihen weiß gepanzerter, massiver Automaten zu Gesicht, die mit dem Menschen die Erbsünde nicht teilen und so unschuldig sind, daß sie jeden Befehl ausführen – bis zur völligen Zerstörung ihrer selbst oder eines Hindernisses, das sich ihnen in den Weg stellt – sofern ihr in den Kristallen oszillierendes Gedächtnis so programmiert worden ist. Dann aber sollte sich das Raumschiff in Bewegung setzen, geräuschlos, schneller als die Stimme, und hinter sich einen bis an den Ozean reichenden Kegel in Baßoktaven zerbrochenen Donnerns zurücklassen, und die Gesichter aller Menschen sollte einen Augenblick lang der Gedanke aufhellen, daß sie heimkehrten.

Aber ich war nirgends daheim. Die Erde? Ich dachte an ihre großen, vollgestopften, tosenden Städte, worin ich untergehen sollte, mich verlieren, fast als hätte ich getan, was ich in der zweiten oder dritten Nacht zuvor hatte tun wollen, mich in den Ozean gestürzt, der schwer in der Finsternis gewogt hatte. – Im Menschengewimmel werde ich ertrinken. Ich werde ein schweigsamer und aufmerksamer und deshalb geschätzter Gefährte sein, ich werde viele Bekannte haben, sogar Freunde, und viele Frauen, und vielleicht sogar eine. Gewisse Zeit hindurch werde ich mich zwingen müssen, zu lächeln, mich zu verbeugen, aufzustehen, die Tausende von kleinen Tätigkeiten auszuführen, aus denen sich das irdische Leben zusammensetzt, endlich werde ich aufhören, sie zu spüren. Ich werde neue Interessengebiete finden, neue Beschäftigungen, aber ich werde mich ihnen nicht zur Gänze hingeben. An nichts und an niemanden, nie wieder. Und vielleicht werde ich in der Nacht dort hinauf schauen, wo am Himmel die Finsternis der Dunkelwolke wie ein schwarzer Vorhang den Glanz zweier Sonnen aufhält, und ich werde mich an alles erinnern, auch an das, was ich jetzt denke, und mit nachsichtigem Lächeln, worin ein wenig Trauer, aber auch Überlegenheit liegen wird, werde ich meiner Rasereien und Hoffnungen gedenken. Mich, den aus der Zukunft, halte ich durchaus nicht für etwas Schlechteres als den Kelvin, der bereit war, alles zu tun um eines Ziels willen, das »Kontakt« hieß. Und niemand wird das Recht haben, über mich abzuurteilen.

Snaut kam in die Kabine. Er blickte um sich, dann sah er mich an, ich stand auf und ging zum Tisch.

– Wolltest du etwas?

– Du scheinst nichts zu tun zu haben …? – fragte Snaut blinzelnd. – Ich könnte dir etwas geben, weißt du, da sind gewisse Berechnungen, zwar nicht allzu dringend …

– Ich danke dir – ich lächelte – aber das ist unnötig.

– Bist du sicher? – fragte er und schaute aufs Fenster.

– Ja. Ich habe über Verschiedenes nachgedacht, und …

– Mir wäre lieber, du würdest nicht so viel denken.

– Ach, da weißt du überhaupt nicht, worum es sich handelt. Sag einmal... glaubst du an einen Gott?

Er warf einen raschen Blick auf mich.

– Was sagst du da? Wer glaubt heutzutage noch...

Unruhe glomm ihm in den Augen.

– So einfach ist das nicht – sagte ich in gewollt leichtem Ton. – Es geht mir nämlich nicht um den traditionellen Gott irdischer Glaubensvorstellungen. Ich bin kein Religionskundler und habe vielleicht nichts Neues erdacht, aber weißt du nicht zufällig, ob es jemals so einen Glauben gegeben hat... an einen gebrechenbehafteten Gott?

– Gebrechenbehaftet? – wiederholte er und zog die Brauen hoch. – Wie meinst du das? In gewissem Sinne war der Gott jeder Religion mit Gebrechen behaftet, weil mit menschlichen Merkmalen belastet, die nur vergrößert waren. Der Gott des Alten Testaments war zum Beispiel gierig nach Unterwürfigkeit, gewalttätig zu den Opfern, eifersüchtig auf andere Götter... die griechischen Götter mit ihrer Zanksucht, ihren Familienzwistigkeiten, waren nicht weniger nach Menschenart mit Gebrechen behaftet...

– Nein – unterbrach ich ihn. – Mir geht es um einen Gott, dessen Unvollkommenheit nicht aus der Schlichtheit seiner menschlichen Schöpfer folgt, sondern seinen wesentlichsten innewohnenden Zug darstellt. Das soll ein Gott sein, der begrenzt ist in seiner Allwissenheit und Allmacht, fehlbar beim Voraussehen der Zukunft seiner Werke, einer, den der Verlauf der von ihm geformten Phänomene in Entsetzen versetzen kann. Das ist ein... krüppelhafter Gott, der immer mehr begehrt, als er kann, und sich das nicht sofort klarmacht. Einer, der die Uhren konstruiert hat, aber nicht die Zeit, die sie abmessen. Naturgefüge oder Mechanismen, die bestimmten Zielen dienen; aber sie wuchsen über diese Ziele hinaus und verrieten sie. Und er hat die Unendlichkeit erschaffen, die von dem Maß seiner Macht, das sie hätte sein sollen, zum Maß seines grenzenlosen Versagens geworden ist.

– Einstmals, der Manichäismus – begann Snaut unschlüssig.

Die argwöhnische Zurückhaltung, die er mir in letzter Zeit entgegengebracht hatte, war verschwunden.

– Das hat doch nichts mit dem Element von Gut und Böse zu tun – unterbrach ich ihn sofort. – Dieser Gott besteht nicht, außer in der Materie, und kann sich von ihr nicht befreien, er will das, und sonst nichts…

– Eine derartige Religion kenne ich nicht – sagte er nach kurzem Schweigen. – So eine war nie… nötig. Wenn ich dich recht verstehe, und ich fürchte, das tue ich, dann denkst du an einen evolvierenden Gott, der sich zeitlich entwickelt und heranreift, sich auf immer höhere Stufen der Macht erhebt, bis zum Bewußtsein ihrer Kraftlosigkeit? Dein Gott da, das ist ein Wesen, das in die Göttlichkeit eintrat wie in eine ausweglose Lage, und als es das begriff, überließ es sich der Verzweiflung. Ja, aber der verzweifelnde Gott, das ist ja der Mensch, mein Bester? Um den Menschen geht es dir… Das ist nicht bloß gestümperte Philosophie, das ist sogar gestümperte Mystik.

– Nein – antwortete ich starrsinnig – es geht mir nicht um den Menschen. Möglich, daß er in bestimmten Zügen dieser vorläufigen Definition entspräche, aber dann nur, weil sie voller Lücken ist. Dem Schein zum Trotz schafft der Mensch sich die Ziele nicht selbst. Die Zeit, in die er hineingeboren wird, zwängt sie ihm auf, er kann ihnen dienen oder sich gegen sie auflehnen, aber der Gegenstand der Dienstbarkeit oder Auflehnung ist von außen gegeben. Um in der Suche nach Zielen volle Freiheit zu erfahren, müßte der Mensch allein sein, und daraus kann nichts werden, denn ein Mensch, der nicht unter Menschen groß wird, kann nicht zum Menschen werden. Meiner… das muß ein Wesen sein, das keine Mehrzahl hat, weißt du?

– Ah – sagte er – daß ich nicht gleich…

Und deutete mit der Hand zum Fenster hinaus.

– Nein–widersprach ich–auch er nicht... Höchstens als das, was in seiner Entwicklung die Chance der Göttlichkeit versäumt hat, weil es sich zu früh in sich verkapselte. Er ist eher der Anachoret, der Einsiedler des Kosmos, nicht sein Gott… Er wiederholt sich, Snaut; der, an den ich denke, täte das niemals. Vielleicht entsteht er eben irgendwo im Winkelwerk der Galaxis und wird bald in Anwandlungen jugendlicher Trunkenheit anfangen, die einen Sterne zu löschen, andere anzuzünden, und wir bemerken das dann nach einiger Zeit...

– Haben wir schon bemerkt – sagte Snaut säuerlich. – Die Novae und Supernovae... sind das deiner Ansicht nach die Kerzchen seines Altars?

– Wenn du das so wörtlich nehmen willst, was ich sage...

– Und vielleicht ist eben die Solaris die Wiege deines göttlichen Säuglings – knüpfte Snaut an. Ein immer deutlicheres Lächeln umrahmte seine Augen mit feinen Falten. – Vielleicht ist gerade er nach deinem Dafürhalten die Urform, der Keim des Gottes der Verzweiflung, vielleicht übertrifft seine vitale Kindlichkeit noch berghoch seine Intelligenz, und das alles, was unsere solaristischen Bibliotheken enthalten, das ist bloß ein großer Katalog seiner Säuglingsreflexe...

– Wir aber waren eine Zeitlang sein Spielzeug – endigte ich. – Ja, das ist möglich. Und weißt du, was dir da geglückt ist? Eine völlig neue Hypothese zum Thema Solaris zu schaffen, und so etwas passiert wahrlich nicht alle Tage! Und du hast sofort die Erklärung für die Unmöglichkeit des Kontaktknüpfens, für das Ausbleiben der Antwort, für gewisse – nennen wir es so – Extravaganzen im Umgang mit uns; die Psyche eines kleinen Kindes...

– Ich verzichte auf die Urheberschaft – murmelte er und blieb beim Fenster stehen. Wir schauten längere Zeit auf den schwarzen Wellenschlag. Am östlichen Horizont zeichnete sich im Nebel ein blasser langgestreckter Fleck ab.

– Wie kommst du auf diese Konzeption des gebrechenbehafteten Gottes? – fragte Snaut plötzlich, ohne den Blick von der glanzüberfluteten Wüste zu wenden.

– Ich weiß nicht. Sie erschien mir sehr... sehr wahr, weißt du? Das ist der einzige Gott, an den ich zu glauben geneigt wäre, einer, dessen Qual keine Sühne darstellt, nichts erlöst, zu nichts dient, nur da ist.

– Ein Mimoid... – sagte Snaut ganz leise mit anderer Stimme.

– Was hast du gesagt? Ja richtig. Ich habe es schon vorhin bemerkt. Sehr alt ist es.

Wir schauten beide auf den rostrot verhangenen Horizont.

– Ich fliege – bekundete ich unvermutet. – Um so mehr, als ich die Station noch nie verlassen habe; das hier ist eine gute Gelegenheit. Ich bin in einer halben Stunde zurück...

– Was sagst du? – Snaut riß die Augen auf. – Du fliegst? Wohin?

– Dorthin – ich wies auf den fleischfarbenen Fleck, der im Nebel flirrte. – Was schadet das? Ich nehme den kleinen Hubschrauber. Es wäre lächerlich, weißt du, wenn ich einmal – auf der Erde – zugeben müßte, ich sei ein Solarist, der nie auch nur den Fuß auf solarischen Boden gesetzt habe...

Ich ging zum Schrank und begann bei den Overalls herumzuräumen. Snaut beobachtete mich schweigend, endlich sagte er:

– Das gefällt mir nicht.

– Was? – ich wandte mich um, einen Schutzanzug in den Händen. Erregung überkam mich, wie ich sie seit langem nicht erlebt hatte. – Was meinst du? Karten auf den Tisch! Du fürchtest, ich könnte... Unsinn! Mein Wort darauf, nein. Nicht einmal daran gedacht habe ich. Nein, wirklich nicht.

– Ich fliege mit dir.

– Ich danke dir, aber allein ist es mir lieber. Das ist ja doch etwas Neues, etwas ganz Neues – sagte ich schnell und streifte dabei den Schutzanzug über. Snaut sagte noch etwas, aber ich hörte ihm nicht recht zu, ich suchte die Sachen, die ich brauchte.

Er ging hinter mir drein auf den Flughafen, half mir, die Maschine aus der Box in die Mitte der Startplattform zu rollen. Als ich den Raumanzug anlegte, fragte Snaut plötzlich:

– Hat dein Wort für dich noch irgendwelchen Wert?

– Du lieber Gott, Snaut, reitest du immer noch darauf herum? Ja, hat es. Und ich habe es dir schon gegeben. Wo sind die Reserveflaschen?

Er sagte nichts mehr. Als ich die durchsichtige Kuppel geschlossen hatte, gab ich ihm einen Wink. Snaut setzte den Aufzug in Betrieb, ich fuhr langsam auf die Außenfläche der Station hinauf. Der Motor regte sich, sauste gedehnt, die drei Rotoren begannen zu wirbeln, und seltsam leicht hob sich der Apparat und ließ unter sich den immer kleineren, silbrigen Diskus der Station zurück.

Ich war zum ersten Mal allein über dem Ozean; der Eindruck war völlig anders als das, was man von den Fenstern aus erlebte. Vielleicht bewirkte dies auch der Tiefflug; ich glitt kaum ein paar Dutzend Meter über den Wellen dahin. Jetzt erst sah ich nicht bloß, sondern fühlte, daß die abwechselnden, fettig glänzenden Buckel und Schrunden des Abgrunds sich nicht wie die Meerflut oder wie eine Wolke bewegten, sondern wie ein Tier. Unausgesetzte, wenn auch ungemein langsame Anspannungen eines muskulösen nackten Rumpfes – so sah das aus; der Kamm jeder Welle wandte sich träge um und loderte im Rot des Schaums; als ich eine Kurve flog, um genau Kurs auf die ungemein langsam dahintreibende Mimoidinsel zu nehmen, schlug mir die Sonne direkt in die Augen, sprühte Blutblitze in den vorgewölbten Scheiben, während der Ozean selbst tintig bläulich wurde, mit Sprenkeln aus dunklem Feuer.

Der Kreis, den ich nicht geläufig genug beschrieb, trug mich weit nach der Luvseite ab, und das Mimoid blieb als breiter, heller, mit unregelmäßigem Umriß vom Ozean abstechender Fleck hinter mir zurück. Es hatte die rosige Farbe eingebüßt, die ihm der Nebel verliehen hatte; es war gelblich wie ein ausgetrockneter Knochen; für einen Moment entschwand es meinen Blicken; statt seiner sah ich in der Ferne die Station scheinbar dicht über dem Ozean schweben, gleich einem riesigen, altväterischen Luftschiff. Mit voll angespannter Aufmerksamkeit wiederholte ich das Manöver; das Mimoidmassiv mit seinem steilen, grotesken Relief wuchs gerade vor mir an. Es schien mir, ich könnte die höchsten seiner knolligen Vorsprünge streifen, und ich zog den Hubschrauber so plötzlich hoch, daß er an Geschwindigkeit verlor und ganz ins Schlingern kam; die Vorsicht war überflüssig, denn die abgerundeten Wipfel der absonderlichen Türme glitten tief unter mir vorbei. Ich glich den Flug der Maschine der treibenden Insel an und begann langsam, Meter für Meter, an Höhe zu verlieren, bis die brüchigen Wipfel die Kabine überragten. Das Mimoid war nicht groß. Von einem Ende zum anderen maß es vielleicht eine Dreiviertelmeile, und die Breite betrug kaum ein paar hundert Meter; an manchen Stellen wies es Einschnürungen auf, die anzeigten, daß es dort bald auseinanderbrechen sollte. Es bildete gewiß ein Absprengsel von einer unvergleichlich größeren Formation; solarischen Maßstäben nach war das ein kleiner Splitter, eine Scherbe, die weiß Gott wieviele Wochen und Monate alt war.

Ich entdeckte etwas wie eine Küste, die zwischen den faserigen Erhebungen dicht über dem Ozean abbrach, einige Dutzend Quadratmeter ziemlich abschüssiger, aber fast platter Fläche; dorthin lenkte ich die Maschine. Das Landen erwies sich als schwieriger, als ich gemeint hatte; um ein Haar wäre ich mit dem Rotor an eine Wand angestoßen, die vor meinen Augen emporwuchs, aber ich schaffte es. Ich stellte sofort den Motor ab und warf die Kuppel zurück. Auf dem Flügel stehend, überprüfte ich noch, ob der Helikopter nicht etwa Gefahr liefe, in den Ozean abzurutschen; die Wellen leckten die gezahnte Kante einige zehn Schritte weit von meinem Landeplatz, aber der Hubschrauber stand sicher auf den breit auseinandergespreizten Kufen. Ich sprang auf die … »Erde«. Was ich vorhin für eine Wand gehalten hatte, an die ich fast angestoßen wäre, das war eine riesige, wie ein Sieb durchlöcherte, hautdünne knöcherne Platte, die hochkant aufgestellt war, durchwachsen von balustradenartigen Verdickungen. Ein mehrere Meter breiter Spalt schnitt sich schräg durch diese ganze mehrstöckige Fläche und öffnete – ebenso, wie ihre großen, unregelmäßig verstreuten Löcher – den Blick in den Hintergrund. Ich kletterte auf die nächste, schiefe Gurtung der Wand, dabei stellte ich fest, daß die Schuhe des Raumanzugs ungemein gut angriffen, und daß der Raumanzug selbst bei den Bewegungen überhaupt nicht hinderlich war; als ich mich etwa vier Stockwerke über dem Ozean befand und mich dem Inneren der skelettigen Landschaft zuwandte, konnte ich sie erst richtig genau ins Auge fassen.

Erstaunlich war die Ähnlichkeit mit einer archaischen, halb in Schutt verwandelten Stadt, irgendeiner exotischen, jahrhundertealten marokkanischen Ansiedlung, die von einem Erdbeben oder einer anderen Katastrophe zerschmettert worden ist. Am deutlichsten sah ich gewundene, teilweise verschüttete und von Trümmern blockierte Straßenschluchten, die verschlungen und abschüssig zum Ufer hin zusammenliefen, das von pappigem Schaum umspült war; höher oben zeigten sich heilgebliebene Zinnen, Bollwerke, ihre rundlichen Unterbauten, und in den vorgebauchten und zurückgewölbten Wänden waren schwarze Öffnungen, die zerschmetterten Fenstern oder Festungsschießscharten ähnlich sahen. Mit schwerer Schlagseite, wie ein halb versenktes Schiff, glitt diese ganze Inselstadt in unsinniger, besinnungsloser Bewegung dahin und drehte sich dabei ganz langsam, wie das scheinbare Weiterrücken der Sonne am Firmament anzeigte; sie ließ die Schatten zwischen den Ruinenwinkeln träge voranschleichen, und manchmal schlüpfte ein Sonnenstrahl zwischen ihnen hervor und erreichte den Platz, an dem ich stand. Ich kletterte noch höher, schon mit beträchtlichem Risiko, bis aus den aufgebogenen und über meinem Kopf hängenden Auswüchsen Rinnsale von feinem Schutt zu rieseln begannen; im Fallen erfüllten sie die gewundenen Schluchten und Gäßchen mit großen Staubschwaden; natürlich ist ein Mimoid kein Fels, und seine Ähnlichkeit mit Kalkstein verschwindet, sobald man einen Splitter in die Hand nimmt; es ist weit leichter als Bimsstein, feinzellig und dadurch ungemein luftig.

Ich war schon so hoch oben, daß ich spürte, wie es sich bewegte. Es glitt nicht nur vorwärts, von den Stößen der schwarzen Ozeanmuskeln angetrieben, aus dem Unbekannten weiter ins Unbekannte, sondern es neigte sich auch überaus langsam einmal nach der einen, dann nach der anderen Seite; jede dieser pendelnden Abweichungen war von dem langgezogenen, klebrigen Geräusch der braunen und gelben Schaumwellen begleitet, die vom auftauchenden Rand abflossen. In diese wiegende Bewegung war das Mimoid vor sehr langer Zeit versetzt worden, wohl bei seiner Geburt, und es verblieb darin infolge seiner riesigen Masse; als ich von meinem luftigen Standort aus alles besehen hatte, was ich sehen konnte, stieg ich vorsichtig ab; und merkwürdig: nun erfaßte ich erst, daß meine Neugier überhaupt nicht dem Mimoid galt, daß ich nicht hergeflogen war, um dem Mimoid zu begegnen – nein, dem Ozean.

Ich setzte mich auf die rauhe, zersprungene Fläche, den Hubschrauber hatte ich einige zehn Schritte hinter mir. Eine schwarze Welle kroch schwerfällig am Ufer hoch, drückte sich platt und entfärbte sich zugleich; als sie zurückgewichen war, flossen an der Kante des Massivs zitternde Schleimfäden ab. Ich glitt noch tiefer und streckte die Hand der nächsten Welle entgegen. Da wiederholte sie getreu das Phänomen, das die Menschen vor fast einem Jahrhundert zum ersten Mal erlebt hatten: sie zauderte, wich zurück, umfloß meine Hand, doch ohne sie zu berühren, so daß zwischen der Oberfläche des Handschuhs und dem Inneren der Mulde, das sofort die Konsistenz vom Flüssigen ins nahezu Fleischige abänderte, eine feine Luftschicht verblieb. Nun hob ich den Arm, und die Welle, oder vielmehr ihr schmaler Ausläufer, folgte ihm in die Höhe, immer noch mit einer heller und heller durchscheinenden, schmutzig-grünlichen Abkapselung meine Hand umfangend. Ich stand auf, denn anders hätte ich den Arm nicht mehr höher heben können; die Brücke aus gallertiger Substanz spannte sich wie eine schwingende Saite, aber sie riß nicht; ihre Grundlage, die völlig plattgedrückte Welle, schmiegte sich wie ein seltsames, geduldig das Ende dieser Versuche abwartendes Geschöpf ans Ufer, rund um meine Füße (und gleichfalls, ohne sie zu berühren). Das sah aus, als wäre dem Ozean eine dehnbare Blume entsprossen, deren Kelch meine Finger umschlösse, als ihr genaues, obgleich nirgends anstoßendes Negativ. Ich wich zurück. Der Halm erbebte und kehrte nach unten zurück, gleichsam lustlos, elastisch, schwankend, unsicher, und die Welle stieg und sog ihn ein, dann verschwand sie hinter der Uferkante. Ich wiederholte dieses Spiel, bis wieder wie vor hundert Jahren irgendeine soundsovielte Welle teilnahmslos davonfloß, wie gesättigt von dem neuen Eindruck; und ich wußte, ich hätte einige Stunden lang warten müssen, ehe ihre »Neugier« erwacht wäre. Ich setzte mich, wie zuvor, aber selbst gleichsam verändert durch dieses aus der Theorie so wohlbekannte Phänomen, das ich ausgelöst hatte; die Theorie kann das reale Erlebnis nicht wiedergeben, sie bringt das nicht zuwege.

Durch das Knospen, Heranwachsen, Um-Sich-Greifen dieser Lebendbildung, durch jede ihrer Bewegungen einzeln und durch alle zusammen äußerte sich – ich bin versucht zu sagen, vorsichtige, aber nicht schreckhafte Naivität: wenn dieses Gebilde so hingegeben und schnell die neue, unvermutet angetroffene Form zu erkennen, zu erfassen suchte und auf halbem Wege zurückweichen mußte, sobald es die durch geheimnisvolles Gesetz festgelegten Grenzen zu überschreiten drohte. Welcher unaussprechliche Kontrast – zwischen dieser wendigen Neugier und dem Unmaß, das glanzerfüllt alle Horizonte erreichte! Noch nie hatte ich so seine riesenhafte Anwesenheit verspürt, sein starkes, unbedingtes Schweigen, das regelmäßig im Wellenschlag atmete. Vertieft, entgeistert, sank ich in unzugänglich erscheinende Bereiche der Unbeweglichkeit hinab, und in wachsender Intensität des Selbstvergessens verband ich mich mit diesem flüssigen, blinden Koloß, als hätte ich ihm ohne die mindeste Anstrengung, ohne Worte, ohne einen einzigen Gedanken alles verziehen.

Die ganze letzte Woche hindurch verhielt ich mich so vernünftig, daß das mißtrauische Glitzern in Snauts Augen endlich aufhörte, mir nachzustellen. Nach außen hin war ich ruhig; insgeheim, und ohne mir dies deutlich klarzumachen, erwartete ich etwas. Was? Ihre Rückkehr? Wie konnte ich? Jeder von uns weiß, daß er ein materielles, den Gesetzen der Physiologie und der Physik unterworfenes Wesen ist, und daß die Kraft aller unserer Gefühle zusammengenommen gegen diese Gesetze nicht ankämpfen kann; sie kann sie nur hassen. Der ewige Glaube der

Verliebten und der Dichter an die Macht der Liebe, die dauerhafter sei als der Tod, jenes »finis vitae sed non amoris«, das uns durch die Jahrhunderte verfolgt – das ist eine Lüge. Aber diese Lüge ist nur vergeblich, nicht lächerlich. Was sonst? Eine Uhr sein, die immer wieder zerschellend und von neuem zusammengesetzt den Zeitablauf mißt, und in deren Mechanismus, sobald der Konstrukteur das Räderwerk anstößt, mit der ersten Bewegung zugleich Verzweiflung und Liebe abzulaufen beginnen, mit dem Wissen, ein Repetierwerk zu sein für die Qual, die sich um so mehr vertieft, je komischer sie wird durch die Vielzahl der Wiederholungen? Das menschliche Dasein wiederholen, gut; aber so wiederholen, wie ein Säufer eine abgedroschene Melodie wiederholt, indem er immer neue Kupfermünzen in die Musicbox einwirft? Keinen Augenblick lang glaubte ich, daß diesen flüssigen Koloß, der vielen Hunderten Menschen in sich den Tod bereitet hatte und mit dem meine ganze Rasse seit Jahrzehnten vergeblich auch nur ein Fädchen der Verständigung anzuknüpfen suchte, ihn, der mich wie einen Staubsplitter unwissentlich mit sich forttrug – die Tragödie zweier Menschen rühren könnte. Aber sein Handeln richtete sich auf irgendein Ziel. Freilich, nicht einmal dessen war ich ganz sicher. Aber fortzugehen, das hieße, diese vielleicht winzige, vielleicht nur in der Vorstellung existierende Chance auszutilgen, die in der Zukunft verborgen war. Dann also Jahre zwischen Gerätschaften und Dingen, die wir gemeinsam berührt hatten, Jahre in der Luft, worin noch die Erinnerung an ihren Atem war? Um welcher Sache willen? Um der Hoffnung auf ihre Rückkehr willen? Hoffnung hatte ich nicht. Aber in mir lebte das letzte, was mir davon noch verblieben war: die Erwartung. Auf welche Erfüllungen, welchen Spott, welche Qualen war ich noch gefaßt? Ich wußte nichts, und so verharrte ich im unerschütterlichen Glauben, die Zeit der grausamen Wunder sei noch nicht um.

Zakopane, Juni 1959–Juni 1960

Von Stanisław Lem
erschienen im Suhrkamp Verlag

Robotermärchen. *Bibliothek Suhrkamp* Band 366. 1973
Das Hohe Schloß. Prosa. *Bibliothek Suhrkamp* Band 405. 1974

Von Stanisław Lem
erschienen im Insel Verlag

Nacht und Schimmel. Erzählungen. *Science Fiction.* 1971
Die vollkommene Leere. 15 fiktive Rezensionen. 1973
Die Jagd. Neue Geschichten vom Piloten Pirx. *Science Fiction.* 1973
Sterntagebücher. 1973
Der futurologische Kongreß. *Science Fiction.* 1974
Memoiren, gefunden in der Badewanne. 1974
In Anthologien:
Die Ratte im Labyrinth. 1971
Pfade ins Unendliche. Insel Almanach auf das Jahr 1972
Polaris I. *insel taschenbuch* 30. 1973